디그요정

디그요정

1판 1쇄 | 2017년 12월 20일
1판 4쇄 | 2020년 5월 27일

지은이 | 김호준
펴낸이 | 조재은
편집부 | 김명옥 육수정
영업관리부 | 조희정 정영주

펴낸곳 | (주)양철북출판사
등록 | 제2001년 11월 21일
　　　　제25100-2002-380호
주소 | 서울시 마포구 양화로8길 17-9
전화 | 02-335-6407　팩스 | 0505-335-6408
전자우편 | tindrum@tindrum.co.kr
ISBN | 978-89-6372-264-1 03810
값 | 13,000원

편집 | 박선주
표지 디자인 | 형태와내용사이
본문 디자인 | 육수정

디그요정

김호준

차 례

홍길동이 가출한 이유 7

사라져라 25

그래, 여기까지 잘 왔다 46

니가 뭔데? 66

학부모 내교 통지서 84

아버지 이름 102

신성한 알바 119

오늘은 봉수의 날 131

고무벽 만들기 160

디그요정 189

나의 등불 224

첫 비행 243

갈 사람은 가고, 올 사람은 오고 284

첫사랑의 눈물 309

낙동강을 건너다 337

작가의 말 355

홍길동이 가출한 이유

패기만만한 봄이 모진 겨울을 몰아내고 있었다. 봄은 끈덕지게 겨울의 끝자락을 몰아대더니 마침내 학교 울타리의 개나리 가지에 노란 꽃을 주렴처럼 매달아 놓았다. 매화꽃도 피워 은은한 향기까지 덧보탰다. 나는 꽃 잔치가 벌어진 울타리 옆 벤치에 앉아서 누군가를 기다리고 있었다. 왜, 무엇 때문에 누군가를 기다리는지는 나도 모른다. 모르지만 그냥 기다리고 있을 뿐이다. 나는 이제 열여덟, 고등학교 2학년이므로 이유를 모르고도 얼마든지 누군가를 기다릴 수 있는 것이다. 그 누군가가 누군지는 모르지만 남자가 아니라는 것은 안다. 그 누군가가 누군지는 모르지만 여자라는 것만은 확실하다. 열여덟살 고등학교 2학년 남학생이 꽃 무리 속에서 마음 설레며 기다리는 대상이 남자일 수는 도저히 없다. 그런데 그 누군가가 여자는 여잔데, 어떤 여자인지는 모른다. 와 보아야 안다. 그래선지 나는 아까부터 설렘과 초조감에 두근거리고 있다. 어떤 여자일까? 예쁜 여자일까? 못생긴 여자일까? 물론 예쁜 여자겠지. 누군지도 모르고 보지도 않았는데 어떻게 아느냐고? 그야 내가 열여덟 살 남학생인데 못생긴 여자를 기다리면서 이렇게 설렐 이유가 없기 때문이지.

누군가 다가와 내 어깨에 손을 올렸다. 고개를 왼쪽 어깨로 돌렸다. 우윳빛 손에 돋아난 파란 정맥이 보였다. 고개를 어깨 쪽으로 더 젖히며 올려다보았다. 노란 면 티를 입은 콧날이 오똑한 소녀가 보였다. 허리까지 틀면서 시야를 넓혔다. 깊은 눈매에 쌍꺼풀이 얹힌 그윽한 갈색 눈동자가 눈에 들어왔다. 연주였다. 눈길이 마주치자 연주는 두 팔로 내 목을 감싸더니 내 입술을 향해 고개를 숙였다. 노란 프리지어 꽃향기가 아뜩하게 스쳤다. 부끄러웠다. 고개를 돌려 버렸다. 연주가 자기 품에서 달아나려는 내 어깨를 꽉 움켜잡았다. 피가 신체 한곳으로 왈칵 몰려들었다.

"야, 김수능, 안 일어나?"

고함 소리에 눈을 떴다. 연주는 연기처럼 사라져 버렸다. 꿈에서 깬 것이다. 나를 향해 다가오는 발걸음 소리가 들렸다. 정신이 또렷해졌다. 지금은 1교시 미적분I 시간, 날카로운 눈빛을 쏘며 경옥이 빠른 걸음으로 다가와 내 앞에 우뚝 섰다. 쾅! 경옥이 회초리로 내 책상을 내리쳤다.

"야, 김수능! 일어서란 말이야!"

앙칼진 고성이 교실을 흔들었다. 경옥의 명령을 거역할 학생은 아무도 없었다. 경옥은 명문대 졸업과 동시에 임용고사에 합격했다. 학생들과의 논리 대결에서 패전을 기록한 적이 없는 불패의 여전사. 노력해서 이루지 못할 것은 없다는 것이 평소 그녀의 지론이었다. 헬조선이니 이태백이니 하는 것은 패배를 스스로 인정하는 찌질한 구호에 지나지 않는다고 자신 있게 말했다.

하느님도 가끔은 실수를 하는 모양인지 경옥에겐 영리한 두뇌와 예쁜 외모를 한꺼번에 주는 것도 모자라 덤으로 용감함까지 듬뿍 주었다. 경옥과 학생들 사이에서 일어난 모든 일은 백퍼 그녀가 옳다는 것으로 끝났다. 그것뿐만이 아니었다. 컴퓨터를 전문가 이상으로 다룬다는 소문도 들렸다. 늙은 교사들은 컴퓨터를 다루다가 막히면 그녀를 찾아 굽실거리며 도움을 청한다고 했다. 결국 경옥은 교실에서도, 교무실에서도 절대 강자인 셈이었다.

난 초딩 때부터 무리에서 처져 버린 하이에나 신세였다. 작년 봄, 학생들의 비만과 체력 저하를 방지하고자 개발된 건강체력관리 프로그램인 PAPS(학생건강체력평가)가 있던 날, 오래 달리기를 하던 중 거칠어진 호흡 끝에 심한 기침이 터졌다. 한참 만에 겨우 기침을 멈추고 보니 입가에 피가 묻어 있었다. 병원으로 실려 갔고 결핵 판정을 받았다. 그 일 덕분에 난 뒤처진 데 더해서 털마저 빠져 버린 하이에나 신세가 되고 말았다. 결핵 치료약을 먹으면 몸이 나른해지면서 늘 우울했다. 학교에 가지 않은 시간이면 인터넷에 접속해 자살사이트를 들락거렸다. 거기서 얻은 정보로 수면제를 사 모았다. 아니면 신도시 아파트 옥상 출입구 근처를 배회하기도 했다. 가방 한구석엔 손목을 긋기에 적당한 날을 지니고 다녔다.

그런 행동을 일삼는 나도 경옥의 명령과 처분에 따르는 것이 확률상 학교생활에 유리하다는 것쯤은 알고 있었다. 벌떡 일어나 고분고분 경옥의 처분을 기다리고 싶었다. 하지만 차마 그럴 수 없는 말 못할 사정이 있었다.

"야, 김수능, 아직도 안 일어나?"

경옥인 똑같은 말을 되풀이했다. 난 분명히 말할 수 있다. 내 정신만은 경옥의 명령과 처분에 온전히 따를 만반의 준비를 마쳤다고. 그런데…… 그런데…… 신체 한 부분이 준비가 덜 됐을 뿐이다. 야릇한 꿈을 꾸었더니 바지와 팬티로 겹겹이 둘러싸인 신체 일부가 당근처럼 단단해져 버렸단 말이다. 분위기 파악을 못하는 그 녀석은 가라앉을 기미를 보이지 않았다. 지난가을 결핵 치료약 복용이 끝나자 아버지가 녹용 엑기스를 사 와서 먹인 게 화근이었다. 그 후 약간의 자극만으로도 자주 벌어지는 현상이었다.

경옥은 그런 나의 사정을 전혀 헤아리지 못할 것이다. 지금 경옥의 목소리 데시벨로 미루어보자면 AK47 소총을 든 이슬람 무장단체 IS 대원을 혼자 상대하더라도 전혀 밀리지 않을 기세였다.

"야! 이게 어디서, 너 지금 선생님 말에 개기는 거지?"

경옥의 분노가 느껴졌다. 사태가 이런데도 당근처럼 단단해진 녀석이 눈치 없게 바지에 우뚝 텐트까지 쳐 놓았다. 그 상태를 여학생들 앞에서, 더군다나 경옥이 앞에서 그대로 노출할 순 없는 노릇이었다. 하지만 어쩔 수 없었다. 일어나야 했다. 엉덩이를 뒤로 빼고 바지 주머니에 손을 푸욱 찔러 녀석을 움켜쥔 채 엉거주춤 일어섰다. 남학생들은 내 행동거지를 보고 바로 눈치를 챘다. 반대로 경옥인 내가 자신에게 반항한다고 생각한 모양이었다. 남학생들이 경옥과 나를 번갈아 보며 키득거렸다. 경옥이 광분하고도 남을 상황이었다.

하기야 중딩 때부터 난 예의 없다는 소리를 달고 살았다. 작년까진 교사들에게 달려든 적이 많았다. 싸가지 없는 학생이었다. 이젠 고2 학기 초, 더는 선생님들과 부딪치기 싫은데 거시기가 나의 의지를 뒷받침해 주지 않았다. 내 심정과 사정을 모르는 경옥의 눈에서 레이저 광선이 쏟아졌다. 경옥은 하얀 목의 경동맥이 파르르 떨릴 정도로 고함을 쳤다.

"야, 이게 일어선 거야? 똑바로 안 서? 손 안 빼?"

'못 빼!'

속으로 나도 맞고함을 질렀다. 절대로 손을 뺄 수 없는 상황이었다. 머릿속엔 논리를 잃어버린 생각들이 마구 뒤섞였다.

'경옥이가 명문대 졸업과 동시에 임용고사에 합격한 것이

잘못이다……. 내 잘못은 없다. 주체할 줄 모르고 일어선 거시기는 잘못이 없다…….'

뜬금없이 꿈에 나타난 연주가 괘씸해지기 시작했다.

"선생님, 수능이 끝까지 손 안 빼고 버티는데요?"

나와 같이 원原도심에 사는 동규였다. 동규 녀석은 축구를 한답시고 축구부가 있는 학교로 진학하는 바람에 나와는 다른 중학교에 다녔다. 중3 때 부상 입었단 소리는 풍문으로 들었다. 고등학생이 되어 이 학교에서 다시 만날 줄은 꿈에도 몰랐다. 1학년 때 동규 녀석이 자연과학 집중과정을 선택한다고 해서 난 일부러 인문사회 집중과정을 선택했다. 1학년 말에 무슨 바람이 불었는지, 녀석이 인문사회 쪽으로 선택을 바꿔 버리는 바람에 나는 꼼짝 없이 원수를 만난 꼴이 되고 말았다. 동규의 시커먼 얼굴은 여드름투성이였다. 여드름 하나하나마다 노란 고름이 알뜰히 영글어 갔다. 꼴에 덩치 커졌다고 나를 깔본 지 한참 됐다.

그 상황에서도 '알파고 박미소'는 고개를 처박고 수학문제집과 씨름하고 있었다. 참 끝내주는 아이다. 이세돌은 알파고에게 바둑을 졌다. 하지만 박미소는 알파고하고 수능문제 풀기 시함을 하면 반드시 이길 것이라는 데 오백 원 건다. 박미소에겐 알파고가 지니지 못한 독기가 있기 때문이다. 미소의 표정이 변하는 것을 본 적이 없다. 늘 변비에 시달리는 것처럼 찌푸린 표정으로 책상에 앉아 책을 봤고 선생님의 설명에 집중했으니 교사의 한숨까지도 다 기억할 것이다. 그 애는 심지어 급식시간에 국을 받지 않았다. 화장실 가는 시간을 줄이기 위해서 그랬다. 존경스러웠다. 어쨌거나 이 상황이 빨리 끝났으면 좋겠다.

쾅!

경옥이 다시 힘차게 내 책상을 회초리로 후려쳤다. 얼떨결에 나는 주머니에서 손을 빼고 말았다. 순간 남학생 녀석들이 일제히 낄낄거리기 시작했다. 어떤 녀석은 야유까지 보냈다. 불룩 솟아오른 바지를 본 경옥도 당황한 기색이었다. 그래도 경옥은 경옥이었다. 애써 모른 척하면서 자기가 몰고 간 분위기를 능숙하게 수습했다.

"김수능, 너, 2학년 올라와서도 왜 이 모양이야? 1교시부터 잠이나 자고, 선생님 말에 버티기나 하고. 수업 마치고 교무실로 따라와!"

경옥은 몸을 획 돌려 교탁으로 돌아갔다.

내 교실은 3층이었다. 교무실까지 가는 길이 오늘따라 멀게만 느껴졌다. 작년부터 많이도 불러 다녔다. 그땐 먼 줄 몰랐다. 경옥의 자리 옆에 꿇어앉았다. 교무실은 고요했다. 선생님들이 슬리퍼 끄는 소리만 들렸다. 두 팔을 위로 뻗었다. 2교시가 지나갔다. 3교시, 수업이 비는 모양인지 경옥이 다가왔다. 자기에게 반항한 이유를 적으라면서 백지 한 장을 내밀었다.

경옥은 정직하게 적을 것을 요구했다. 난감했다. 경옥이 처녀 선생인 것은 분명했고 나도 엄연히 총각이다. 그 점에 있어서 는 동등하다. 발기 때문에 자리에서 일어설 수 없었다고 사실 그대로 '정직하게' 적을 수는 차마 없었다.

내가 왕성한 신체 현상 때문에 벌어진 일로 억울한 벌을 받 고 있는데 저만치 옆자리에서는 '골치 아픈' 우리 담임 봉수가 노는 녀석과 한창 실랑이 중이었다. 봉수는 영화 〈완득이〉에 나오는 옆집 욕쟁이 아저씨 김상호 배우처럼 생겼다. 머리가 벗어져 드러난 정수리가 삶은 문어 대가리를 연상케 했다. 정 수리에 있어야 할 털이 모두 턱이며 목으로 내려왔는지 하루 만 면도를 안 하고 나타나면 유인원 같았다. 게다가 배불뚝이 였다. 자기 말로는 마흔다섯 살이라고 하는데 그 말을 곧이곧 대로 믿는 아이들은 없었다. 내년 2월에 정년퇴직을 한다고 해 도 믿을 정도였다. 그러면서 교문에서 등교 지도할 땐 늘 아이 들에게 생긴 대로 놀아, 라는 말을 입에 달고 살았다.

봉수가 맡은 반은 2학년 5반부터였다. 앞 반까진 결혼 안 한 조윤화 선생님이 영어를 가르쳤다. 수업시간에 늘 노트북을 갖고 와 애니메이션, 영화, 파워포인트를 활용해서 수업을 진 행했다. 미국에 어학연수 갔을 때 로키산맥과 오대호에 다녀 온 이야기로 첫 수업을 시작했다. 다른 반 아이들은 조윤화 선 생님이 보여 주는 사진과 동영상을 보면서 감동 먹고 영어 공 부를 해야 하는 이유를 찾았다고 했다. 물론 나는 그 반에서 수업을 들었더라도 그런 다짐은 하지 않았을 테지만.

봉수는 분필 하나 달랑 들고 수업에 들어왔다. 자기 입으로
도 외국 가는 비행기 한 번 타보지 않았다고 자랑처럼 말했다.
영어 발음은 일제강점기 시대의 영어교육 현장을 떠오르게 한
다고 아이들이 뒷담화했다.

"교과서 본문 소리 내서 읽어라. 그리고 암기해라. 암기한
것 소리 내서 읊어라. 영어는 단순한 기능이다. 읽고 쓰고 듣고
말하는 것 외에 정답이 없다. 단순한 것이 제일이다."

봉수가 수업시간에 즐겨하는 말이었다. 2학년 동안 그 소리
를 몇 번이나 하는지 세어 볼 작정이었지만 자주 까먹는 바람
에 그만두고 말았다. 봉수에게 수업을 받다 보면 평소 있던 영
어에 대한 관심도 절로 사라지지 않을까 싶을 정도였다.

그런 봉수도 특기가 있었다. 문학작품 개작이 그것이었다.
학생부에 불려 오는 노는 녀석들을 상대로 춘향전, 심청전, 홍
길동전, 소나기, 알퐁스 도데의 별 같은 동서양 고전문학을 제
멋대로 개작해서 들려주는데 들을 만하다고 소문이 났다. 나
도 교무실에 꽤 불려 갔지만 아쉽게도 들을 기회는 없었다. 그
리고 특기는 아니지만 좀 별난 행동이 하나 더 있었는데 가끔
노트북을 들고 와 유튜브에 접속해 배구경기 동영상을 보여주
는 것이었다. 영어 시간에 배구 동영상이라 좀 뜨아했지만 공
부 아니면 다 좋은 애들이라 아무도 토를 달지 않았다.

봉수는 교무실로 끌려 온 나에게 점심시간이 다 돼 가도록

눈길 한번 주지 않았다. 내가 자기를 미워하는 것을 눈치챘을 리는 없을 텐데도 그랬다. 내가 미워하는 봉수였지만 자기 반 아이한테 관심 한번 기울이지 않는 것에 서운한 마음도 들었 다. 하지만 이내 고개를 흔들었다. 늘 죽음을 생각하는 내게 관 심 따위는 사치였다.

봉수 자리 옆에 앉아 있는 녀석은 3학년이었다. 그 녀석에겐 학교생활은 부업이나 마찬가지였다. 치킨집 알바가 주업이었 다. 굳이 알려고 하지 않아도 절로 알게 될 만큼 유명짜한 녀석 이었다. 목에는 열 돈 정도 돼 보이는 묵직한 금목걸이를 걸고 손목엔 금팔찌를 찼다. 교복은 입지 않았다. 사계절 내내 신는 검은색 나이키 슬리퍼를 끌고 학교에 나타났다가 또 제멋대로 학교에서 사라졌다. 학교 규칙 따위는 녀석에게 화장실 밑 닦 는 휴지 정도로 보이는 모양이다. 학생부장도 마음대로 건드 리지 못한다고 소문이 났다. 봉수는 그 녀석과 히히거리고 있 었다.

"양소년?"

봉수가 목소리를 깔고 그 녀석을 불렀다. 다음 말은 '자식'이 따라 나와야 했다. 교실에서라면 그랬다. 교무실에선 인권을 사랑하는 교감이 있어서 그런지 예의를 차리는 폼이 봉수답지 못했다. 이중인격자처럼 보였다.

"네가 양소년인 거 인정하냐? 그걸 인정해야 네 행동에 조 금이라도 변화가 생겨. 알겠냐?"

16

"내가 왜 양소년인데요?"

녀석은 듣던 대로 싸가지라곤 찾아볼 수 없었다.

"너, 인마, 현실을 인정해야 해. 양소년 맞아. 그래야 수준 높은 닭 배달 소년이 된단 말이야."

"아이 씨, 내가 왜 양소년이냐고요!"

녀석이 버럭 소리를 질렀다. 봉수는 눈을 찔끔 감으며 몸을 움츠리고 놀란 표정을 짓더니 잇몸을 드러내며 웃었다. 고함을 지르거나 야단을 쳐야 정상인데, 웃었다. 그러고 보니 학생부 소속인 봉수가 교문에서 등교 지도할 때 교문에서 노는 녀석들이 달려들어도 고함치는 것을 본 적이 없었다. 그것도 봉수가 생긴 대로 놀지 않는 것 중의 하나였다. 봉수는 자기 이마를 한 번 찰싹 치더니 웃으며 말을 이었다.

"이거 참, 내가 실수했구만. 양소년, 내가 진짜 미안하다. 용서해라. 친절하지 못했어. 양소년의 정의를 내리지 않았단 말이지. 뜻매김을 해 줄 테니 잘 들어라. 양소년이란 양아치 소년의 준말이다. 언어 사용자는 말을 간단하게 줄이려는 습관이 있어. 그런 걸 절단 현상이라 하는데 그런 습성이 반영된 결과, 양아치 소년을 양소년이라고 부르게 된 거야. 네 이름이 황성수니까 '황치'라고 부르면 적당하겠네. 황.성.수.양.아.치, 이 여섯 자를 두 자로 간단히 줄이면 '황치'가 된단 말이야."

나는 녀석의 이름이 황성수라는 것을 알았다. 그 녀석의 눈엔 여전히 불만기가 가득했다. 입언저리를 씰룩이며 씩씩거렸다. 봉수는 녀석의 그런 태도에도 흔들리지 않았다. 봉수는 교무실에 불려 오는 아이들을 바닥에 꿇어앉히지 않는다고 소문이 났다. 심하게 불손한 학생은 낮은 목욕탕용 플라스틱 의자에 앉히고, 그보다 정도가 덜한 학생은 조금 높은 포장마차용 플라스틱 의자에 앉혔다. 그러고 보니 봉수는 교실에서도 아이들을 꿇어앉히는 일은 없었다.

"인권 침해하는 것 아닙니까?"

녀석이 불만 가득한 표정으로 불퉁거렸다.

"인권 침해라……. 야, 너 홍길동 아냐?"

"홍길동도 모를까 봐요."

말로만 듣던 봉수의 문학작품 개작이 드디어 시작될 모양이었다.

"아냐, 넌 절대 읽었을 리가 없어. 너 가출 안 해 봤지?"

"귀찮게 가출을 왜 하는데요."

"그래, 기껏 한다고 해 봐야 동네 찜질방에서 자고 피시방 기웃거리다 컵라면이나 먹고 찌질거리는 수준이겠지. 나는 그게 다 교과서에 홍길동전이 나오지 않아서 그렇게 됐다고 봐. 다른 어른들처럼 내가 학교 다닐 적엔 어쨌다, 뭐 그런 말은 하기 싫지만, 네가 '황치'라고 불리는 걸 거부하니 어쩔 수 없이 내 중학교 때 이야기를 좀 해야겠다."

"듣기 싫은데요."

"들어 봐, 인마. 내 중학교 3학년 때 국어 교과서에 홍길동전이 나왔어. 주인공 길동이가 열여섯 살 정도라고 나오니까 우리랑 비슷한 또래였던 거지. 근데 당시의 신분제도가 구려서 아빠를 아빠라 부르지 못하고, 형을 형이라고 부르지도 못했거든. 그러니 열불이 안 나고 배겨? 길동이도 웬만큼 머리가 굵었으니까 자기 아빠하고 자기를 낳은 엄마의 관계를 생각해 볼 정도는 됐던 거지. 가만 보니까 자기 아빠는 주인이고 엄마는 종이거든. 요즘으로 치면 아빠는 CEO고 자기 엄마는 종업원이란 말이야. CEO가 고용불안을 이용해 처녀였던 자기 엄마를 협박하고 잠을 잔 사실을 알았던 거야. 야, 황치 듣고 있어?"

"황치 아니라니까요, 씨."

"야, 네가 스스로 황치를 인정해야지! 우리 아름답게 인정하는 사람이 되자, 응?"

"아이 씨, 황치 아니라니까요, 진짜!"

"야, 황치. 어디까지 이야기했지? 아, 기억났다. 길동인 출생의 비밀을 알고 나서 화가 단단히 났던 거야. 자기 아빠가 약자인 종업원의 정조를 짓밟은 파렴치한이었으니까 치가 떨렸던 거지. 근데 그것도 그랬지만 사회 정의적 측면에서도 아빠를 용서할 수 없었어. 그래서 지금 교무실에서 나한테 달려드는 황치 너처럼, 길동이도 아빠에게 대거리했단 말이야. 이제 중요한 이야기가 시작될 거니까 집중해서 들어, 황치!"

"아, 정말! 황치 아니라니까⋯⋯."

"아빠는 종업원의 고용불안을 이용해서 몸을 유린하고, 종업원이었던 엄마는 원하지 않은 임신을 해서 아들을 낳았단 말이야. 그 아들이 머리가 굵어져서 자기 아빠가 한 행동을 생각하니 쪽팔리기도 하고 화도 났지. 한편 길동이 아빠는 아빠대로 과거 행적이 들통나는 바람에 체면이 말이 아니게 된 거라. 길동이는 잔머리가 잘 돌아가는 편이었나 봐. 아버지의 약점을 딱 물고 늘어진 거 보면. 궁지에 몰린 길동이 아빠가 어쩌겠어? 그래, 까짓것, 아버지라고 불러라, 허락하게 된 거야. 그렇게 길동이가 아빠에게 한 방 먹이고 나자 이젠 자신감이 만빵이라. 그래서 인생 뭐 있나, 대차게 살자, 이러면서 가출해서는 도둑을 부하로 삼고 나라하고도 맞짱을 뜬단 말이야. 멋지잖아?"

황치 녀석은 어느덧 얘기에 빨려 들어갔는지 대꾸 없이 입만 헤벌리고 있었다. 봉수는 드디어 낚았다, 하는 표정으로 얘기를 이어갔다.

"이걸 본 청소년들 피가 안 끓게 됐어? 홍길동은 그 당시 중학교 남학생들 가슴에 불을 지른 거나 마찬가지야. 중학생 시기가 되면 머리 좀 굵어졌다고 자기 부모님들 모습을 객관적으로 보기 시작하거든. 내 중학교 동기들도 길동이를 본받아 이런저런 이유로 집단 가출을 감행했다고. 경상도 끝에서 서울 구로공단 가발공장으로 달아났다가 선임자들에게 허벌나게 터지고…… 견디다 못해 집으로 전화해서 구출되는 비극으로 끝났지만. 그 녀석들 지금은 어떻게 살고 있는지…….”

봉수는 교무실 천장을 보며 긴 한숨을 뱉었다. 그럴듯하게 이야기를 끼워 맞춘 게 흡족했는지 봉수의 표정이 느긋했다.

”야, 황치, 어쩌다 이야기가 옆으로 샜어?”

“가만히 듣고만 있었는데, 뭘요.”

어디서 옆길로 샜냐고 물었을 때 하마터면 내가 대신 대답할 뻔했다. 다시 봉수의 걸쭉한 목소리가 들리기 시작했다.

“황치야, 이제 결론을 내자. 홍길동전의 주제는 호부호형呼父呼兄이야. 아버지를 아버지라 부르고 형을 형이라 부르는 것, 여기서 얻을 수 있는 교훈은 상대를 부르고 싶은 대로 부르지 못하면 부자지간이라도 갈등이 생긴다는 거라고. 네가 양아치 짓을 골라서 하는데 너를 양아치라 부르지 못하면 교사와 학생 사이에 갈등이 생기고 교사가 스트레스에 시달리는 심각한 상황이 발생하게 되겠지? 이건 심각한 문제야. 암, 심각한 문제지!”

“선생님, 너무하는 거 아니에요?”

“화나지? 그러면 마음대로 화내면 돼. 너란 인간 자체가 양아치란 말은 아니야. 네 행동거지 가운데 양아치 짓이 다수 포함됐다는 걸 말한 거야. 오늘만 해도 쉬는 시간에 아이들이 있는 교실에서 담배를 피우며 양아치 짓을 떳떳하게 했잖아? 그러고도 도둑이 주인에게 몽둥이 휘두르는 격으로 적발한 선생님한테 대들고, 시치미 떼고, 경위서 작성하라고 하니 버텼잖아? 우리 학교가 대한민국 학생 양아치 대표 선발전 장소냐? 꼭 콘크리트벽처럼 주변에서 말하는 소리엔 귀 닫고 네 목소리만 빽빽 질러 대고."

황성수는 봉수가 구체적으로 잘못을 언급하자 다소 태도가 누그러졌다. 다시 봉수의 설이 이어졌다.

"안타까운 현실이지만 네가 양아치란 걸 증명할 시간이 도래하고 말았네. 너 삼 년 동안 가방 들고 학교 온 적 몇 번 있어? 없지? 그 봐. 등교 시간에 정확히 온 건 입학식 정도? 약한 녀석들 가방 셔틀 시키고, 급식소 줄 서기 싫어서 새치기하고, 여친하고 교실에서 뽀뽀하고, 담배 피우러 화장실까지 가기 귀찮다고 교실에서 담배 피우고, 응? 이건 뭐 완전히 교칙 위반 종합선물 세트잖아. 약한 학생들 후배 양아치들 집합시켜 두들겨 패고, 오토바이 타고 폭주하고, 주말엔 모텔에 친구들 끌고 들어가 술판 벌이고, 만만한 선생들 위협하고, 참말로 위대한 짓만 골라서 했네! 학생으로서 하지 말아야 할 일만 찾아다닌 너한테 경의를 표하지 않을 수가 없다. 어린 나이에 왕성한 활약상을 펼친 네가 위대해 보이기까지 한다."

연기에 심취한 배우처럼 봉수는 감정을 잡아서 황성수의 비행을 랩 하듯 읊었다. 봉수의 말이 나지막하게 교무실 바닥에 깔릴수록 황성수의 치켜들었던 고개가 차츰 숙여졌다.

"황치?"

"예."

"거 봐. 황치라고 인정하는 모습, 깔끔하고 아름답잖아! 황치 너 앞으로 잘해라, 하고 내가 말하면 대답이야 바로 예, 하겠지. 그런다고 네가 하는 말을 믿을 수 있겠어? 난 안 믿는다. 중학교 때부터 시작된 양아치 짓이 단박에 끊어지겠냐고. 하나씩 변하는 연습을 하는 거야. 알았어, 황치?"

"예."

"여기, 경위서에 네가 한 양아치 짓을 적어라."

봉수의 난해한 조사가 드디어 끝났다. 봉수는 의자에 몸을 기대며 득의만만한 표정을 지었다. 그러더니 뭔가 생각났다는 듯이 고개를 돌려 나를 불렀다.

"어이, 김수능!"

"예."

나는 봉수가 불러주길 기다리기라도 한 듯 절로 몸이 일어났고 입에선 자동으로 대답이 튀어 나왔다.

"이리 와 앉아."

봉수가 포장마차용 플라스틱 의자를 내밀었다. 봉수를 그렇게 가까이서 보긴 처음이었다. 교실 먼발치서 보는 것만큼 늙어 보이진 않았다. 머리 모양은 영화배우 김상호하고 비슷했지만 피부는 어린애 피부처럼 붉고 투명했다. 봉수는 내가 가까이 가자 "짜식!" 하며 목젖이 보이도록 웃다가 갑자기 내 목덜미를 낚아챘다. 귀에다 입을 갖다 대고 낮은 소리로 소곤거렸다.

"안다. 네 당근에 힘이 실렸다면서? 단군 할아버지도 남자였지. 힘이 실렸으니 너와 내가 만난 거야. 선생님도 남자다. 쪽 팔린다고 생각하지 마라. 내가 팁을 하나 알려줄게. 다음에 또 그런 일이 벌어지면 검지를 귓구멍에 넣고 살살 문질러. 그러면 당근이 다시 어묵처럼 말랑말랑 변할 거다. 명심하고, 짜식. 하하하…… 수학 선생님한테 알기 쉽게 이야기해 놓을게. 남자가 아침엔 당근에 힘이 잔뜩 실려 있어야지. 아하아하하하."

내가 봉수의 웃음소리를 털어내며 교무실 문을 막 나서려는데 봉수가 어이, 김수능, 하고 다시 불렀다. 봉수 옆에 가 서자 봉수가 말했다.

"수능이 네 엄마가 아까 전화했던데……."

전혀 예상 밖의 말이었다. 그럴 리가 없었다. 뭘 잘못 알았겠지.

"난 엄마 없어요."

화난 목소리로 대꾸하고 교무실 문을 세차게 닫고 나와 버렸다.

사라져라

"야, 동규, 가아방 싸아라!"

봉수는 종례 시간이면 늘 "가아방 싸아라!"란 말로 아이들을 쥐락펴락했다. 반 아이들은 그 소리가 교실에 울려 퍼지길 기다렸다. 가방 싸라고 지목된 아이는 그날 야자를 빼준다는 뜻이었다. 아이들은 종례 때면 은근히 자기 이름이 불리길 기다렸다.

봉수의 목소리를 들은 동규 녀석의 얼굴에 함박웃음이 번졌다. 여드름도 얼굴 주름을 따라 꿈틀거렸다. 동규 녀석이 가방을 싸 들고 막 뒷문을 열려고 할 때,

"야, 나가라는 게 아니고, 교탁 앞자리로 와서 자습하라는 소리야. 으하하하."

봉수는 봉수였다. 동규를 놀려먹은 것이 그렇게도 좋은지 혼자 교탁을 치며 웃었다. 아이들도 뒤집어졌다. 봉수는 가끔

그런 식으로 아이들을 놀렸다. 놀림을 당한 아이는 얼굴이 시뻘겋게 변했다. 그 상황을 지켜본 다른 아이들은 더 크게 웃었다. 봉수의 악취미였다.

"샘, 저는 오늘도 감동 한 건 했습니다."

학교 공부보다 삼겹살집 알바에 더 주력하는 준혁이가 오른손을 번쩍 치켜들며 나섰다.

"가져와 봐!"

봉수가 눈을 둥글게 뜨면서 준혁이에게 어서 오라고 손짓했다.

"어떤 장면이 그렇게 감동적이야?"

"선생님, 고개를 들어 교실 뒤편 천장을 보시지요."

"천장이 천장이지, 인마!"

"에이, 관찰하는 눈을 기르라고 하셔 놓고는. 일단 한 번 보시죠."

봉수가 교탁을 벗어나 느릿느릿 교실 뒤쪽으로 갔다. 고개를 젖히자 반질거리는 정수리가 그대로 드러났다. 그때 동규녀석이 봉수 뒤에서 오른손 가운뎃손가락을 세웠다.

"이런! 천장에 웬 껌이 이리 많이 붙어 있어? 이야, 어떻게 천장에 껌을 붙이지? 준혁이 네가 설명해 봐!"

"간단해요. 시범 보여 드릴까요?"

준혁이는 씹고 있던 껌을 손바닥에 올려놓더니 엄지와 검지, 중지를 이용해 둥글게 말아 엄지로 툭 튕겼다. 껌은 정확하게 천장에 가서 딱 달라붙었다. 봉수는 입을 벌리고 신기한 듯

바라보다가 고개까지 끄덕이며 박수를 쳤다. 준혁이는 자기가 책상에 올라가 교실 앞쪽 천장에 붙은 껌을 떼는 장면을 촬영한 동영상을 재생했다. 봉수가 손뼉을 치며 감격에 겨운 목소리로 말했다.

"이런 감동적인 순간이 다 있나! 당장 가방 싸라. 이런 창의적인 인재가 교실 형광등 아래서 썩을 순 없지. 당장 가방 싸!"

"샘, 감사합니다."

준혁이는 봉수에게 구십 도로 절을 하고 교실 밖으로 휑하니 달려나갔다. 봉수가 종례 시간에 펼치는 풍경 중의 하나인 감동 타령이었다. '창의적인 생각은 교과서를 통해 할 수 있는 것이 아니다'란 봉수의 개똥철학을 신봉하는 반 아이들은 야자에 빠지기 위해 아침부터 골몰했다. 어떤 녀석은 세차장에서 사용하는 세제를 가져와 교실 바닥에 묻은 얼룩을 제거했다. 스마트폰으로 촬영해 청소 전후 장면을 비교해서 보여 주고 야자에 빠지기도 했다. 준혁이가 그런 부문에선 단연 선두였다. 지난번엔 교실 벽의 낙서를 지울 방법을 고민하다 직접 페인트를 사 와 쉬는 시간과 점심시간을 이용해 지웠다. 봉수는 감동의 도가니에 빠졌다며 연일 준혁이에게 가방을 싸라고 소릴 질렀다. 준혁이와 봉수는 행복한 인연이었다.

우리가 이렇게 야자에 시달리게 된 데는 사연이 있었다. 우리 학교가 있는 상천시는 원래 울산과 부산 중간에 있는 읍 규모의 농촌이었다. 내가 초등학교 무렵인가, 논이었던 곳에 공단이 조성되었다. 부산에 있던 기업들이 옮겨 오자 근로자들의 주거지가 필요했다. 아파트 단지가 들어섰고 상가 건물도 속속 생겨났다. 그렇게 신도시가 조성되자 상천의 중심이 급격히 그쪽으로 기울었다. 상천시의 원도심에 있던 우리 학교의 몰락도 그만큼 빨랐다. 초등학교 때부터 공부하고 담을 쌓은 나도 무난히 들어갈 수 있을 만큼 하류가 되어 버렸다. 같은 동네에 사는 중학교 동기 녀석들은 걸어서 다닐 수 있는 상천고를 외면하고 기를 쓰고 신도시 쪽 고등학교로 몰려갔다.

그런 가운데 삼 년 전에 새로운 교장 선생님이 부임했다. 그의 취임 후 첫마디는 "상천고를 대한민국의 명문고로 만들겠다"는 것이었다. 꿈도 크시지, 우리는 피식 웃었다. 하지만 교장의 의욕은 우리의 상상을 뛰어넘었다. 명문고 만들기 프로젝트가 곧바로 가동되었다. 그 1호가 야간 자율학습이었다. 학교장의 강한 의지, 일부 학부모들의 호응, 극소수 학생들의 요구가 맞물린 결과였다. 전교생이 의무적으로 야자에 참가해야 했다. 그 후 담임들의 어휘력은 날로 줄어들었다. 조회 때는 "어제 야자 도망간 사람은 조회 후에 상담한다", 종례 때는 "오늘 야자 빠지는 일이 없도록" 이 두 문장이 빠지면 학생들이 오히려 허전해할 정도였다. 모든 담임이 한 명이라도 더 교실에 붙잡아 두려고 핏대를 세웠다. 그 와중에 오직 봉수만이 감동 타령을 늘어놓으면서 아이들을 보내려 기를 썼다. 조회 땐 "날 감동시키는 학생은 종례 때 가방을 싼다"면서 고함을 쳤고 종례 땐 "증거를 제출한 녀석들은 사라져라" 하면서 괴성을 질러댔다. 평소 봉수 하는 짓거리로 보아 교장이 봉수를 편애할리 없는데 무슨 똥배짱이지? 나는 봉수가 걱정됐다. 하지만 내가 봉수 걱정하고 있을 때가 아니란 사실이 너무나 엄연해서 신경을 꺼 버렸다.

사실 나라고 해서 봉수한테 감동 먹이고 야자 빠져 볼까, 한때 고민하지 않은 것은 아니었다. 하지만 봉수 하는 짓거리도 웃기고 그보다 훨씬 더 중요한 이유도 있어서 야자 따윈 개나 줘 버려, 하는 초심으로 금방 돌아갔다. 난 진짜 사라지고 싶었으니까. 고작 야자에 빠지기 위해 사라지는 것이 아니라 내가 상천시에 살았다는 사실마저 지워 버리고 깡그리 사라지고 싶었으니까. 주변 사람들의 기억에서조차 완전히 사라지는 길을 택하고 싶었으니까.

종례를 끝낸 봉수가 교무실로 사라지자 곧이어 야자 시작종이 울렸다. 나도 슬슬 가방을 챙겨 교문을 나서야 할 것 같았다. 갈 곳은 없었다. 그렇다고 딱히 교실에 있을 이유도 없었다. 피시방이나 찾아가 썩든 어택이나 한두 시간 하다 집에 가고 싶었다. 군이 대학을 갈 이유를 찾을 수 없었지만 남들이 다 가니까 나도 군이 가야 한다면 상천에 있는 전문대나 기웃거려 볼 작정이었다. 물론 그런다고 그 학교가 날 받아 줄지는 알수 없는 노릇이지만.

결석도 밥 먹듯 했다. 고1 여름엔 결핵 치료를 핑계 삼아 한

달 먼저 자율 조기방학에 들어가기도 했다. 결국…… 꿈, 희망 따위와는 전혀 상관없이, 자잘한 규정 따위는 완전 생까면서 하루하루를 살고 있다는 말이다. 그러니 야자 째고 '그냥' 가는 거다.

가방을 메고 자리에서 일어섰다. 동규가 날 불렀다. 녀석도 가방을 메고 교실을 나서는 중이었다. 녀석도 야자를 쩰 모양 이었다.

"발기 수능! 작년엔 피를 토하더니 이제는 발기까지, 참 너도 가지가지 한다. 내 가방 우리 집에 좀 갖다 놔라."

대응하기 싫었다. 동규는 계속 이죽거리며 다가와 내 어깨를 툭 쳤다. 제법 노는 녀석 흉내를 그럴듯하게 냈다. 나는 키 165센티미터에 몸무게는 55킬로그램이다. 키는 중학교 3학년 이후 자라지 않았다. 이마는 넓어졌고 턱은 아래로 자랐다. 잇몸도 자라는지 입을 조금 벌리면 잇몸이 훌러덩 드러났다. 내 외모가 악화 쪽으로 방향을 잡고 변형을 거듭하는 동안 동규는 185센티미터까지 자랐다. 축구를 관둔 뒤로 살도 뒤룩뒤룩 붙어 흑인 농구선수처럼 보였다. 체중도 90킬로그램은 될 것이다. 녀석은 덩치로는 나에게 넘사벽인 셈이다. 할머니가 돌아가시기 전, 초등학교 시절만 같았어도 그 두툼한 입술에 주먹을 질렀을 텐데. 엄마란 여자가 다른 남자와 바람이 났다는 소문이 났을 때 나는 그 얘기를 퍼뜨리는 녀석들을 일일이 쫓아다니며 입술을 짓이기곤 했다. 그중엔 동규도 포함됐었다.

하지만 다 지난 일이었다.

찌질하게만 봐 왔던 동규 녀석이 이제는 예사로 나에게 가방을 맡기는 지경에 이르렀다. 녀석은 부상 때문에 축구를 포기하면서 공부까지 덤으로 그만둬 버렸다. 대신 축구하면서 알게 된 다른 중학교 출신 양소년들과 어울려 건들거렸다. 그런 동규에게 나는 완전히 밥이었다. 하지만 마음속으론 그런 관계의 역전을 결코 인정한 적이 없었다. 다만 그 녀석 주위에 있는 양소년들이 좀 께름칙해서 제대로 대응하지 않을 뿐이었다. 나는 동규를 째려보았다. 동규는 나의 레이저 눈빛에 약간 당황하는 듯했지만 주변 패거리들을 의식했는지 목소리를 더 높였다.

"어이, 발기, 내 가방 좀 갖다 놓으라고!"

아, 이 새끼를 그냥…… 뒤야지 내가 어쩌겠어. 혼자도 아닌데. 쪽 수에 밀려서 봐 준다, 이 어병이 새끼야. 나는 속으로 중얼거리며 동규를 슬쩍 밀치고 뒷문으로 향했다. 동규 녀석의 표정이 굳어졌다. 눈은 세모꼴로 변했다. 동규가 따라오더니 어깨를 확 잡아채며 날 돌려세웠다.

"내 말 씹냐, 이 존만아!"

동규 녀석이 버럭 소릴 질렀다. 다른 양소년들도 나를 빙 둘러쌌다. 졸라 난감했다. 한 녀석이 끼어들더니 온 교실이 다 듣게 물었다.

"동규야, 이 새끼가 전에 발기했다는 그놈이야?"

아, 그놈의 발기! 발기란 말을 발기발기 찢어 버리고 싶었다. 영화나 소설에 너무 심취하는 사람들은 양아치들에게 둘러싸인 채 위협을 당하는 피해자를 향해 "으이구, 저런 병신. 그걸 그냥 참아? 죽기 아니면 까무러치기로 덤벼야지. 나 같으면 그냥 안 당한다"고 쉽게 말하지만 나는 현실은 영화나 소설과는 전혀 다르다는 걸 이젠 너무 잘 알고 있다. 호되게 당한 게 어디 한두 번이라야지. 물론 내가 독한 결심을 하면 가방에 들어 있는 날카로운 날이 달린 '어떤 것'으로 이 녀석들을 처리할 수 있다. 하지만 난 그 이후가 두려웠다. 내가 일을 저지르면 본질과 상관없이 내 가족과 관련된 것까지 싸잡아 비난하려 드는 사람들의 태도가 두려웠다. 그래서 차라리 당하고 말자, 체념할 뿐이었다.

할머니가 살아 계실 때는 두려울 게 없었다. 할머니는 언제나 나의 든든한 방패였고 울타리였다. 그런 할머니가 중학교 1학년 4월까지 나를 키웠다. 엄마는 내가 여덟 살 무렵인가, 아버지와 갈라섰다. 아버진 관광버스 기사였다. 일주일에 한두 번 집에 오면 많이 오는 편이었다. 할머니가 돌아가시면서 내 생활엔 금이 갔다. 수업을 마친 후 집으로 돌아가면 불 꺼진 빈 집에서 교통사고 후유증으로 다리를 저는 동생이 나를 기다렸다. 내가 초등학교에 들어가기 전, 두 살 터울 동생 수석이는 엄마가 운전하던 차를 타고 가다가 사고를 당했다. 원래 발달 장애가 있는 데다 오른쪽 다리까지 절게 됐다. 동생이 초등학교 입학했을 때 동생 친구 녀석들은 다리 저는 모습을 따라 하며 놀렸다. 그 모습이 내 눈에 띄면 달려가 코에다 주먹을 내질렀다. 코가 부은 녀석들은 자기 엄마 손을 잡고 중앙슈퍼로 찾아오곤 했다.

할머니는 몸이 절구통처럼 둥글었고 까무잡잡한 얼굴에다 광대뼈가 도드라졌다. 입이 걸었고 악바리였다. 외모와 어울리는 성깔이었다. 게다가 할머니는 사과란 단어를 몰랐다. 그런 할머니를 몰라보고 중앙슈퍼를 찾은 젊은 여자들은 할머니한테서 경상도 사투리가 걸쭉하게 녹은 욕을 푸지게 얻어먹고 고개를 절레절레 흔들며 발길을 돌렸다.

"아아가 다리 저는 것도 서러븐데, 쎄가 빠질 놈이 놀리긴 어데서 놀리노? 더러븐 손들이, 맞을 짓을 했으모 맞는 기 당연한 거 아이가! 어데서 그지 겉은 것들이, 지 아 몬 가리친 거는 생각도 안 하고 눈까리 딱 뽈시고 찾아오기는 어데라꼬 찾아오는 기라. 지 아아나 잘 가리치지, 더러븐 손들."

그 후 젊은 여자들은 동생과 귀가하는 나를 만나기 위해 학교와 중앙슈퍼 중간 지점에서 길목을 지키고 섰다가 나타났다. "네가 수능이란 놈이야?" 하며 악을 썼다. "엄마 없이 자란다고 표 내는 거야?" 그 소리를 듣고 고개를 숙이고 있을 때면 동생은 겁먹은 표정을 지으며 서럽게 울었다.

"형아야, 떠울 간 엄마 만나믄, 내가 엄마 만나믄 다 일러 줄 거다."

하다가도 엄마란 말만 해도 좋은지 언제 울었느냐는 듯 싱겁게 웃었다.

"형아도 떠울 가서 엄마 만날 거잖아. 히히."

그러다가 나에게 길길이 화를 내는 젊은 여자들을 향해 말했다.

"우리 엄마 내일 떠울떠 온다고 했어요. 그렇지, 형아."

내 얼굴을 마주 보며 웃는 건지 우는 건지 애매한 표정을 짓는 동생에게 나는 늘 화가 났다.

"형아야, 내가 잘못했다. 엄마하고 피자 따주는 아저띠 만난 이야기 안 할게."

엄마란 여자는 다른 남자를 만날 때 수석이를 데리고 나갔다. 주변 사람들 눈을 속이기 위한 방법이었다. 상황 분간이 되지 않는 동생은 그 남자가 사 주는 피자를 먹고 좋아라 했다.

중학교에 입학해서도 동생이 똑똑해질 리 없었다. 말까지 더듬거렸고 행동은 굼떴다. 수업시간 선생님의 질문에는 늘 어버버거렸다. 철딱서니 없는 중딩들은 그런 동생을 장난감 삼아 갖고 놀았다. 그 녀석들은 동생을 수석이라고 이름을 부른 적이 없었다. 바보는 기본이고 불량감자, 행동이 추레하다고 행추리, 떨이, 쩔뚝이, 어벙이 등으로 불렀다. 하지만 신통하게도 동생은 게임 하난 잘했다. 외톨이가 된 동생에겐 피시방이 어머니였고 할머니였다. 밤늦게까지 피시방에서 자판을 두들기는 것이 낙이었다.

그리고 그땐 이미 내 코가 석 자였다. 동생을 놀리는 친구들을 향해 주먹을 날리기엔 나는 이미 너무 작아져 버렸다. 내 코를 향해 날아오는 주먹을 피하기도 버거웠다. 중학교 2학년 여름방학이 끝나고 개학이 되었을 때 나보다 작았던 녀석들이 머리통 하나 정도는 더 커진 채 나타났다. 여름방학 동안 코밑에 솜털이 난 괴물에다 잠지에 잔디처럼 검은 털이 돋았다는 동물까지 생겨났다. 난 지금도 겨드랑이에 털이 나지 않았다. 간혹 그런 겨드랑이를 본 녀석들은 제모하냐? 하고 물었다. 성장이 멈춘 것을 그때 알았어야 했다.

그것도 모르고 초딩 때 생각만 하면서 늘 만만하게 여겼던 녀석의 뒤통수를 때렸다가 나는 새로운 현실에 직면했다. 그 녀석이 돌아서며 주먹을 뻗어 내 코를 정확히 명중시켰던 것이다. 즉시 반격했지만 내 주먹은 그 녀석 코에 미치지 못했다. 녀석의 머리가 너무 높이 매달려 있었다. 코뼈가 내려앉았고 코가 주먹만 하게 부어올랐다. 한번 코가 뭉개지자 반에서 서열을 높이기 위해 골몰하는 녀석들은 툭하면 내 코로 주먹을 질렀다.

한때 잘나가던 시절, 내 싸움의 법칙은 선방 후 연타였다. 시비가 붙었을 땐 일단 기습적인 선방을 날렸다. 느닷없이 관자놀이를 맞은 상대는 대개 얼이 빠졌다. 그런 상대를 책상과 함께 밀어 버렸다. 책상 틈에 파묻힌 상대를 향해 열 대 정도 연속으로 펀치를 날렸다. 코피가 흐르고 다른 애들이 말릴 때쯤 내가 이 새끼, 한 번만 더 엉겨 봐, 으름장을 놓으면 싸움은 완벽한 나의 승리로 끝났다.

하지만 이런 내 싸움의 법칙이 먹힌 시절은 속절없이 끝나 버렸다. 체격의 열세가 두드러지게 된 뒤부터는 늘 빗나가기만 했다. 그래도 꾸준히 싸웠다. 싸움이 시작되면 언제나 초반 연타를 날렸다. 주먹은 제대로 꽂혔으나 체격 차이를 극복할 순 없었다. 나의 끈기는 거기까지였다. 녀석들은 선불 맞은 멧돼지처럼 나에게 달려들었다. 무지막지하게 밀고 들어와 내 멱살을 잡아 교실 바닥에 패대기쳤다. 등을 바닥에 대고 얼굴로 날아오는 주먹을 보면서 눈을 질끈 감았다. 많이도 맞았다. 그 녀석들은 나의 패배를 확인한 후에도 집 나간 엄마 이야기를 들먹이며 상처에 왕소금을 뿌리고 문지르는 짓을 서슴없이 했다.

형인 내가 그런 핍박 속에 내동댕이쳐진 것을 모르는 동생은 급식소에서 날 만나면 "형아, 형아" 부르며 허겁지겁 달려왔다. 입술을 씰룩거리며 벌어진 입을 더 벌리고 다가와 손을 잡고 내 허리를 감쌌다. 그때 내가 해 줄 수 있는 것은 엇박자걸음으로 자기 교실로 돌아가는 동생의 슬픈 뒷모습을 지켜보는 것밖에 없었다.

하지만 지금은 절룩이는 그 걸음조차 볼 수 없다. 내가 중학교 3학년 겨울방학 때 수석이는 피시방을 다녀오다 대문 앞 국도에서 뺑소니차에 치여 며칠 동안 거칠게 호흡하다 내 곁을 떠나고 말았다. 그 후론 아버지마저 일 나간 집에서 나는 혼자 먹고 혼자 자고 혼자 일어났다.

할머니만 있었어도, 할머니가 한약재 듬뿍 넣고 푹 삶아 주는 닭백숙을 먹고 한숨 자고 일어나면 키가 컸을까. 그랬다면 애들에게 당하지 않았을까. 아버지가 운행 가면서 사다 놓은 라면, 포장 김치 따위는 똥 만드는 재료였을 뿐, 키 자라는 데는 전혀 도움이 되지 않았다.

하지만 그런 나에게도 독기만은 여전히 남아 있었다.

'내가 독하게 맘만 먹으면 니들쯤은 그냥 보내 버린다, 난 그런 것쯤은 아무것도 아니거든.'

이 독기가 나를 버티게 하는 유일한 근거였다. 그것이 비록 정신 승리에 지나지 않더라도 나에게는 무엇보다 강력하고 유용한 무기였다. 그래서 나는 내 앞에서 건들대는 놈들을 여전히 우습게 봤고 '아이고, 이 병신들아, 내가 참는다, 참아'라고 말할 수 있는 것이다. 물론 그 말을 입 밖에 낸 적은 없었지만.

"발기 수능, 좋은 말 할 때 동규 가방 들고 가라."

다른 중학교 출신 양아치 녀석이 명령하듯 말하고는 내 어깨에 동규의 가방을 걸쳤다. 자, 이쯤이면 드디어 내 무기를 쓸 타이밍이겠지. 아껴 뭐 하나, 쓰자.

'그러지, 뭐. 니들이 그렇게 사정을 하는데 어쩌겠냐.'

나는 속으로 중얼거리며 동규 가방을 메고 교실 문을 나섰다. 김수능이가 동규 패거리들에게 완전 처발리는 안타까운 상황에서도 책만 파는 대한민국의 미래 인재는 존재했다. 엄청난 집중력으로 수능 문제를 푸는 알파고 박미소였다. 남의 일에 관심을 두는 것과 성적은 반비례한다는 원리를 아는 아이를 탓할 마음은 없었다. 그런 집중력이 나한테는 없다는 것이 아쉬울 뿐이었다.

내가 가방 셔틀을 당하는 광경을 관찰하는 학생이 또 한 명 있었다. 연주였다. 콧날이 오뚝하고 깊은 갈색 눈동자가 빛나는 연주, 그런 연주가 내가 당하는 모습을 뚫어지라 쳐다보고 있었다. 여차하면 교무실로 달려갈 태세였다. 찌질한 나에게 유일하게 관심을 표하고 웃어 주는 우리 반 여학생, 그래서 발기한 날 꿈에 나타났던 것일까.

동규 가방까지 든 채 나는 털레털레 동네로 들어섰다. 찌그러진 내 모습처럼 동네 역시 어딘가 나사가 빠져 버린 듯 헐거운 느낌이었다. 길의 맨 끝에 음산하게 엎드린 우리 집이 보였다. 그 길과 직각을 이루면서 뻗어 있는 2차선 국도 위를 연이어 달려가는 차들도 보였다. 내가 걷고 있는 길은 2차선이라 부르기엔 애매하지만 마주 오는 차가 서로 부딪치지 않고 비켜 지나갈 수는 있어서 1차선 도로라고 부르기에도 모호한 포장도로였다. 그러니까 우리 집은 2차선 국도와 모호한 도로가 교차하는 모퉁이에 자리 잡고 있다는 말이다. 우리 집을 기준으로 해서 동쪽으로 상가 열다섯 개가 늘어서 있고 애매모호한 도로 건너편에도 비슷한 수의 가게들이 다닥다닥 붙어 있었다. 우리 집에서 동쪽으로 다섯 번째 집이 동규식육점이다. 최근엔 상천 공단에서 일하는 동남아 사람들이 드나드는 가게가 한두 개 생겨나기도 했다. 그리고 잊을 만하면 '재개발지구 지정 절대 반대'라는 현수막이 내걸리기도 했는데 나는 그게 무슨 말인지 잘 몰랐고 관심도 없었다.

할머니가 살았을 땐 우리 집은 슈퍼를 했다. 국도 쪽으로 나 있는 철대문은 파란 페인트칠이 벗겨지고 삭아서 벌건 쇠가 곳곳에 드러났다. 여닫을 때마다 끼긱거리는 소리가 싫어서 몇 번 발길질을 했더니 그 자리가 움푹 찌그러져서 더욱 볼썽사나웠다. 담장 안마당에 살구나무 세 그루가 신도시에 지어진 아파트 2층 높이 정도로 서 있었는데 퇴락한 집에서 생명의 숨결을 느낄 수 있는 유일한 존재였다. 낮은 슬레이트 지붕은 초록색 페인트 색이 바래서 칙칙한 회색빛으로 변해 버렸다. 알루미늄 새시로 된 네 개의 미닫이문이 애매모호한 도로를 향해 나 있었는데 창엔 검은 페인트로 **중앙슈퍼**라고 써 놓았다. 사방 여섯 걸음 정도 되는 가게 안은 천장엔 거미줄, 비어 버린 진열대엔 더께로 앉은 먼지, 무늬를 알아볼 수 없을 만큼 낡은 벽지, 한때는 제법 알록달록한 물건들이 가지런했으나 지금은 다리 하나를 잃고 기우뚱 기울어진 좌판, 한마디로 폐가가 따로 없었다. 가게 한쪽 벽에 안방으로 통하는 미닫이문이 나 있었다. 안방은 할머니의 사무실인 셈이었다. 할머닌 그 방에 앉아서 손님을 기다렸다. 할머니가 돌아가신 후 가게를 하지 않게 되자 미닫이문은 못으로 박아 버렸다. 그 안방을 이젠 아버지가 사용했다. 안방에서 가게 반대편 쪽으로 나가면 거실 비슷한 공간을 중심으로 안방 크기의 반만 한 작은방 두 개와 부엌이 있었다. 거실에서 대문을 향해 나 있는 현관을 나서면 좁은 마당과 조그만 화단, 그래도 할머니가 살았을 적에는 수국이 탐스럽게 피었었다. 가게를 접고 국도 쪽으로 난 대문으로 들고나면서부터 **중 앙 슈 퍼** 네 글자가 위치를 바꾼 적은 없었다. 나는 지금 그 집을 향해 가고 있는 것이다. 물론 그전에 한 군데 들러야 한다.

동규식육점 간판이 보였다. 신도시 근처에 대형 식육식당이 들어서면서 손님이 뚝 끊긴 후줄근한 식육점. 동규 아버지가 동규를 축구 선수로 키우기 위해 다니던 철강회사를 관두고 그때 받은 퇴직금으로 야심차게 차린 가게였다. 동규 아버지는 식육점을 마누라에게 맡겨 두고 동규가 있는 축구 연습장으로, 경기가 벌어지는 날엔 경기장으로 쫓아다녔다. 아, 그때 동규 아버지가 짓던 벅찬 표정이라니. 하지만 운명의 장난은 동규 아버지의 꿈을 싸늘하게 외면했다.

동규가 13세 이하 축구 국가대표 상비군에 뽑혔을 때만 하더라도 동규 아버지는 자기도 박지성 아버지처럼 될 수 있다는 꿈에 가슴이 터지려 했을 거다. 그때는 마치 월드컵 국가대표나 된 것처럼 온 동네 사람들도 덩달아 난리를 떨었다. 동네 어귀에 현수막도 떡하니 걸었다. 그것도 모자라 신도시 곳곳에도 현수막을 걸었다. 상권은 신도시에 빼앗겼더라도 자식만은 잘 키웠다는 것을 알리기라도 하는 것처럼. 그러거나 말거나 신도시 사람들은 그 현수막 아래를 무심히 지나쳤다. 축구 신동을 보기 위해 동규식육점으로 운집하지도 않았고 매상도 그대로였다.

경축

동규식육점 아들 박동규
13세 이하 국가대표 상비군 선발
– 중앙동 구도심 상권 재건위원회 일동 –

그래도 동규 부자의 야심 찬 플랜은 한때 순항하는 듯했다. 동규는 중학교 3학년 가을까지 수도권에 있는 축구 명문고를 목표로 노력했다. 왼발잡이 레프트 윙, 빠른 주력에다 큰 키, 균형 잡힌 신체 조건, 몸싸움 능력까지 갖추어 고교 감독들의 주목을 받았다. 하지만 연습 중 다친 발목에 생긴 실금이 문제였다. 고교 감독들 눈도장을 받기 위해 부상 사실을 숨기고 연습에 임했고 경기에도 참가했다. 결국 족저근막염에 발목 피로 골절까지 생겼다. 일상생활에 지장은 없으나 엘리트 축구 선수로 활동하기에는 치명적일 만큼 발목 상태가 좋지 않다는 진단 결과가 나왔다.

동규 부자의 꿈은 거기까지였다. 원도심 상가에서 싹싹하고 입심 좋기로 소문났던 동규 아버지는 말수도 싹싹함도 많이

41

사라져 버렸다. 또 그때부터 식육점에선 새로운 레퍼토리의 고함이 흘러나오기 시작했다.

"당신 때문에 내가 왜 이 모양 이 꼴로 살아야 해? 내가 언제까지 고기만 썰어야 하냐고! 잘 다니던 회사 애 축구 시킨다고지 맘대로 집어치우고, 애새끼는 축구도 공부도 다 망치고, 그러게 왜 앞뒤 분간도 못하고 난리를 피워, 피우길!"

내가 사연 많은 동규식육점 앞 간이의자에 동규 가방을 툭 내려놓자 동규 아버지가 기웃이 내다보고 말했다.

"동규 이놈의 자식이 또 어디로 내빼고 수능이 너한테 가방을 맡겼구나."

그 말이 끝나기 무섭게 아니나 달라,

"이 자식이 또오 야자 빠진 거야? 내가 못 살아, 못 살아아."

동규 엄마가 끝말을 길게 빼며 괴성을 질렀다. 또 시작이네, 젠장. 왜 나한테 소릴 지르고 난리야. 나는 대놓고 구시렁거렸다. 난 동규 엄마를 보면 언제나 화가 났다. 동규 엄마는 내 사춘기 삶에 쇠망치를 휘둘러 금이 가게 한 장본인이나 다름없었다. 나는 동규 엄마를 향해 대놓고 싫은 티를 냈다. 어린놈의 그런 태도에 어이가 없다는 듯이 동규 엄마도 날 싫어했다. 말하자면 우린 앙숙이었다.

원래 동규 엄마는 모나리자처럼 눈썹이 거의 없었는데 어느날 반영구 눈썹 문신을 했다. 하지만 그건 미용 목적이 아니었다. 동규 장래를 점친다고 간 역술원에서 엄마 눈썹이 빈약해서 아들이 경쟁에서 밀릴 수 있다는 말을 듣고서 결행한 위대한 희생이었다. 시술자가 실력이 모자랐던지 문신이 너무 동그래서 웃는 상이었다. 하지만 토끼처럼 돌출한 윗니에 두툼하고 뒤집어져서 잘 다물어지지 않는 입술과 그 문신이 얼마나 부조화를 이루는지 처음 보는 사람은 풉, 웃음을 터뜨리기 일쑤였다.

그렇게 다물어지지 않는 입술 탓인지 동규 엄마는 비밀을 담아 두지 않았다. 결혼 전 남부러울 것 없이 살았던 내 엄마란 여자가 그만 홈쇼핑 중독에 빠져서 하루가 멀다 하고 상품을 주문하고는 배송지 주소를 동규 집으로 적는 일이 벌어졌을 때 동규 엄마는 그 사실을 재빨리 할머니에게 꼰질렀다. 그 탓에 우리 집엔 바람 잘 날이 없었다. 그뿐인가. 내 엄마란 여자가 다른 남자와 새로운 로맨스를 벌이는 사실을 눈치챈 동규 엄마는 얼씨구나, 바람처럼 빠르게 그 소문을 물어 날랐다. 할머니 귀에까지 그 소문이 가 닿자 이번엔 집안에 한바탕 태풍이 휘몰아쳤다. 할머니가 아버지를 향해 소릴 질렀다.

"눈이 뒤집힌 것도 아이고 우짜다가 저런 것을 델꼬 와서, 남사시러버서 우찌 사노! 동네 사람들이, 으이, 니 각시가 꼬리 치고 다닌다꼬 난리가 났다. 홈소핑인가 지랄인가, 집안 거덜 낼 요량으로 씰데없는 거 사 모으더이 이제는 머? 바람을 피워? 아이구, 복장이야! 니는 그런 것도 모리고 싸돌아 댕기고, 집구석 꼬라지 좋다!"

"그만 좀 하세요! 어무이가 자꾸 구박하니까 저 사람이 그러 잖아요!"

아버지는 고함을 치며 문을 박차고 나가 버리는 일이 잦았다. 어린 시절이었지만 난 아버지가 할머니와 말다툼을 하는 이유를 알았다. 동규 엄마 입에 주먹을 지르고 싶었다. 대신 동규 얼굴에 주먹을 지르며 분을 풀었지만.

그런 동규 엄마를 보며 내가 깨달은 게 있었다. 모성은 결코 위대하지 않다는 것. 아들이 축구 잘할 땐 눈썹에 문신까지 새겼으면서 축구 접고 나니 원수 보듯 하는 건 대체 뭔가. 그것도 부상 때문에 그리됐는데. 모성이 위대하다면 그럴 순 없는 거다. 내 엄마란 여자가 날 버린 것이나 동규 엄마가 입만 열면 동규 때문에 못 살겠다고 악을 써 대는 거나 다를 게 없는 것 같았고 동규 엄마의 신경질 섞인 괴성을 들을 때면 날 버린 여자에 대한 분노가 머리끝까지 치밀어 올랐다. 모성은 개뿔.

내가 자살 사이트를 찾기만 하고 실행에 옮기지 못한 것은 나를 수렁에 밀어 넣고 간 여자에게 복수를 못 해서 그럴 수도 있다. 더 중요한 일이 남아 있다는 느낌은 늘 실행을 머뭇거리게 했으니까. 게다가 동생을 앗아간 뺑소니 운전자도 찾아야 했고. 얼마 전에 청와대 국민신문고에 동생 사건을 해결해 달라고 글을 올렸다. 그랬더니 상천경찰서 뺑소니 전담반에서 연락이 왔다. 조만간에 담당 경찰이 찾아갈 거라고 했다. 동생 문제가 정리되고 나면 내가 생각하고 있는 것을 실행에 옮기는 것이 앞당겨질까?

모성과는 상관이 없는 엄마를 둔 어벙한 동규가 모성을 혐오하는 나를 지렛대 삼아 어깨에 힘을 주는 일쯤이야 참아 주자. 미덕이 뭐 별건가. 그 녀석도 내 속에 숨겨진 독기를 여전히 두려워하는 눈치던데, 내가 참아야지. 어쨌거나 가방 셔틀은 겨우 끝냈네. 다음에 또 시키면 그땐 정말 가방을 고랑에 처넣어 버릴 테다.

그래, 여기까지 잘 왔다

학기 초엔 으레 실시하는 학생 정서·행동발달 선별검사가 있는 날이었다. 그 검사에 신경 쓰는 아이들은 없었다. 아이들에겐 4월 중간고사 끝난 후 열리는 체육대회가 주 관심사였다. 새 학기를 맞아 공부한다고 잔뜩 폼을 잡을 때가 언제였던가 싶게 지금은 다들 체육대회에 정신이 팔려 있었다. 반 티 색깔, 체육대회 우승, 이런 것에 목숨을 걸다시피 요란을 떨었다. 하지만 그런 것 따위, 나하곤 상관없는 일이다. 내가 체육대회 날까지 살아 있을 거라고 장담할 수도 없는데.

5교시에 검사가 실시됐다. 검사를 주관하는 사람은 위클래스 전문상담교사 최선희 선생님이었다. 각 반 담임들이 상담실에서 검사용지를 받아 교실로 들어갔다. 봉수가 검사지를 학생들에게 나눠 주었다. 나는 검사지를 받아 놓고 거들떠보지도 않았다. 무거워진 구름이 잔뜩 내려앉아 비를 뿌리는 통에 밖은 어두웠다. 결핵 치료약을 먹은 후 늘 이 시간이 되면 잠이 쏟아졌는데 마침 잘됐다. 이럴 때 잠깐이라도 눈을 붙이지 못하면 신경이 날카로워지고 마음도 우울해졌다. 약을 끊은 후에도 비 오는 날이면 그 증세가 나타났다. 결핵 후유증이라고 의사는 말했다.

검사용지를 책상 위에 그대로 엎어 둔 채 봄비치곤 사납게 쏟아지는 빗방울을 바라봤다. 운동장가에 작년 가을 전지 작업 때 가지가 뭉텅이로 잘려나간 느티나무가 서 있는 게 보였다. 그 느티나무는 봄이 왔건만 아직 새잎을 피워 내지 못한 채 사나운 빗방울에 젖고 있었다. 생명력을 잃어버린 가지에도 비는 공평하게 내렸다. 냉기만 감도는 집에 홀로 남겨진 채 결핵약까지 먹으며 지냈던 작년의 나와 가지를 잃고 운동장가에 우두커니 서 있는 느티나무가 비슷한 처지라는 생각이 들었다.

내 가지를 자른 사람은 누구일까? 그리될 나를 태어나게 한 사람들이 떠올랐다. 내가 태어나기 10개월 전, 아버지와 나를 버린 여자 중 누가 원했을까? 그건 차마 물어볼 수 없었다. 배출된 정자 1억5천만 개 중 48~72시간 생존한 한 개의 정자가 한 개의 난자를 만났을 것이다. 계획하고 그랬는지 필이 꽂혀 그랬는지, 그 질문도 할 수 없었다. 어쨌든 한 달 뒤쯤 나를 낳은 여자는 생리가 멎은 걸 알고 당황했을까, 기뻐했을까? 아버진 입덧하는 그 여자가 원하는 것을 사다 주었을까? 날 버린 여자는 다른 여자들처럼 초음파로 내 심장박동 소리를 듣고 좋아하기는 했을까?

만약 나를 버린 여자의 배란일이 아니었더라면, 아버지가 콘돔을 사용했더라면, 필이 꽂히지 않았더라면, 그날 아버지가 술자리에라도 있었더라면, 정자와 난자의 결합은 이뤄지지 않았을 것이고 난 이 자리에 있지도 않았을 테지.

태어나지 않았다면 우레탄 트랙을 돌다가 피를 토하지도 않았을 것이고 자살사이트를 들락거리지도 않았을 것이고, 그 여자를 향해 자식을 버린 나쁜 여자라고 욕을 하면서 이를 갈 일도 없었을 것이다. 더구나 눈치 없이 '네 엄마'라고 말하는 봉수를 만날 일은 절대 없었을 것이다. 어벙한 동규도, 평생 억울하게 살다간 동생도 만나지 않았을 것이다. 모성에 대한 따스한 추억보다는 분노만 남기고 간 여자가 더욱 미워졌다. 나른해지면서 팔다리에 힘이 풀렸다. 비에 젖어가는 화장지처럼 육신이 흐물거리는 느낌마저 들었다.

내 사정을 전혀 모르는 담임 봉수는 교단 위에 앉아 눈을 감고 있었다. 조는 거겠지. 그는 내가 야자에 줄창 빠져도 아무런 말을 하지 않았다. 난 관심받고 살아 본 적이 없기에 그런 상황에 익숙해질 만한데도 약간 화가 나는 건 어쩔 수 없었다. 내가 뭐 그리 감당 안 되는 꼴통이라고 한 달 넘게 야자에 빠져도 상담 한 번 하지 않는가 말이다. 담임 봉수는 내 속에서 부글거리는 분노를 알 턱이 없을 것이다. 아슴아슴 졸리는 가운데서도 잡념은 꼬리를 물고 이어졌다.

그때 검사 상황을 점검하기 위해 교실을 순회하던 전문 상담 교사가 등장했다. 봉수는 마치 열심히 감독에 임하고 있다는 표정으로 최선희 선생을 향해 말을 늘어놓기 시작했다.

"아이고, 최 선생님, 수고 많으십니다. 전 학급 다 돌려면 힘들겠어요."

"괜찮습니다. 별 특이사항 없으시죠?"

"그럼요. 있어도 내가 잘 처리할 테니 염려 놓으시고, 음하하하."

졸기나 했으면서 잘도 처리하겠다. 나는 속으로 비웃었다. 최 선생은 교실을 한 바퀴 둘러본 다음 봉수를 향해 가볍게 눈인사를 하고 문을 향해 돌아섰다. 봉수가 그 뒤에다 대고 큰 소리로 말했다.

"최 선생, 우리 학교에 잘 오셨어. 내가 무슨 일이 있어도 올해는 꼭 중매해 드릴게, 음하하하."

'허세 쩔어요, 자기가 뭐라고. 근데 상담 선생님 아직 싱글인가 보네. 나이는 삼십 대 후반에서 사십 대 초반으로 보이던데 왜 시집을 안 갔지?'

여자치고 큰 키가 돋보였고 몸매도 좋았다. 긴 다리에 착 달라붙은 청바지를 입고 위에는 흰색 셔츠를 걸쳤는데도 영화배우 김혜수하고 비슷한 느낌이 들었다. 눈이 높았나, 아니면 우리 아버지처럼 돌아온 싱글인가?

"강봉수 선생님, 검사 감독이나 잘하시구요, 저번 학교에서

도 중매하신다고 큰소리치더니 혼자 상천고로 가셨잖아요. 올
해는 제발 중매 좀 해 주세요. 뻥 치지 마시고요."

아이들이 와그르르 웃었다. 봉수도 뻘쭘하게 따라 웃었다.

"요즘도 학생들 배구 가르치세요?"

"당연하지. 클럽 이름이 독수리 배구클럽이야."

"그래요? 언제 한번 체육관에 놀러 갈게요."

그 말을 끝으로 최선희 선생님이 다시 휙 돌아섰다. 긴 머리
가 출렁, 춤을 추었다. 나는 짧은 순간에도 웃을 때 콧등에 잡
히던 잔주름과 볼에 잠깐씩 파이던 볼우물을 놓치지 않았다.
나는 눈을 몇 번 깜박거리고 책상 위에 놓인 검사용지를 끌어
당겨 읽기 시작했다. 잠은 저만치 달아나 버렸다.

학생 정서·행동발달 선별검사 시행은 최근 성장기 학생들에게 증가하고
있는 정서·행동문제(우울, 불안, 자살, 주의력결핍 등)를 조기에 발견하
고 보호·치료를 통한 건강한 성장발달을 지원하기 위한 것입니다. 특히,
이 검사는 단순한 질병 예방이나 치료 목적이 아니라 인간의 궁극적 목
적인 삶의 질 향상을 목표로 하고 있어 더욱 중요성이 높아지고 있습니
다. 자신의 행동과 심리 상태를 잘 살피고 검사에 임하기 바랍니다.

학생 정서 · 행동발달 선별검사 문항

문 항	전혀 없음 (0)	약간 있음 (1)	상당히 있음 (2)	아주 심함 (3)
1 너무 말랐거나 혹은 너무 뚱뚱하다.				

2	꼼지락거리거나 가만히 앉아 있지 못한다.				
3	도벽이 있거나 거짓말을 자주 한다.				
4	우울한 기분으로 생활하는 일이 많다.				
5	정신을 잃고 쓰러진 적이 있다.				
6	성질이 급하고 참을성이 부족하다.				
7	지능이 낮다.				
8	무단결석 혹은 가출을 한 적이 있다.				
9	매사에 의욕이 없어 보인다.				
10	다른 아이들과 주먹질을 하며 싸운다.				
11	술 혹은 담배로 인해 문제를 일으킨 적이 있다.				
12	어른(부모 혹은 교사)에게 반항적이거나 도전적이다.				
13	대소변 가리기에 문제가 있다.				
14	불만이 많고 쉽게 화를 낸다.				
15	양보심이 부족하다.				
16	불안하거나 긴장된 표현을 보인다.				
17	여기저기 자주 아프다.(예: 두통, 복통 등)				
18	또래에 비해 읽기, 쓰기, 셈하기를 잘 못한다.				
19	언어 발달이 늦어 대화에 지장이 있다.				
20	자신감이 부족하다.				
21	잘 먹지 않는다.				
22	컴퓨터(혹은 인터넷)를 너무 사용하여 생활에 문제가 있다.				
23	집중력이 짧고 주의가 산만하다.				
24	다른 아이들과 잘 어울리지 못한다.				
25	신경이 날카롭고 신경질적이다.				
26	틱(눈 깜박임, 킁킁 소리내기, 어깨 으쓱거리기 등)이 있다.				

별도 문항	누군가로부터 신체적·언어적 폭력을 당한 적이 있다.				
	친구들이 괴롭히거나 따돌림을 당한 적이 있다.				
	나를 괴롭히는 친구가 있다.				

우울, 불안, 자살, 주의력 결핍이란 네 개의 단어가 눈에 먼저 들어왔다. 내 상태에 해당하는 단어들이었다. 그 단어들만 아니었다면 난 다시 검사지를 엎어 버리고 잠을 청했을 것이다.

꼼꼼히 읽은 스물아홉 개의 질문 항목은 놀랍게도 대부분 내 행동과 마음 상태에 들어맞는 내용이었다. 더 자세히 읽어 보니 13번 문항만 아니었다. 나는 13번만 빼고 모든 문항의 '아주 심함' 난에 ∨로 표시하고 잠을 청했다.

고만고만한 날들이 며칠간 이어졌다. 그러던 어느 날 조회를 끝낸 봉수가 불쑥 말했다.

"어이, 김수능, 면담 좀 하자. 교무실로 따라와."

2학년 올라온 후 첫 면담이었다. 불러 준 것만으로도 나는 살짝 감동 먹었다. 봉수는 교무실로 따라오라고 해 놓고는 복도로 나가자마자 용건을 꺼냈다. 역시 생각보다 말이 앞서는 건 여전했다.

"야, 너 저번에 한 정서·행동발달 선별검사 결과 때문에 호출됐어. 1교시 때 위클래스로 가 봐. 상담교사는 저번에 봤지? 그분한테 가면 된다."

면담은 그걸로 끝이었다. 교무실은커녕 복도 중간에서. 나 같은 놈하곤 진지하게 상담할 마음이 없다는 거다. 기분이 나빴으나 위클래스라는 말을 들으니 글래머에다 청바지가 잘 어울리던 최선희 선생님이 먼저 떠올랐다. 서운한 마음이 싹 날아가 버렸다.

위클래스로 갔다. 여닫이문 앞에는 '그래, 여기까지 잘 왔다'란 문구를 새긴 나무판이 걸려 있었다. 그럼, 최선희 선생님 늘씬한 몸매만 생각해도 잘 왔고말고. 위클래스 대기실엔 커다란 원탁을 중심으로 등받이와 팔걸이가 없는 스툴 의자 여러 개가 빙 둘러 놓여 있었다. 집중상담실이란 팻말이 걸린 방이 따로 있었는데 최선희 선생님이 그 방에서 서류를 들여다보고 있다가 내가 들어서는 걸 알고 고개를 들었다. 사각형 탁자에 등받이 의자 두 개가 마주 보게 놓여 있었다. 푸른색 벽지로 도배된 벽은 약간 차가워 보였지만 뭔 상관. 내가 등받이 의자에 털썩 주저앉자 최선희 선생님이 사탕을 든 바구니를 내밀었다. 붉은색 매니큐어를 칠한 손이 눈에 확 들어왔다. 관리를 받는지, 피부가 빛이 났다. 사탕을 내미느라 약간 몸을 숙인 최 선생님의 벌어진 하얀 셔츠 속으로 브래지어 레이스와 하얀 살덩이 일부가 보였다. 얼굴이 화끈거렸다. 최선희 선생님은 그런 나의 표정은 못 본 듯 검사 결과에 대해 설명하며 애처로운 눈빛으로 나를 쳐다봤다. 선생님 말이 귀에 들어올 리 없었다. 바지 속에서 잠자던 신체 부위가 깨어나 지난번처럼 낭패를 당할까 두려웠다.

"김수능 학생, 검사 결과가 75점이 나왔어요. 심한 우울 상태, 불안, ADHD, 학교폭력, 반항·충동성, 친구 관계, 자살 생각 등 모든 항목에 문제가 많은 걸로 판정됐어요. 이렇게 되면

고高위험군으로 분류돼 2차 선별검사를 받아야 해요."

고위험군이라는 말에 비위가 팍 상했다. 내가 뭐 테러범이라도 된다는 말인가. 나는 화난 티를 내지 않으려 애쓰며 말했다.

"선생님, 전 정상인데요. 2차 검사까지는 필요 없어요."

나는 그 말을 남기고 유유히 그 자리를 빠져나오려고 했다. 그런데 신체가 내 의지를 무시하고 이상행동을 개시할 준비를 해 버리고 말았다. 당황스러웠다. 귓구멍에 검지를 넣고 문지르면 가라앉는다는 봉수의 말이 떠올랐다. 시험 삼아 검지를 귓구멍에 넣고 문지르기 시작했다.

"어머, 수능 학생은 검사결과보다 증세가 더 심각하네! 내 말 듣지 않겠다고 아예 귀까지 막고…… 귀에서 손 떼고 내 말 들어요! 선별검사 결과 고위험군으로 나온 학생들은 의무적으로 전문기관에 가 봐야 한다고!"

뜻밖에 봉수가 말한 것이 효과가 있었다. 내 신체 한 부분이 안정을 찾기 시작했다.

"유치원생도 아니고, 말 듣기 싫다고 일부러 귀를 막는 건 좀 심하다고 생각 안 해요?"

최선희 선생의 목소리가 싸늘해졌다.

"반항한 건 아니고요, 말 못할 사정이 있다니까요!"

내가 눈을 부릅뜨며 목소리를 높이자 최선희 선생은 놀란 표정으로 내 얼굴을 살피더니 오히려 목소리를 누그러뜨리며 차분히 말했다.

"자, 자, 화 좀 가라앉히고 내 말 들어요. 이 검사 결과는 반드시 집에 통보해야 하고, 수능 학생은 원치 않겠지만 2차 검사도 법적으로 정해진 일이라 꼭 받아야 해요."

상담 선생님이라 그런지 내 마음 상태를 바로 읽어내는 것처럼 느껴졌다. 다른 선생님들과는 달리 내가 화를 낸 것에 대해 물고 늘어지지 않았다. 나도 조용히 말했다.

"선생님, 우리 집에 우편물 보내면요, 누가 받는 줄 아세요? 받을 사람 없어요. 제가 받는다고요."

"……."

최 선생님이 말없이 의자 등받이에 몸을 기대며 팔짱을 꼈다. 사태가 예상보다 훨씬 심각하다고 생각하는 눈치였다. 사람들은 왜 이런 오해를 하는 것일까. 원인은 딴 데 있는데 자기만의 생각으로 판단하고 심각해지고. 짜증이 밀려왔다. 그때였다.

탕탕, 탕탕탕, 탕탕탕탕.

상담실 문을 거칠게 두드리는 소리가 났다.

"네에."

최선희 선생님이 대답하자 상담실 문이 벌컥 열리며 봉수가 들어섰다. 검사 결과가 문제 있는 것으로 판정된 제자가 걱정되어 온 것은 아닐 텐데. 아니나 달라, 봉수 뒤를 따라 우리 반 여학생 한 명이 들어왔다. 전교학생회 부회장을 맡고 있는 하영이였다. 그 애는 잔뜩 표정이 군은 채 봉수를 노려보고 있었다. 마치 봉수가 잘못을 저질러 쫓겨 온 모양새였다. 아무려면 어때, 난 그 틈을 이용해 자리를 뜰 생각이었다.

"선생님, 이제 가도 되지요?"

"아직 이야기 안 끝났잖아요? 나가 보고 올 테니 잠깐 기다려요."

나는 머리를 굴리기 시작했다. 내가 정서·행동발달 선별검사 결과 고위험군으로 분류됐고, 2차 선별검사자에 해당하니 교육지원청 위센터까지 가라는 거지? 상천고에서 교육지원청까지 가는 데 한 시간, 오는 데 한 시간, 왕복 두 시간. 가서 상담 좀 받고 그러면 족히 네 시간은 걸릴 거고. 그 시간이면 피시방에서 오락을 몇 판 더 할 수 있다. 최선희 선생님과 교육청 담당자는 내가 밥을 먹는지, 라면을 먹는지 알기는 알까? 고작 질문 몇 개 던져 점수를 매기고, 그 결과로 학생이 문제 있다고 판정하고 무조건 2차 검사를 받으라고? 점수만 높게 나왔다고 무조건 받으라고? 점수 그따위가 이유가 될 순 없었다. 가지 않는 쪽으로 저절로 마음이 정해졌다. 최선희 선생이 뭐라고 하든 생까면 그만이다. 그렇게 마음을 정하자 이젠 딴 데 눈을 돌릴 여유가 생겼다. 봉수하고 하영이가 무슨 일로 상담실로 온 건지가 궁금해졌다. 집중상담실 문에 난 창을 통해 봉수와 하영이를 내다보았다.

"선생님, 사과하세요."

눈을 부릅뜨고 노기를 그대로 발산하는 하영이의 목소리가 집중상담실 안까지 들려왔다.

"사과는 무슨 사과야, 인마."

봉수는 대수롭지 않게 툭 내뱉었다.

"인마라니요!"

하영이가 눈을 세모꼴로 뜨고 고함을 질렀다. 목에서 표창이 튀어나와 천장에 팍팍 꽂히는 줄 알았다. 봉수가 학생이고 하영이가 선생 같았다.

"야, 말꼬리 잡지 말고 무슨 일인지 설명을 해 봐. 내가 뭘 사과해야 하는지. 이 녀석은 대놓고 사과부터 먼저 하라고 난리네."

봉수 목소리에는 고저변화가 없었다. 수업시간에 학생들이 잠자기 딱 좋은 톤이었다. 하지만 창 너머로 보이는 표정엔 당황한 기색이 엿보였다. 평소 봉수답지 못했다. 하영이가 목소리를 높여 사과를 요구하는 순간에도 애써 평정심을 유지하려고 안간힘을 쓰는 듯했다.

"저 교실 청소했잖아요! 근데 왜 애들 앞에서 청소 안 했다고 막 얘기하고 그러세요, 쪽팔리게!"

"너, 안 했잖아! 내가 3월 초부터 한 달 동안 쭉 지켜봤다. 교실 청소할 때 넌 다른 반에 가 있거나 화장실 가서 안 왔잖아. 비질 한 번이라도 제대로 한 적 있어? 며칠 전부터는 내 뒤에서 투덜대기나 하고, 눈은 또 왜 그렇게 흘기는 거야?"

"매일 교실에 있었잖아요!"

하영이는 봉수가 묻는 말에 대답은 하지 않고 소리를 빽 질렀다. 봉수는 어이가 없는지 실실 웃었다.

"왜 웃는데요, 재수 없게!"

"야, 너, 말 그렇게 함부로 할래?"

"진짜 선생님하고는 이야기가 안 되네요. 어른이면 다예요? 어린 사람에게도 잘못했으면 당장 사과해야죠!"

"야, 억지 쓰지 말고 이유를 말해 봐."

하영이는 봉수 말은 깡그리 무시하고 제 할 말만 반복했다.

"당장 사과하세요."

"야, 무슨 사과를 하라고 난리야. 넌 분명히 청소하지 않았단 말이야."

"사과하기 싫은 모양이네요. 그럼, 더 이야기할 필요 없네요."

쾅! 문 닫히는 소리가 크게 들렸다. 봉수에게 선생님이란 호칭 한 번 붙이지 않고 자기 할 말만 하고 사라지는 하영이의 용기가 부러웠다. 나는 검사결과 점수 높다고 집중상담실에서 설득당하고만 있는데.

"야, 이리 안 와?"

봉수가 복도 저편까지 들릴 정도로 소리를 빽 질렀다.

"이리 와서 앉아. 네가 학생이라면 상담실로 와서 앉으란 말이야. 아직 이야기 안 끝났어."

봉수의 말에 아랑곳하지 않고 하영인 복도에 버티고 있었다. 하영이 행동거지가 며칠 전부터 이상하긴 했다. 봉수가 청소 감독을 하러 교실에 올라오면 뒤에서 눈을 흘기거나 입에 쌍시옷 자를 달고 구시렁거렸다. 하영이는 초등학교 5학년 땐가 대구로 전학 갔다가 중학교 3학년 2학기 때 다시 상천으로 전학을 왔다. 내신을 잘 받고 대학 갈 때 서울대 지역균형선발 전형을 노리고 다시 왔다는 소문이 돌았다. 다른 부모들과 학생들은 불만이 많았다. 그 애가 상천고등학교로 진학하는 바람에 다른 아이들의 내신 성적이 한 칸씩 밀리고 대학 진학에 불이익을 받게 됐다고 뒤에서 수군거렸다. 학교 수업 시간에는 잠을 자고 밤늦게까지 과외를 받는다고 했다. 화장하고 교복 치마를 줄여서 미니스커트로 만들어 입고 다녔다. 아버지가 기업체를 운영하는 사장이라 집이 잘산다는 말도 들렸다. 하영이의 성적만 보는 선생들이나 학생들은 그 아이를 범생인 줄로 알았다. 복도에서 버티는 하영이에게 화가 난 봉수가 다시 목청을 높였다.

"언제까지 거기 뻗대고 서 있을 거야? 너, 나하고 친구들 다시 안 볼래?"

"안 볼 거예요!"

저런 애가 전교부회장 맞나, 하는 생각이 들었다. 학교에서 논다는 아이들 가운데서도 최상급인 보호관찰 10호짜리도 저 정도는 아니었다. 며칠 전 봉수가 교무실에서 3학년 양아치 황성수에게 말하던 콘크리트벽이란 말이 떠올랐다. 하영인 자기에게 거슬리는 소리엔 귀를 막고 자기 소리만 꽥꽥 질러댔다.

자기에게 거슬리는 소리는 들으려고도 하지 않고 무조건 튕겨 버리는 콘크리트벽처럼. 그렇다면 하영인 또 다른 형태의 양 소녀였다.

"네 눈엔 내가 뭐로 보이냐? 선생이 맞긴 한 거야?"

봉수가 목소리를 낮추며 물었다. 잠시 침묵이 흘렀다. 하영 이가 답을 하지 않자 기다리다 지친 봉수가 다시 말을 던졌다.

"다시 물어보자. 넌 나를 어른으로 보긴 하는 거야?"

"난 선생님 모든 게 다 싫어요. 외모도 싫고요. 수업 방식, 그리고 함부로 말하는 것, 문학작품 개작도, 배구경기 영상 보여 주는 것도 다 싫어요."

하영인 작심한 듯 속마음을 거침없이 다 뱉어냈다. 그 소리 가 집중상담실 안까지 고스란히 전해졌다. 봉수의 표정이 궁 금했지만 복도로 나가볼 수는 없었다. 생각해 보니 봉수가 하 영이에게 그렇게 비난받을 짓은 하는 선생은 아니었다. 봉수 의 호소하는 듯한 말소리가 이어졌다.

"하영이 너, 말 그렇게 함부로 하는 거 아니다. 담임하고 학 생으로 만난 인연도 소중한 거야, 인마. 선생인 내가 네 행동에 문제가 있다 싶어서 부른 건데, 이건 뭐…….'

"선생님이 사과하지 않으니까 이렇게 된 거잖아요. 선생님 이 어른이라고 어린 사람에게 잘못해 놓고도 사과하지 않고 그냥 넘어가는 거, 정말 잘못하신 거 아니에요?"

"허, 참. 내가 너한테 잘못한 게 뭔데? 넌 청소 시간에 청소 안 했다고. 다른 아이들 빗자루 쓸고 밀걸레 밀 때 너는 없었잖아? 그걸 지적하는 게 사과할 일이야?"

"제가 왜 청소 안 했어요? 책상 두 개 밀었잖아요!"

"그게 청소한 거야? 참 기가 차네. 뭐라고 말을 해야 알아듣겠나. 그래, 거지가 동냥을 왔다고 치자. 거지는 배가 고파 죽겠는데 너는 밥을 딱 한 숟가락만 줬어. 그러면 거지는 배가 부르겠어? 그리고 너한테 밥 얻어먹었다고 생각하겠냐고."

"듣기 싫은데요."

봉수 특유의 비유 들어 말하기를 시도했지만 실패하고 말았다.

"듣기 싫어도 계속 들어."

"강요하시는 거예요?"

"강요가 아니다. 너하고 좋은 인연을 만들기 위한 노력이다."

"나는 좋은 인연 만들기 싫거든요. 좋은 인연 만들고 싶으면 선생님이나 많이 만드세요. 나는 선생님하고 악연으로만 기억해도 충분해요."

"야, 이거 참, 콘크리트벽이 따로 없네."

콘크리트벽이 또 나왔다. 나는 점점 더 결말이 궁금해졌다.

"선생님이 먼저 잘못했잖아요!"

"이놈이 끝까지! 난 네가 청소 시간에 한 행동을 그대로 말했고, 다른 학생들이 하는 청소에 비해 넌 안 한 거나 다름없다는 걸 지적했을 뿐이야."

"내가 언제 청소 안 했다고 그러세요?"

"야, 네 아빠 사업하신다고 했지? 네 아빠 공장에서 일하는 사람들이 공사 현장에서 벽돌을 나른다고 치자. 다른 사람들은 다들 열심히 일하는데 딱 한 사람이 빈둥빈둥 그늘에서 놀다가 감독이 현장에 나타날 때만 살짝 나와서 벽돌 한두 개 날라 놓고 일당은 같이 받으려고 한다면 너희 아빠가 돈을 쉽게 주겠어?"

"주면 되죠."

하영인 억지를 부렸지만 봉수는 마음의 평정을 찾은 모양이었다. 봉수 특유의 고전소설 개작은 아니더라도 적절한 상황에 빗대어 대화의 실마리를 풀어나가기 시작했다. 하지만 하영이는 여전히 콘크리트벽이었다.

"다른 선생님들은 아무 말도 안 하는데 왜 선생님만 저한테 지적하는데요? 기분 나빠요. 나뿐만 아니라 그날 그 자리에 있었던 다른 애들도 다 기분 나빠했어요."

"다들 기분 나빴다고? 니들이 무슨 특권층이냐? 너하고 같이 있던 애들 다 학교 학생회 간부들이잖아. 학기말 되면 일 년 동안 고생했다고 공로상 받고, 봉사상은 다 받으려고 하면서?"

"선생님하고는 진짜 이야기 안 통하네요. 더는 얘기하고 싶지 않아요."

하영이가 슬리퍼를 사납게 끄는 소리가 들렸다. 결국 제멋대로 교실로 올라가 버린 모양이었다.

퍽.

둔탁한 소리가 들렸다. 나는 그 소리가 무엇인지 경험으로
안다. 아버지가 가끔 벽을 주먹으로 내지를 때 나는 소리였다.
봉수가 속이 탄 모양이었다. 이윽고 복도를 울리는 봉수의 발
소리도 들려왔다. 터덜터덜.

"수능 학생!"

"예."

"아직도 2차 선별검사 안 받겠다고 우길 거야?"

최선희 선생님도 끈질겼다. 봉수가 수모를 겪는 상황에서도
그런 말이 나오다니. 난 봉수에게 달려드는 하영이의 입을 쥐
어박고 싶은 충동을 몇 번이나 참았다. 봉수가 안 됐다는 생각
까지 들었다. 하영이 패거리가 하는 짓거리를 곱게 봐주기엔
내 눈에도 가시가 돋았다. 다섯인가 여섯인가 패를 지어 다니
며 겉으로 드러나는 학교 학생회 간부 일은 도맡아 했다. 봉사
시간 점수를 챙기는 데는 열심이었지만 표나지 않는 일엔 손
끝 하나 까딱하지 않았다. 그런 아이에게 달려든 봉수가 바보
였다.

"야, 김수능!"

드디어 최선희 선생님의 말투가 바뀌었다.

"왜 내 말에 대답을 안 하는 거야!"

잠시 봉수를 동정하느라 정신을 팔다가 기어이 최 선생님의

화가 잔뜩 실린 고함을 듣고 말았다.

"선생님, 제가 정서나 행동에 문제 있는 거, 확인하신 적 있으세요?"

"검사 결과지에 점수가 딱 나왔잖아?"

"그건 그냥 점수에 불과하잖아요. 방금 보신 애는 어떻다고 생각하세요?"

"……"

"왜 말씀을 안 하시는데요?"

"수능아, 너 지금까지 18년밖에 안 살았어. 백 살까지 산다면 82년 동안 그렇게 막살 거야?"

최선희 선생님이 안타까운 눈빛으로 나를 바라봤다. 하지만 그건 선생님 사정일 뿐이고.

"선생님, 저는요, 내일 당장 죽어도 상관없어요. 하영이처럼 정서가 불안한 아이가 아니란 말이에요. 검사 질문지 좀 주실래요?"

최선희 선생님은 내가 내일 당장 죽어도 상관없다는 말에는 당황한 듯한 표정을 짓다가 내가 질문지를 요구하자 금세 표정이 밝아졌다. 자신의 임무를 이제 끝낼 수 있다고 느낀 모양이었다. 봉수처럼 앞서가는 성격인 것이 분명했다.

하지만 최선희 선생님이 잘못 짚었다. 미안한 말이지만 내가 질문지를 요구한 것은 질문 내용을 확인하고 반박하기 위해서였으니까.

"아까 그 애, 심각한 거 보셨죠? 방금 나간 그런 애가 문제라고요. 강봉수 선생님보다 더 크게 고함지르고 선생님이 화해하자고 해도 막 화내고 소리 질렀잖아요. 여기 보세요. 검사 문항 6번, 성질이 급하고 참을성이 부족하다. 문항 12번, 부모 혹은 교사에게 반항적이거나 도전적이다. 또 있네. 문항 14번, 불만이 많고 쉽게 화를 낸다. 문항 15번, 양보심이 부족하다. 문항 25번, 신경이 날카롭고 신경질적이다. 이렇게 다섯 개나 되는 문항에 해당하는 행동을 했잖아요. 선생님은 바로 옆에서 똑똑히 봤고요. 그렇게 자기 멋대로 화를 내는 애가 우리 학교 부회장이에요. 저 애는 본래 성격 싹 감추고 검사에 응한 거예요. 검사 점수만 이상 없으면 다 되나요? 나처럼 정직하게 답하고 실제 행동엔 전혀 문제가 없는 학생은 점수만 높다고 2차 검사받고, 이건 불공평한 거라고요. 뭐 이런 검사가 다 있어요? 순 엉터리지."

"김수능 학생, 무슨 말을 하는 거야?"

"선생님, 저는요, 전교부회장 하는 하영이가 2차 선별검사 대상자로 선정돼서 검사받고 나면 그때 저도 한번 생각해 볼게요."

니가 뭔데?

4월이 시작된 지도 며칠이 지났다. 봉수의 표정이 며칠째 우울해 보였다. 조회나 종례 때면 늘 하던 감동 타령도 자취를 감추었다. 어째 좀 사람이 변한 것도 같았다. 봉수가 평소의 모습답지 않게 우울해 있자 은근히 신경이 쓰였다. 상담실에서 하영이한테 당했던 일의 충격이 생각보다 커서 그런가? 에이, 그러거나 말거나.

어느 날 봉수 수업시간이었다. 웃음기 가신 얼굴로 나타난 봉수가 노트북을 켰다. 또 배구 동영상을 보여 줄 모양이었다. 동영상이 나오자 정지 버튼을 눌러 놓고 봉수는 분필을 들더니 칠판에 흘림체로 급하게 적어 내려갔다.

디그dig란 배구 경기에서 상대 팀의 스파이크spike나
백어택back attack을 받아 내는 리시브를 말한다.

공의 방향이나 착지 지점을 예측하는 능력과 몸의 유연성과 순발력을 요구하는 수비 동작이다.

서브도 넣을 수 없고 스파이크도 때릴 수 없는 수비 전문 리베로들이 펼치는 고난도 기술이다. 상대편 공격수가 사납게 스파이크한 공을 달래어 자기편 세터에게 올려 주고, 상대편 공격수가 얄밉게 속임수로 속도를 죽여서 넘긴 공은 몸을 사리지 않고 어떻게든 살려내는 배구 동작이다. 이런 일을 하는 사람들을 배우는 것도 필요하다. 그들을 다른 말로 디그요정이라고 한다.

분필을 내려놓은 봉수가 동영상 재생 버튼을 눌렀다. 동영상 제목이 '세계적인 리베로 여오현의 신들린 디그'였다. 동영상이 시작됐다. 2미터 정도 되는 공격수가 강스파이크를 때려도 여오현인가 하는 선수는 그 공을 받아 내 네트 중앙에 서 있는 세터의 머리 위로 올려 주었다. 상대편 선수가 연거푸 스파이크를 해도 여오현 선수가 몸을 던져서 살려냈다. 이번엔 공격수가 페인트 feint 공격을 했다. 공은 힘을 잃고 죽어 가며 여오현 선수 앞으로 떨어졌다. 여오현 선수는 고양이가 낙법 하듯 몸을 날려 죽어 가는 공을 살려냈다. 발에 스프링이 달렸는지 코트 끝에서 네트 근처까지 뛰어다니며 죽어 가는 공은 살리고, 성난 공은 달래는 모습이 신기하기만 했다. 다른 선수들을 격려하느라 동료들을 향해 양팔을 들어 박수도 쳤다. 자기보다 머리가 두 개는 더 있어 보이는 선수들 엉덩이를 두드리며 파이팅을 외치기도 했다.

준혁이가 귓바퀴 옆에다 검지를 돌리며 봉수가 미친 것 아니냐고 짝지와 귓속말을 주고받는 모습이 보였다. 다른 아이들은 봉수가 하는 짓을 시큰둥하게 바라봤다. 그러나 봉수의 광팬이 한 명 있었다. 연주였다. 연주는 봉수가 칠판에 써둔 것을 공책에 정성스레 베껴 적고 있었다. 아이들의 반응과 상관없이 봉수는 창밖을 향해 우두커니 서 있다가 종이 울리자 휭하니 나가 버렸다.

나는 하영이와 봉수 사이에 있었던 일을 교실에 와서 이야기하지 않았다. 내가 의리가 있어서라거나 입이 무거워서 그런 것은 아니다. 나는 교실에서 누구랑 이야기 나누는 일이 거의 없었기 때문이다. 난 아이들을 믿지 않았다. 그들은 나를 나로 보지 않고 꼭 엄마란 여자가 한 행동을 렌즈 삼아 나를 바라보았다. 그런 시선이 싫었다. 그래서 차라리 외면하고 외톨이로 지내는 게 속 편했다.

봉수와 하영이 사이에 소란이 벌어진 위클래스 상담실은 1층에 있었다. 그 옆으로 나란히 붙은 교실은 미술실, 방송실, 과학실 같은 특별실이었다. 그 당시에 공교롭게도 특별실에서 수업이 하나도 없었기에 아이들이 그 장면을 볼 일은 없었다. 난 아이들이 하영이의 본모습을 보지 못한 것이 못내 아쉬웠지만 그렇다고 내가 나서서 미주알고주알 말하기는 더욱 싫었다.

봉수가 우울한 표정을 짓는 것을 두고 정보통이라고 자처하는 녀석들이 내놓는 의견은 제각각이었다. 어떤 녀석은 봉수가 야자 시간에 마음대로 학생들 보내다가 교장실에 불려가서 호되게 야단을 맞은 탓이라고 전했다. 다른 녀석은 봉수가 배구동호회에서 술 마시고 행패 부리다가 동호회원들과 주먹다짐 끝에 다른 회원의 코뼈를 부러뜨려서 경찰 조사를 받아 그런다고 소설을 지어내기도 했다. 아이들이 봉수를 걱정하는 건 잠시였다. 아이들은 봉수가 앞으로 야자 빼주는 일을 완전히 그만두는 건 아닐까, 그걸 더 걱정하는 눈치였다.

하긴 봉수도 사람인데 딸 정도밖에 되지 않는 하영이에게 온갖 소리를 다 들었으니 기분이 좋을 리가 없을 것이다. 또 설사 아이들이 봉수가 당한 수모를 안다고 해도 그런 사실을 대단하게 생각할 아이들은 없을 것이 뻔했다.

봉수가 활기를 잃고 웃음기 없는 무뚝뚝한 표정으로 우리를 대하는 날들이 이어졌다. 그러던 중 동규 녀석이 점심시간에 담배를 피우다가 학생부 조영수 선생님에게 적발되었다. 자식, 많이 컸다. 큰 것까지는 좋았는데 브레이크가 없어서 탈이지. 화장실에서 양아치들과 버젓이 담배를 물고 소변보러 오는 친구들을 노려보면서 폼을 잡았다. 그 모습을 보며 초등학교 때라도 때려두길 잘했다고 생각했다. 동규 녀석도 한번 당해 봐야 한다고 생각하던 참에 학생부 선생한테 딱 걸렸으니 고소했다.

돼지고기 썰다가 학교 연락을 받은 동규 아버지의 당황해할 얼굴을 떠올렸다. 어쩌다 한가한 저녁에 막걸리를 홀짝거리며 동규가 중학교 때 받은 트로피나 닦고 있는 우울한 뒷모습이 겹쳐졌다.

점심시간 후 5교시 수업이 시작됐다. 마구 졸음이 쏟아졌다. 더구나 봉수 수업이었다. 반장이 "차렷, 경례!" 매가리 없는 구령을 붙였지만 하영이는 고개를 까닥이지도 않았다. 봉수도 그쪽으론 눈길을 주지 않았다. 아이들은 봉수의 얼굴을 힐끗 쳐다보며 고개를 숙였다. 그러고는 숙인 김에 그대로 자기 시작했다. 절반 정도가 책상과 이마의 간격을 밀접하게 유지했다. 이십 분 정도가 지나자 반의 3분의 2 정도가 잠이 들었다. 그때 느닷없이 드르륵 소리와 함께 교실 뒷문이 요란하게 열리더니 동규가 출현했다. 녀석은 성난 고릴라 같았다. 동규는 책상을 쾅 내리치고는 가방을 챙기기 시작했다. 그 소란에 잠자던 아이들이 놀라 깨어났다.

"동규 너 뭐 하는 거야?"

봉수는 그 상황에서도 목소리 톤에 변화가 없이 느릿하게 물었다. 동규는 씩씩거리며 봉수의 말을 씹었다. 봉수가 재차 물었다.

"뭐 하는 거냐고!"

"아, 학생부 갔는데 쌤이 짜증 나게 하잖아요. 집에 갈 건데요."

"네 마음대로 집에 간다고?"

"예, 갈 건데요."

동규는 가방을 메더니 뒤쪽으로 나가 문을 세차게 밀쳤다. 플라스틱 문은 교실의 무거운 분위기를 놀리기라도 하듯 문틀에 부딪히며 요란한 소리를 냈다.

봉수는 앞문을 열고 복도로 나가더니 두 팔을 벌리며 동규 앞을 막아섰다. 갑작스러운 소란에 잠에서 깨어난 아이들은 졸린 눈을 비비며 상황을 지켜보았다. 봉수가 벌린 양팔을 동규가 뿌리치면서 옆으로 걸음을 옮기면 봉수도 따라 옮겼다. 몇 번 그러다가 봉수가 동규 허리를 감으며 말했다.

"뭐 하는 거야? 왜 네 마음대로 집에 간다는 거야?"

"씨팔, 니가 뭔데? 내가 집에 간다는데 왜 막고 난리야!"

동규의 말끝이 몹시 짧았다. 드디어 '니가 뭔데?'라는 기세 좋은 반말과 욕설까지 등장하고 말았다. 교권 추락을 고발하는 9시 뉴스에서나 나올 법한 일이 눈앞에 펼쳐진 것이다. 교실에 있던 아이들도 길을 걷다 난데없이 2층에서 쏟아진 찬물을 뒤집어쓴 표정으로 변했다. 봉수 얼굴에도 당황한 기색이 역력했다. 평소 봉수는 학생들과 잘 통하는 선생이라는 평을 듣는 편이었다. 그런 봉수니까 그 순간 머릿속엔 오만 가지 생각이 스쳤을 것이다.

'이놈을 그냥! 한 대 쥐어 패서 기를 확 꺾어? 그냥 넘겼다간 교실에 있는 아이들이 나를 어떻게 생각하겠어? 선도위원회에 회부하여 징계 처리를 해? 퇴학이나 전학시키라고 요구할까?

애들과 소통하는 건 누구보다 잘한다고 믿었던 내가, 내가 이런 일을 당하다니!'

동규도 자기가 너무 심한 말을 했다고 생각했는지 더는 말을 안 했다. 여전히 몸으로는 봉수를 밀치고 나가려고 했지만. 봉수가 동규의 팔을 잡으며 가라앉은 목소리로 말문을 열기 시작했다.

"방금, 네가 나보고, '니가 뭔데?' 하고 물었지? 무슨 권리로 집에 가는 너를 못 가게 하느냐고 따지는 거지? 대답할게. 내가 니 담임선생이다, 인마. 그래서 잡은 거다. 내가 담임선생 아니면 너를 어떻게 잡겠어, 겁이 나서. 내가 선생이니까 니한테 맞더라도 각오하고 잡은 거다."

연주가 화난 표정으로 복도에서 벌어지고 있는 상황을 지켜보고 있었다. 난 하영이를 힐끔 쳐다봤다. 봉수가 난처한 상황에 빠진 것을 즐기기라도 하듯 여유 있는 표정이었다. 이종격투기 경기 입장권을 우연히 얻어 경기장에 갔다가 경기만 재미있으면 한 명은 죽어도 그만이라는 사람의 표정이었다. 반면 연주는 봉수가 난처한 상황을 이겨내길 간절히 바라는 눈빛이었다.

"꼭 가야겠냐?"

"갈 건데요."

"왜 가야 하는지 이유를 말해 봐!"

봉수의 묵직한 소리가 복도에 흘렀다. 봉수의 그 말이 이전과 달리 사뭇 반갑기까지 했다.

"짜증 나게 하잖아요!"

"누가?"

"학생부, 조영수 쌤이요."

"뭐가 짜증 났는데?"

"나보고 경위서 적으라고 하잖아요!"

"그래, 경위서 적으라면 적으면 되잖아."

"종이 한 장 달랑 던져 주고 다짜고짜 육하원칙에 따라 적으라고 하는데, 그게 뭔지 알아야 적죠. 그래서 그게 뭐냐고 물었어요."

"그래서?"

"짜증 내면서, '귓구멍이 썩었냐? 육하원칙도 모르냐?' 하고 빈정거리잖아요. 내가 모르고 싶어서 몰랐겠어요?"

"그래서, 어떻게 했는데?"

"종이 던지고, 그대로 교실로 와 버렸어요."

복도에서 동규와 봉수가 조곤조곤 얘기를 나누기 시작하자 바짝 긴장했던 반 아이들도 비로소 안심이 되었는지 주변 녀석들과 시시덕거리기 시작했다.

그때였다. 봉수가 오른팔로 동규 등을 감싸고 왼팔로는 오금을 들었다. 예식장에서 신랑이 신부를 안는 자세처럼. 동규보다 10센티미터는 작을 성싶은 봉수가 동규를 번쩍 든 것이다.

"끙."

봉수는 앓는 소리를 내며 동규를 안아 들고 복도에서 사라졌다. 그러고는 수업시간이 끝나도록 돌아오지 않았다. 가히 봉수의 수난 시대였다. 일주일 전에는 하영이에게 '악연으로 기억하겠다'는 소리를 듣더니 오늘은 동규에게 '니가 뭔데?'라는 소리까지 들었으니. 봉수도 나만큼이나 꼬인 인생이란 생각이 들었다.

봉수가 생긴 대로 논다면 하영이나 동규 뺨에 벌건 손바닥 자국을 새기고도 남았을 텐데. 신기한 사람이었다. 생긴 대로 놀지 않았다.

문득 봉수가 전에 보여준 배구 동영상의 여오현 선수가 떠올랐다. 교무실에서 화를 내며 눈을 부라리던 3학년 양아치 황성수, 상담실에서 발악하던 하영이, 교실에서 '니가 뭔데?'라면서 반말까지 하는 제자의 거친 공격을 달래는 봉수가 디그 전문 교사 같다는 생각이 들었다.

종례 시간에 들어온 봉수의 어깨가 처져 있었다. 측은한 느낌이 살짝 들었다. 뭐 그렇다고 내가 봉수에게 동정심을 발휘해 야자에 참가하는 일은 없을 테지만. 수업 끝나면 꼭 나그네 피시방에 들러야 했다. '영웅의 군단'에 접속해 AOA와 함께하는 200종 이상의 영웅을 만나는 시간을 포기할 순 없었다. 거기에 접속하면 학교에선 만날 수 없는 영웅들을 만날 수 있었다. 어른들은 게임을 하는 우리에게 인성 어쩌고 하는데 모르는 소리 제발 그만했으면 좋겠다. 봉수에게 일격을 날린 하영이나 동규가 나그네 피시방을 찾는 일은 없다. 동규는 손가락부터가 게임하고는 어울리지 않았다. 그런 투박한 손가락으로는 자판 위를 날렵하게 날아다닐 수 없다. 하영이 그 애는 독서실과 학원으로 쳇바퀴를 도니까 피시방과 찜질방의 차이가 뭔지도 모를 것이다. 피시방 근처도 가 보지 않은 하영이와 동규가 과연 인성이 짱인가? 봤다시피 아니지 않은가. 어른들은 자신들이 경험해 볼 생각조차 않고 텔레비전에 나온 사람들이 흘린 말을 생각 없이 들으며 진실이라고 믿었다.

아빠가 다른 어른보다 나은 점이 있다면 피시방 갈 돈을 넉넉하게 준다는 사실이다. 피시방에 가서 뭔가에 몰입하면 그 시간만이라도 외로움을 잊고 담배도 적게 피게 되니 좋은 일 아니냐면서 용돈만큼은 화끈하게 줬다. 집에 자주 오지 못하는 게 미안해서 그러는 건지는 모르겠지만. 아빠는 이제부터가 성수기라고 했다. 지금부터 바짝 벌어야 장마철 비수기를 커버 칠 수 있다고 말했다. 아마 아빠는 당분간 집에 오지 않을 것이다. 빈집에 가 봐야 라면 부스러기뿐이었다. 나는 피시방에서 컵라면이나 데워 먹고 게임을 하는 편이 나았다. 그래서 나는 야자를 쨌다. 별거 없다.

게임에 열중하다 고개를 드니 벌써 밤 열 시였다. 게임은 시간 도둑 같았다. 청소년의 피시방 출입이 가능한 시간은 오전 아홉 시에서 밤 열 시까지였다. 밤 열 시 이후엔 보호자가 함께 동행할 경우 피시방 출입이 가능했지만, 나는 거기에 해당하지 않았다. 하나뿐인 보호자가 집에도 자주 들어오지 않는데 피시방에 동행하길 바랄 수는 없었다. 열 시라는 마감 시간이 너무 야속하기만 했다. 나를 달래준 영웅들은 내일 다시 만날 수밖에.

피시방을 나와 집으로 향했다. 산들바람이 불었다. 미세먼지 가득한 하늘에 떠 있는 희미한 보름달이 보였다. 멀리 보이는 담벼락 너머로 우리 집 살구나무 가지가 일정하게 흔들렸다. 남들은 보름달을 보면 부자 되게 해 달라고 빈다는데 난 빌 것이 없었다. 잠시 뒤 내가 현관문을 밀치고 들어가면 종일 집 안에 고여 있던 냉기가 내 얼굴로 달려들겠지. 차가운 방 가운데 늘 깔려 있는 전기장판 속에 몸을 눕히고 나는 다음 날 아침이 왔을 땐 호흡이 멈춰 있기를 기도하겠지. 할머니가 돌아가시고 난 다음부터 늘 그랬고 동생이 떠난 후엔 더 간절히 기도했다. 그 꿈은 아직 이루어지지 않았다. 오랜만에 보는 보름달에 내일은 그 꿈이 이루어지길 빌어 볼까. 나는 한참이나 희미한 보름달을 보며 서 있었다.

"수능이, 거기서 뭐 하고 있어?"

익숙한 목소리, 봉수였다. 한밤인데 다른 사람을 배려하는 마음이라곤 담기지 않은, 뚝배기 깨지는 소리였다.

"수능이, 분위기 잡고 있는 거야?"

봉수가 동규식육점 앞 파라솔 아래서 동규 아버지와 소주잔을 기울이는 중이었다. 그 옆엔 동규 엄마가 삼겹살을 굽고 있었다. 세 사람이 앉은 모습을 보니 공포영화에 등장하는 인물들이 모여서 음모를 꾸미고 있는 것 같았다. 식육점 진열장에서 새 나오는 붉은빛, 고리에 매달린 돼지 뒷다리까지, 분위기가 음산했다. 반영구 눈썹 문신이 희미해진 동규 엄마가 고기를 우적거리는 광경이 괴기스럽기까지 했다.

"수능이 여기로 와서 앉아!"

봉수가 플라스틱 의자를 내밀었다. 플라스틱 귀신이 붙었나, 학교에서도 자기 자리 옆에 플라스틱 의자를 쌓아 놓고 학생부를 방문하는 양소년들에게 권하더니 여기서까지. 예전에는 동규식육점 앞 노천 탁자에서 늦은 시간까지 술 취한 어른들이 고래고래 고함을 지르며 술판을 벌였었다. 하지만 그런 호황기는 흘러가 버렸다. 지금은 봉수, 동규 부모, 나까지 네 명이 앉아서 쓸쓸한 밤 풍경을 연출할 뿐이었다. 봉수가 젓가락을 건넸다.

"수능이 너 오늘도 야자 쨌지? 담임에게 감동도 주지 않고 네 맘대로 째도 되냐? 지금까지 어디 쏘다니다 왔어?"

"피시방이요. 영웅들과 대화 좀 하느라고…….."

"뭐? 영웅들과 대화?"

"네. 교과서엔 영웅이 없지만 피시방엔 있거든요."

봉수의 표정이 갑자기 진지해졌다. 그런 표정을 짓는 경우는 상대의 말이 그럴듯하다고 느끼는 경우였다. 분위기가 형성되면 상대가 어떤 주제를 쏟아 놓더라도 귀담아듣는 봉수였다. 동규가 낮에 자기에게 '니가 뭔데?'라고 반말한 이유를 말할 때조차 봉수 표정은 진지했으니까.

"호오, 피시방에 영웅이 있다? 뭔가 그럴듯한데 좀 자세히 말해 봐!"

"영웅은요, 힘없고 지친 사람들과 함께 있어 주고 위로해 주는 사람이라고 생각해요. 나한텐 놀아 줄 사람 없거든요. 아버진 관광버스 기사인데 요즘 같은 성수기 땐 집에 들어오는 날이 거의 없어요. 누구하고 놀겠어요? 피시방에서 게임하며 게임 속 인물들하고 노는 수밖에 없잖아요."

"야, 그거 말 된다. 사뭇 감동적이다야!"

봉수가 입을 벌리고 웃었다. 씹던 고기가 파편처럼 흩어져 내 볼에도 날아왔으나 기분이 그다지 나쁘지는 않았다.

"음, 아주 그럴듯하네. 난 게임은 순 잔인하게 때려 부수고, 청소년 정서에 해만 끼친다고 생각했는데 게임 속 인물들이 영웅이라……. 그 영웅들과 대화하면서 위로를 받는다, 이거 완전 논문감인데?"

"어른들 말대로라면 컴퓨터 게임을 하지 않는 아이들이 정서가 안정되고 인성이 좋아야 하는데 그렇지 않잖아요? 저번에 선생님께 대든 하영인 컴퓨터 게임이 뭔지도 전혀 모를 거예요."

하영이란 말을 듣더니 봉수가 움찔했다.

"아 참, 그때 네가 위클래스에 있었지……. 다 봤냐?"

"뭐를요?"

"인마, 거 있잖아. 하영이가 막……"

봉수가 버벅거렸다. 분위기가 어색해진 것을 눈치챈 동규 아버지가 나섰다.

"선생님, 그러고 보니 우리가 통성명도 안 하고 술잔부터 주고받았네요. 제 이름은 박억쑤라고 합니다. 우리 어른이 돈을 억쑤로 벌라고 이름을 그렇게 지었는데 돈은커녕, 억쑤로 운이 없지 뭡니까, 젠장."

나도 동규 아버지 이름이 박억수라는 것을 그날 처음 알았다. 동규 아버진 신세타령을 늘어놓다가 갑자기 울화가 치밀어 올랐는지 연거푸 소주를 두 잔 들이켰다.

"저도 젊었을 적엔 운동 좀 했잖습니까."

"그러고 보니 몸이 아주 단단하십니다."

봉수는 아부에도 강했다. 나는 속으로 중얼거렸다.

'단단하긴 뭐가 단단해, 배만 잔뜩 나왔구만.'

"군대서 축구를 좀 했거든요. 사단 대표까지 했습니다. 2002년 월드컵 때 대한민국이 들썩거렸잖습니까. 그해 6월 대한민국 사람 모두가 붉은악마가 됐잖아요. 박지성이의 아버지를 본 거라 이 말입니다. 머리도 벗어지고 동네 아저씨처럼 붉은악마 티에 반바지 입고 나와서는 박지성이 골 넣고 인터뷰하는 걸 봤단 말입니다. 그래 저거야! 몸이 떨렸다니까요. 우리 동규도 축구를 시키자! 나부터 박지성이 아버질 본받자! 그래서 우리 동규가 축구를 시작하자마자 다니던 직장 접고 퇴직금으로 이 식육점을 열었습니다."

"식육점을 열다니, 대단하십니다."

봉수의 주특기가 나왔다. 상대방이 말을 하면 핵심을 정리하고 다음 말을 할 수 있게 추임새를 넣는 것.

"그땐 이 동네도 지금처럼 분위기가 삭지 않았고요. 동규도 초등학교 때 득점왕 먹고, 고기야 팔다 남은 게 지천인데 양껏 먹였지요."

"그때가 어떻게 보면 동규 집안 전성기였는지도 모르겠습니다."

"해트 트릭이었지요. 동규 공 잘 차지, 식육점 매상 걱정 없지, 동네 상권 탄탄하지, 이러니 해트 트릭 맞잖아요. 그때 이 동네, 사람들이 바글바글했어요. 나이트도 있었고요. 러시아, 우크라이나, 우즈베키스탄, 이런 데서 온 백인 아가씨들이 칠십 명이 넘었다니까요. 비키니 입고 무대에서 춤도 펄떡펄떡 추었고요. 상천공단에서 브라운관 생산하는 대기업이 그때 전성기였습니다."

하지만 나는 그 말에 동의할 수 없었다. 동규 집은 해트 트릭으로 기억할지 모르지만 난 아니었다. 내가 초등학교 입학할 무렵 아버지와 엄마가 갈라섰다. 그 후 아버진 엄마 이야기를 꺼낸 적이 없었다. 내가 엄마 이야길 묻기를 바란 적도 없었다.

내가 최초로 동규에게 주먹을 날린 건 우리 엄마가 다른 남자와 눈이 맞아 집을 나갔다는 소문을 동규 엄마가 퍼뜨렸다는 말을 들은 직후였다. 그때가 초등학교 4학년 때였던 것으로 기억한다. 그 후 난 늘 사는 것보다 죽는 것을 생각하며 살았다.

동규 아버지가 어두운 밤하늘 아래서 별로 자랑스러울 것도 없는 과거를 들먹이고 있을 때 길고양이 한 마리가 나타났다. 이마에 노란 점이 있었고 등은 하얬다. 다 자란 고양이였다. 봉수가 고양이를 향해 탄 삼겹살 한 점을 던졌다. 고양이는 살금살금 다가와 그것을 물고는 후다닥, 길 건너편 문 닫은 상가 앞의 의류수거함 근처로 달려갔다. 그때 꼬리를 꼿꼿하게 세운 새끼 고양이 윤곽이 어둠 속에 나타났다. 새끼 고양이는 어미가 물어온 고기를 덥석 물더니 상가 문에 난 구멍 속으로 사라졌다. 사람들의 필요에 의해 길들여졌다가 버림을 받고 도심에서 천덕꾸러기 취급을 받으면서도 새끼를 낳고는 자기는 굶주려도 언제 해코지할지 모르는 사람들 주변에서 서성거리다가 먹을 것을 구해 새끼에게 가져다주는 어미 고양이였다.

봉수가 길고양이에게 돼지고기를 더 던져 주자 동규 엄마는 두툼한 데다 뒤집어지기까지 해서 잘 다물어지지 않는 입술을 움직여 말했다.

"선생님, 길고양이들 먹을 거 주면 자꾸 찾아와요. 던지지 마세요."

동규 엄마는 말을 뱉고는 냉큼 플라스틱 빗자루를 집어 들더니 어미 고양이를 후려쳤다. 어미 고양이는 꺄옥, 날카로운 소리를 지르며 어둠 속으로 사라져 버렸다.

할머니가 살아 계셨을 적에 할머닌 동규식육점만 이용했다. 돌아가시기 전에 나를 한번씩 챙겨 달라고 할머니가 부탁했을 때 그 앞에서 눈물까지 떨구며 그러겠다고 하던 동규 엄마의 모습이 기억났다. 말뿐이었다. 지금은 동규가 가방 셔틀을 시키는 것을 알면서도 말리지 않았다. 동규 엄마가 고양이에게 성질을 부리는 걸 본 봉수가 불쑥 말했다.

"동규 아버님, 시간이 많이 흘렀네요. 이제 가 봐야겠습니다. 오늘 일은 제가 다 알아서 처리하겠습니다."

봉수가 동규식육점에 온 이유를 알 것 같았다. 봉수는 볼수록 알 수 없는 인물이었다. 교사에게 반항하는 녀석은 교칙을 적용해 처리해야 할 텐데 이렇게 꼭 훌륭한 척을 하려 들다니. 봉수가 마음이 잘생긴 사람처럼 구는 것이 영 마음에 들지 않았다.

"저도 그럼 가 보겠습니다."

나도 자리에서 얼른 일어섰다.

"야, 수능아."

봉수가 불렀다. 나에게 다가온 봉수는 다정한 척 어깨를 감싸며 뭔가 말을 하려다가 그윽, 트림부터 했다. 소주, 쌈장, 마늘, 불판에서 탄 돼지고기 냄새가 뒤섞여 구린내가 진동했다. 확 떠밀고 싶었다.

"야, 너도 나름 감동을 주는데? 지켜보니 짜식, 입도 무겁고!

그날 상담실에서 있었던 일 교실에 가서 안 퍼뜨린 거, 잘했
다."

　봉수가 나를 칭찬했다. 관찰하고 있었다니. 익숙하지 않은
상황이었다. 어른들의 관심을 받은 적이 없었는데, 봉수가 나
를 지켜봤다니 그다지 기분이 나쁘진 않았다. 조금 전에 나를
버린 여자 생각을 한 것 때문에 생겼던 분노가 약간 사라졌다.
그러나 냄새는 여전히 괴로웠다.

학부모 내교 통지서

아침 해가 거만스럽게 우리 마당을 내려다볼 때까지 자고 있었던 모양이다. 초인종 소리에 잠을 깬 나는 연방 눈곱을 떼며 마당으로 나가 문을 열었다. 목이 짧고 머리 큰 중년 남자가 나를 보고 싱긋 웃었다.

"누구세요?"

"이호우 시인이 쓴 '살구꽃 핀 마을'이 생각나 염치 불고하고 초인종을 눌렀습니다. 들어가 구경 좀 할 수 있겠습니까?"

그러고 보니 우리 집 마당의 세 그루 살구나무에 연분홍 꽃이 만발해 있었다. 할머닌 우리 동네가 옛날엔 한 집 건너 집집마다 몇 그루씩 살구나무가 있었고 봄이 되면 아담한 초가지붕 위로 뻗어난 가지에 살구꽃이 피어 볼 만했다고 추억을 더듬곤 했다. 그럴 땐 할머니도 외모와 어울리지 않게 살짝 오글거렸던 것 같다. 나물 캐러 갔다 언덕에 올라 살구꽃에 파묻힌 동네를 멀리서 바라보면 그 연분홍 색깔과 버드나무의 연푸른 빛이 잘 그린 그림처럼 보였다고 소녀처럼 좋아했었다. 동네에 몇 남은 노인들은 우리 집 살구꽃이 필 때면 상가가 형성되기 전 옛 마을에 얽힌 추억을 느릿느릿 말하곤 했다. 하지만 그러면 뭘 해. 엄마, 할머니, 동생까지 다 떠나 버리고 나만 혼자 폐가 비슷한 집을 지키고 있는데.

이호우가 누군지 알게 뭐람. 별 이상한 사람도 다 보겠다 싶었다. 그는 빙글거리며 주머니에 손을 찌르고 서 있었다. 머리통 크기가 강호동보다 더 컸으면 컸지 절대로 작지 않을 것 같았다. 키는 나보다 두 주먹 정도 더 있는 듯했다. 몸통도 굵어 보였다. 그런데 난데없이 살구꽃이 예뻐서 보고 싶다고 안면도 없는 집에 불쑥 초인종을 누르다니 별종이 또 하나 있네.

"일단 들어오세요."

대문을 들어서는 그 아저씨를 보고 나는 하마터면 "영화배우 고창석 씨 아니세요?" 하고 물어볼 뻔했다. 봉수가 영화배우 김상호라면 그 아저씨는 조연 전문 배우 고창석과 빼닮았다. 수염도 덥수룩하고 목소리도 비슷했다. 이런 외모라면 여자들에게 인기 있을 리가 만무했다. 그 사람은 한동안 살구꽃을 그윽이 바라보더니 이호우란 사람이 지은 시조라면서 읊기 시작했다.

"살구꽃 핀 마을은 어디나 고향 같다 / 만나는 사람마다 등이라도 치고지고 / 뉘 집을 들어서면은 반겨 아니 맞으리."

시조 낭송을 끝낸 아저씨는 이호우 시인이 살구꽃 핀 마을의 인정미를 따뜻한 감정으로 표현했다고 말했다. 홈스쿨링 학생이나 다름없는 나에게 교육청에서 방문교사를 보내 국어 수업을 하는 것 같았다.

"학생, 아직 학교 안 갔어?"

"가기 싫어서요."

"지금쯤이면 점심시간 다 돼 가는데?"

"아저씨, 저에게 충고할 거면 지금 가시는 게 좋을 거예요. 학교에 안 갈 수도 있고 공부 안 할 수도 있잖아요. 공부도 시기가 있다느니, 늙으면 공부를 하고 싶어도 못 한다느니, 하면 된다느니, 그런 말 하려고 그러시는 거 아니에요? 그런 말 하실 거면 어서 나가세요. 살구꽃 다 보셨잖아요."

"학생, 말 한번 잘하네!"

"가세요. 학교 갈 건지는 아저씨 보내 놓고 생각해 봐야 할 거 같아요."

"야, 너무 야박하게 굴지 마라. 나도 이 동네 살 사람이다. 동규식육점 앞에 통닭집하려고 준비 중이다."

지나다니면서 동규식육점 건너편에 통닭집이란 간판이 며칠 전에 새로 걸린 것을 보긴 했다. 그땐 어이가 없었다. LED 간판까지 나온 세상에 함석에 노랗게 페인트칠을 하고 글씨는 붉은색으로 '통닭집'이라고 적어 놓은 촌뜨기가 이 사람이었다니.

"아저씨, 이 동네서 통닭집을 하실 거라고요? 기존에 장사하던 사람들도 상권 죽었다고 다 접고 나가는 판에 아저씬 무슨 배짱으로 여기서 장사를 하신다고 그러시는데요?"

"이 녀석 봐라. 자기는 나보고 자기 인생에 간섭하지 말아 달라고 이야기하더니만 남이야 통닭집을 하든 족발집을 하든 무슨 상관이라고."

고창석을 닮은 아저씨 말도 맞았다.

"네 이름이 뭐냐?"

"여기 있잖아요."

나는 오른쪽 가슴을 내밀었다. 교복이 아니었다. 면 티를 입고 있었다. 교복을 입은 것으로 착각했던 것이다.

"김수능이요."

"니 아빠가 공부에 한이 많은 모양이구나."

"아저씨, 아마추어처럼 이름 갖고 장난하시는 거예요? 난 공부에 관심 없어요. 어차피 늦었고요. 학교 입장에선 서울대 몇 명 들어가면 끝이잖아요. 어느 고등학교가 서울대 몇 명 들어갔다, 교문에 플래카드 붙이고 서울대 들어간 학생들 졸업식장에서 대표로 올라가 상 받고 그러고 나면 끝이잖아요. 그런 걸로 명문고다 하면서 설레발이나 치고. 다 뻔해요."

"너는 그렇게 생각하니?"

"맞잖아요!"

"그래, 그건 그렇고, 아까 네가 말한 상권 어쩌고 한 건 뭐냐?"

"상권은 골치가 아파요. 동규식육점 아줌마 텃세가 장난 아니거든요. 지난번에도 그 가게에 아귀찜 파는 야식집이 문 열었다가 고생깨나 했어요. 어른들 중에도 덜 떨어진 사람들 있잖아요. 자기하고 전혀 상관없는데 괜히 남이 잘되면 시기하는 사람들, 그 통닭집 앞집 여자가 그런 사람이에요."

"야, 고맙다. 좋은 정보를 줘서. 너 앞으로 나하고 잘 지내자. 만나면 인사도 하고. 난 이 동네에 와서 이 집에 있는 살구나무가 마음에 들어서 아무 생각 없이 가게를 계약했거든."

어릴 적에는 어른들은 다 철이 든 줄 알았다. 이제야 눈치챘지만 지금 내 앞에 서 있는 고창석 닮은 아저씨부터 철이 들지 않았다. 멀리 갈 필요도 없었다. 동규식육점 모나리자 눈썹 동규 엄마는 말할 것도 없고. 학교에 가도 철 안 든 선생들뿐이었다. 초등학교 때 받은 숙제는 젊은 엄마들도 쩔쩔맬 정도로 어려웠는데 난 엄마가 없었다. 물어볼 사람이라곤 할머니밖에 없었다. 할머니는 펼쳐진 책을 보고 고개를 갸웃거리며 그 자리를 벗어나려고만 했다. 한글을 몰랐던 것이다. 손자 앞에서 한글을 모르는 사실이 들통나 상당히 쪽팔려 했다. 그런 나의 처지를 헤아리는 선생은 아무도 없었다. 숙제를 해 오지 않는다고 야단만 쳤다. 그게 철 안 든 증거가 아니라면 뭔가.

초등학교 땐 아픔이 아픔인 줄도 모르고 지냈다. 중학생이 되면서 아픔을 느꼈고 그것의 원인을 찾으면서 괴로움이 싹트기 시작했다. 무슨 병인 줄도 모르다가 병명을 알고 괴로워하면서 분노를 드러내는 환자처럼 살았다. 고통스러울 땐 반항으로 표현했다. 이성 교제를 반복하면서 고통을 해소하는 녀석들처럼 살고 싶었지만 영 자신이 없었다. 여잘 보면 엄마가 떠올랐고 화부터 났다. 그런데 요즘 들어선 유독 거시기가 자주 화를 낸다. 생각과 몸은 따로 놀았다. 아, 나는 언제 철들까.

고창석 닮은 아저씨를 보내고 다시 잠이 들었다가 배가 고파서 일어났다. 컵라면 뚜껑을 찢고 전기 포트로 끓인 물을 붓고 있을 때 초인종 소리가 울렸다. 폐가 비슷한 집에 초인종이 하루에 두 번 울리는 더러운 경우라고 투덜대며 대문으로 나갔다.

양복을 입은 아저씨가 두 명 서 있었다. 한 명의 양복은 번들거리는 게 꼭 갓 잡아 올린 갈치 같았다. 하지만 몸매는 날렵해서 그럭저럭 어울려 보였다. 어깨가 넓고 눈도 예리했다. 내 주변의 어른들, 이를테면 봉수, 동규 아빠, 펑퍼짐한 동규 엄마와 비교할 수 없는 모습이었다. 옆에 선 사람은 내 주변 어른들과 비슷해 보였다. 나는 경계하며 두 사람에게 물었다.

"무슨 일이세요?"

"이 집이 김수석이 집 맞습니까?"

고등학생이라고 다른 어른들처럼 대놓고 반말하지 않는 것이 일단 마음에 들었다.

"그런데요. 그치만 내 동생은 죽었어요."

동생 이야기를 하는 바람에 절로 대꾸가 퉁명스럽게 나왔다.

"난 상천경찰서 뺑소니 사건 전담수사관 이동수 경장이라고 합니다. 이쪽은 박수근 경사님이시고요."

나이 적은 사람에게도 꼬박꼬박 말을 높이는 예의가 마음에 들었지만 사고 당시의 기억이 결코 좋을 순 없었다.

"범인 잡을 수 없다고 하고는 대충 끝내버렸잖아요!"

사고가 났을 때 아버지와 함께 상천경찰서에 갔던 씁쓸한 기억이 떠올랐다. 사고 지점에서 150미터 정도 떨어진 곳에 설치된 주정차 단속용 CCTV에 녹화된 영상을 보았다. 수석이가 부서진 인형처럼 길바닥에 쓰러지는 모습은 현실이 아닌 것 같았다. 담당 경찰관은 화질이 흐려 용의 차량이 검은색이라는 것밖에 아는 게 없다고 얼버무리듯 말했다. 차종도 차번호도 식별할 수 없다는 삭막한 설명이 이어졌다. 수석이가 체구가 작아 차의 전조등이 깨진 흔적도 없고 차가 속력을 낸 상태에서 브레이크를 밟지도 않아 바퀴 자국이 없다는 말도 덧보탰다. 결국 아는 게 아무것도 없다는 말이었다. 내가 시큰둥한 반응을 보이며 서 있자 살집이 좀 있는 박수근 경사라는 사람이 말했다.

"수사 기법이 발달하고 특히 뺑소니 사고는 전담반이 장기 미제 사건에 매달리고 있으니 조만간에 단서가 잡힐 거야. 오늘 온 것도 사건을 포기하지 않고 있으니 기다려 달라는 말을 하기 위해서야."

아, 그러고 보니 내가 얼마 전에 청와대 국민신문고에 올린 글 때문에 온 모양이었다. 우와, 대박. 갈치 같은 이동수 경장도 박수근 경사의 말에 거들고 나섰다.

"국립과학수사연구소에 동영상 파일을 보낸 결과 차량 종류까진 알았어요. 국내에서 생산된 레저형 차라는데, 차종만 알면 차량 제조사를 통해 차적 조회가 가능하거든요. 그 후엔 인터넷으로 그 차량 동호회 회원들을 찾아서 탐문하면 사건을 해결할 수 있을 겁니다."

"그렇게 간단한 걸 사고 당시엔 왜 해결하지 못했어요?"

이동수 경장이란 사람의 말은 뭔가 믿을 수 있겠다는 느낌이 들었다.

"그땐 과학수사 기법이 요즘만큼 발달하지 않아서 그랬어요. 지금은 많이 달라졌지요. 믿고 기다려 주십시오."

이동수 경장은 꼬박꼬박 존댓말을 했다. 내가 존중받는다는 것을 느끼자 이동수 경장이 사건을 해결해 줄지도 모른다는 희망이 생겼다.

"형인 모양입니다?"

"예."

"아직 학교에 안 갔습니까?"

"아, 오늘이 학교 개교기념일이라……."

"방금 상천고등학교에 갔다 오는 길입니다. 담임 성함이 강봉수 선생님 맞죠? 집으로 가면 만날 수 있다고 해서 왔는데……."

"……."

멀쩡한 고등학생이 해가 중천에 뜨도록 학교에 가지 않은 것이 쪽팔려 거짓말했는데 들통이 나 버려서 더 쪽팔렸다. 달리 할 말이 없었다. 두 경찰관은 나의 뻘쭘해하는 표정을 보고는 실실 웃었다. 내 폰 번호를 자기들 폰에 저장한 뒤 명함을 건네고 두 사람은 돌아갔다.

봉수는 날 기다리기나 할까. 잠은 충분히 잤고 집에 있어도 할 일이 없었다. 학교라도 가 보자. 학교에 있으면 집에 가고 싶고 집에 있으면 학교 일이 궁금해진다. 어찌된 심리인지는 모르겠지만 학교에 가지 않으면 불안한 마음이 드는 건 어쩔 수 없었다.

교문에 도착했다. 가방은 들지 않았다. 학교 올 때마다 느끼는 거지만 우리나라 학교 건물 구조는 학생에 대한 배려라곤 없다. 운동장을 앞에 두고 교실은 그 너머에 있다. 운동장을 가로지르거나 담장을 따라 난 보도를 걸어가야 교실이 나오는 구조다. 어느 쪽이든 나처럼 학교 부적응 학생의 찌질함이 그대로 노출되는 구조인 것이다. 학교 건물이 앞에 있고 그 뒤에 운동장이 있다면 나처럼 등교 시간이 일정치 않은 학생들이 늦게 학교에 나오는 장면을 남에게 들키는 일은 없을 것이다.

운동장에 들어서자 4층짜리 학교 건물이 오늘따라 더 얄밉게 느껴졌다. 그나마 운동장에도, 보도에도 아무도 없는 게 다행이었다. 나는 조금 잰걸음으로 보도를 따라 걸었다.

"야!"

소리치는 곳으로 고개를 돌렸다. 어디서 나타났는지, 학생부 조영수 선생님이었다. 오른손을 들고 집게손가락을 아래로 까딱거렸다. 오라는 표시였다. 대충 고개를 숙이고 걸었다.

"안 뛰어, 인마?"

조영수가 동규하고 봉수를 붙게 만든 프로모터 역할을 했었다. 체육을 담당했는데 태권도 선수 출신이라는 말이 있었다. 그게 무슨 소용인가. 그걸 믿고 달려드는 학생들에게 섣불리 실력을 발휘했다간 영수는 하루아침에 을 중의 을이 되고 말텐데.

"너 밖에서 담배 피우고 오는 거지?"

"아닌데요. 냄새 맡아 보면 되잖아요."

나는 조영수에게 자신 있게 오른손을 내밀었다.

"내가 학생부 근무 하루 이틀 하냐?"

조영수는 나에게 다가와 바지 주머니를 더듬었다.

"어이쿠, 바지 주머니에 떡하니 담배를 넣고 학교로 오셨네? 겁을 상실한 김수능 학생, 너 학생 맞기는 맞아?"

담배가 바지주머니에 들어 있을 줄이야! 집에 아무도 없다 보니 난 집 안에서 마음대로 담배를 피웠다. 아까 한 대 피우고 무심결에 주머니에 넣어 뒀던 모양이다. 학교가 궁금해서 왔다가 결국 영수에게 담배 소지한 것이 적발되고 말았다. 학교에 온 것이 후회됐다. 조영수에게 이끌려 지도실로 갔다.

"야, 경위서 적어. 넌 육하원칙이 뭔지 알고 있지?"

육하원칙쯤이야. 언제, 어디서, 누가, 무엇을, 어떻게, 왜. 종이를 받아 놓고 지도실 안을 둘러보았다. 머리를 붉게 물들인 남학생, 머리 윗부분만 뚜껑처럼 남기고 나머지는 완전히 밀어 버린 남학생, 우람한 허벅지를 드러내고 다리를 꼬고 앉아 껌을 씹고 있는 여학생 등등이 나를 시큰둥하게 쳐다보고 있었다.

그때 감청색 교복을 입은 여학생 하나가 껌을 질겅거리며 지도실로 들어왔다. 힐끔거리더니 "너도 담배 피웠냐?" 한마디 툭 던지고는 내 앞을 지나쳤다. 노랗게 머리를 염색하고 엉덩이 라인이 그대로 드러나도록 교복 치마를 짧게 줄여 입었다. 팬티라인보다 겨우 2~3센티미터 긴 정도? 또 향수는 어찌나 뿌려댔는지 불쾌할 정도였다. 손목에는 영어 필기체로 *only love HSS*라고 새긴 문신까지, 저 정도면 풀세트 장착이다. 의자에 앉아 있던 우람한 허벅지도 한마디 거들었다.

"너도 담배 피웠냐?"

꼴에 3학년이라고 얕보는 듯한 말투가 거슬렸다. 아이고, 이것들하고 닷새 동안 교내 봉사 활동을 해야 하다니. 작년에도 담배 건으로 세 번, 무단결석 건으로 두 번 지도실을 드나들었다. 그때도 느꼈지만, 내 아무리 양소년이라고 한들 정말 다른 양소년들하고는 어울리지 말아야겠구나 싶었다. 그래서 2학년이 되면서 담배든 결석이든 절대 걸리지 말아야겠다, 그래서 다시는 양소년들과 같은 공간에 있지 않으리라 속으로 다짐했었다. 그런데 그런 다짐도 다 물 건너가 버렸다. 한심한 생각만 들었다. 지도실에 모여 있는 양소년들은 조영수가 화를 내지 않으면 들은 척도 하지 않았다. 배배 꼬인 양소년들을 담당하는 조영수 심정도 이해할 만했다.

작년 학교 근처 노인요양시설로 봉사 활동을 갔던 날, 차라리 지옥이 낫겠다는 생각이 들었다. 같이 간 양소년, 양소녀가 여섯 명 정도였는데 끊임없이 말썽을 일으켰다. 조영수가 인솔하는 도중에 두 명이 운동화 끈이 풀어졌다며 시간을 지체하다가 슬그머니 조영수 눈 밖으로 사라져 담뱃 피웠다. 여학생 둘은 땀나고 힘든데 왜 봉사 활동을 가느냐며 조영수의 심기를 계속 건드렸다. 봉사 활동 장소에 가서도 청소를 하라고 지시하는 담당 직원들에게 대들기까지!

오죽했으면 내가 착한 소년이라고 직원들한테서 칭찬을 다 받았겠는가. 나는 직원이 청소를 시키면 그대로 했고, 병상에 누워 있는 노인들을 보니 할머니 생각이 나서 조곤조곤 이야기도 했다. 그랬더니 할머니들이 귀엽다며 머리를 쓰다듬어 주었다. 그럴 때면 할머니 생각이 더 많이 났다.

더 가관인 것은 징계 기간이 끝나고 반성문을 작성할 때였다. 다른 학생에게 주먹을 휘둘러 학교폭력대책자치위원회의 처분대로 봉사 활동을 했던 한 녀석은 반성문의 세 가지 질문에 이렇게 썼다. 반성하고 있나? 란 질문에는 '예'라고 달랑 한 자, 무엇을 잘못했나? 란 질문에는 '잘 모르겠습니다' 하고 한 문장 달랑, 봉사활동 기간에 느낀 점은? 이란 질문엔 '귀찮다'는 단 한 단어로 끝냈다. 그러고는 의자에 앉아 다리를 쩍 벌리고 발뒤꿈치를 세워 달달 떨었다. 다시 적으라는 조영수를 흘겨보다가 반성문을 북북 찢어서 바닥에 팽개치고는 문을 드르륵 열고 나가 버렸다. 영수도 어이가 없는지 허허 웃고는 따라 나가지도 않았다.

우리나라 청소년을 대상으로 영화를 제작하거나 소설을 쓰는 사람들은 알아야 할 점이 있다. 흔히 노는 녀석들을 일진이라고 그럴싸하게 묘사하거나 의리 있는 것처럼 미화하는 일은 제발 없었으면 좋겠다. 내가 작년까지 총 다섯 번을 소위 일진이라고 불리는 녀석들과 25일 정도 함께 지낸 경험에 의하면 그 녀석들은 지독히도 이기적이었다. 남을 위해서는 자기 손가락 하나 까닥이는 것을 싫어했다. 의리 있는 것이 아니라 그들끼리 모인 패거리에서 왕따를 당하지 않기 위해 의리 있는 척을 할 뿐이었다. 오죽했으면 내가 2학년 되면서 무슨 일이 있어도 학교에선 담배를 피우지 않겠다고 다짐까지 했을까.

그럭저럭 매운 경위서를 내고 교실로 돌아오니 봉수가 종례를 하고 있었다. 아이들은 역시나 하는 표정으로 나를 바라봤고, 동규는 혀를 날름거리며 놀렸다. 봉수가 버럭 고함을 질렀다.

"자랑스러운 수능 학생, 빨간 말보로를 겁도 없이 바지 주머니에 넣고 있었다며?"

"예, 집에서 늦잠 자다가 그리됐어요."

"늦잠까지! 골고루 한다. 하여튼 다음 주까지 부모님 모시고
와라."

"아버지 집에 안 계시는데요."

"집에 어른이 한 분도 안 계시냐?"

"아뇨, 있어요."

나는 얼른 말을 바꾸었다. 부모님을 학교로 모시고 오지 않
으면 징계 절차가 끝나지 않기 때문에 일단은 어른이 있는 척
이라도 해 두고 보아야 했다. 그때 문득 오전에 살구꽃을 보러
왔던 아저씨가 생각나 순간적으로 그런 대답이 튀어나왔다.
굳이 봉수에게 우리 집안 사정을 미리 까발릴 필요는 없는 것
이다. 봉수는 나에게 학부모 내교 통지서를 내밀었다.

학부모 내교 통지서

귀댁의 자녀 김수능 학생이 교내에서 담배를 소지하고 있다가 적
발되었기에 학부모와의 상담이 필요합니다. 자녀의 앞날을 위해
학부모께서는 내교하여 담임과 상담에 응해 주시면 고맙겠습니다.

담임 강봉수 (봉)　학생부장 박영일 (박영일)

봉수는 어른을 모시고 오지 않으면 학생부에서 징계가 끝나
더라도 별도로 자신이 교육을 시키겠다며 한 번 더 으름장을

놓았다.

야자를 째고 집으로 돌아왔다. 그러니까 오늘 하루 학교에서 한 일이라고는 학생부에 끌려가 경위서 한 장을 쓴 것이 다였다. 점심시간 지나서 가방도 들지 않고 학교에 갔다가 바로 조영수에게 걸려 담배 소지죄로 경위서를 쓰고 봉수한테서 학부모 내교 통지서를 받고 집으로 돌아왔으니, 내가 생각해도 참 어이가 없었다.

어둑한 방 안에 우두커니 앉아 있다가 통닭집으로 향했다. 오늘은 나의 영웅을 만날 곳이 피시방이 아니다. 통닭집을 개업한다는 고창석을 닮은 아저씨가 새로운 나의 영웅이 될지도 모른다. 그 아저씨가 가게에 있어야 할 텐데.

'아저씨, 지구는 구하지 마시고, 김수능을 구해 주세요.'

살구나무에 핀 연분홍 꽃을 사랑하던 머리 큰 아저씨가 통닭집 안에서 러닝 바람으로 톱질을 하고 있었다. 다짜고짜 내교 통지서부터 내밀었다. 나의 뜬금없는 행동에 아저씨는 고개를 절레절레 흔들더니 '뭐, 이런 녀석이 다 있어?' 하는 표정으로 날 쳐다봤다.

"제가 학교에 담배를 가지고 간 것에는 아저씨도 약간의 책임이 있습니다."

나는 정중하게 말끝에 '~습니다' 체를 사용했다.

"무슨 말인가요?"

아저씨도 아침과는 달리 존댓말로 대꾸했다. 약간의 비아냥

이 섞여 있었지만 그걸 탓할 순 없었다.

"그게…… 저는 아침에 학교에 갈 마음의 준비가 안 돼 있었거든요. 아저씨가 우리 집 초인종을 눌러서 나를 깨우지 않았더라면 내가 학교 가는 일이 일어나지 않았을 겁니다. 그랬다면 담배 소지가 적발되는 일은 더더욱 없었을 것입니다. 그러니 아저씨 책임도 조금은 있다, 그런 뜻인 거죠."

"그래서요?"

"한 번만 도와주십시오."

"뭘 도우면 되죠?"

그러더니 내교 통지서를 살폈다.

"담배를 소지했고 징계를 받는다, 이겁니까? 부모님께 이걸 보여 줘야 하는데 학생이 담배 핀 사실이 알려지면 혼날 테고, 그러니 나더러 부모님 대신 학교에 가 달라는 부탁을 하고 싶은 겁니까?"

"예."

"그렇담 나도 하나 제안해도 되겠습니까? 통닭집이 모레부터 개업인데 여기서 나랑 같이 일하는 건 어때요? 최저임금보다 백 원은 더 쳐 줄 테니."

"알바를요?"

"알바라고 하는 것보단 취업이라고 말하는 게 낫지 않나요?"

"에이, 여기가 무슨 취업이에요. 걍 알바죠. 사업체도 아닌데."

"아, 여긴 내 엄연한 사업쳅니다. 우습게 보면 안 돼요."

"헷, 알았어요. 그럼 제가 오토바이 몰면 되죠?"

"면허도 없으면서 앞서가지 마세요. 배달은 내가 합니다."

"면허가 왜 없어요! 진작 땄어요. 근데 통닭집 알바가 배달 안 하고 뭐 해요?"

"닭 튀기는 기계만 살피면 됩니다. 가만 보자, 담임 선생님 성함이 강봉수 맞나요?"

"예."

"내 고등학교 동기 중에 강봉수란 친구가 있었는데…… 담임 선생님 나이는 얼마 정도 됐습니까?"

"아저씨하고 비슷할 거예요."

"담임이 혹시 머리가 크고, 잘생긴 편은 아니지요?"

"영화 완득이에 나오는 배우 김상호처럼 생겼어요. 혹시 아는 사람이에요?"

"아는 사람인지도 모르겠네요. 한 가지 더 물어봐도 되겠습니까?"

"아, 왜 이러세요, 그냥 말 놓으시지."

하지만 통닭집 사장 아저씨는 표정도 바꾸지 않고 계속 존댓말을 썼다.

"다른 아이들은 내교 통지서를 받으면 어떻게 합니까?"

"뭐, 버티면 학교에서도 어쩌지는 못해요."

"버티는 학부모도 있습니까?"

"많아요. 아저씨도 다른 어른들처럼 말 하시는 건 아니겠지요?"

"무슨 말인가요?"

"우리 땐 선생님 그림자도 안 밟았는데 요즘은 선생 알기를 우습게 안다는 말 같은 거요. 우리가 그때 안 살았다고 실제로 하지도 않은 걸 갖고 했다고 뻥치는 어른들이 많거든요."

"그건 수능 학생 말이 맞아요. 지난 것은 다 아름답게 보이니까요. 내가 학교 다닐 때도 선생님한테 대드는 녀석들이 있었지요. 학생 말 듣고 보니 생각난 게 하나 있는데, 나도 다른 부모들이 하는 것처럼 좀 버텨 보고 싶은데요? 학교에서 어떻게 나오는지 구경하는 것도 재미가 있을 것 같고요."

"답 없어요. 요즘 학교에서 하는 거, 마음에 안 들면, 교육청에 민원 때리면 되는걸요."

"수능 학생, 이제야 기분이 좀 풀린 모양이네요? 아침처럼 쫑알쫑알 말대꾸도 하고."

"……."

어쨌든 이렇게 하여 나는 얼떨결에 통닭집 직원으로 대한민국 최저임금보다 시간당 백 원을 더 받는 조건으로 덜컥 '취업'을 해 버리고 말았다.

아버지 이름

봉수가 조회시간에 나이스 기록 작성에 문제가 있는 학생들 이름을 부르고는 종례 후에 교무실로 오라고 했다. 나도 끼어 있었다. 가족란에 적힌 아버지 이름하고 주민등록등본에 올라 있는 이름이 다르다는 것이었다. 통닭집에 출근하기도 바빴지만 내가 요즘 처한 상황이 상황인지라 종례 후 교무실로 향했다. 교무실 문 안으로 고개를 들이밀자마자 봉수가 교무실을 전세 낸 것처럼 큰 소리를 냈다.

"수능이, 네 아버님 성함이 어떻게 되는 거야?"

"김 성자, 기잔데요."

봉수가 하는 양이 아니꼬워 나도 문 앞에서 큰 소리로 답했다. 내 대답을 들은 봉수는 더 크게 소릴 질렀다.

"야, 이 바보 같은 녀석아, 고등학교 2학년이나 되는 녀석이 아버지 이름도 몰라? 그러니까 담배나 갖고 다니다 걸리지."

"우리 아버지 이름 김성기 씨가 확실한데 왜 그러세요?"

나도 지지 않고 봉수에게 고함을 질렀다.

"아니야, 나이스 가족란에 적힌 거하고 주민등록등본에 나온 이름하고 다르단 말이야."

"주민등록등본에 어떻게 나오는데요?"

"등본엔 네 아버지 이름이 네 자란 말이야!"

아버지 이름이 네 자라니. 일본인이었단 말이야? 고이즈미, 나까지마, 고바야시, 바가야로…… 아닌데? 봉수는 골치 아픈 일을 벌이는 것이 취미인지, 이제 문학작품 개작을 넘어 학부형 이름까지 개명할 모양이었다. 나를 자기 책상 앞으로 부르더니 주민등록등본을 내밀었다.

"여기 이렇게 김, 성, 기, 오, 라고 분명하게 나와 있잖아."

봉수가 형광펜으로 주민등록등본에 나와 있는 아버지 이름 '김성기오金聖基五' 위에다 동그라미를 쳐 가면서 또박또박 발음했다. 교무실에 있는 다른 선생님들이 무슨 일이라도 생겼냐는 듯 우리 쪽을 쳐다봤다. 다른 선생들은 상관없었지만 경옥은 여전히 신경이 쓰였다. 지난번 발기 사건으로 아직도 나만 보면 인상을 구기는 꼴이 영 재수 없었다. 명품 백을 책상 위에 올려놓고 퇴근을 기다리며 교감 자리를 계속 바라보고 있었다. 나 같은 것은 굳이 신경 쓰지 않는다는 듯이.

"나이스하고 등본의 이름이 서로 다르니까 어느 게 맞는지 확인을 해야 할 것 아냐. 그건 그렇고, 네 아버진 내교 통지서를 받고도 왜 학교에 안 오시는 거야?"

"요즘 성수기라서 언제 집에 오실지 모르겠는데요."

"이 자식아, 아버지가 오셔서 학생부장과 면담을 해야 절차가 끝나. 이름은 또 어떤 게 맞는지 확인도 해야 하고. 쯧쯧……."

봉수는 내가 만만한 모양이었다. 언제나 나만 보면 '자식'을 달고 살았다. 하긴 나만큼 만만한 학생도 없을 것이다. 엄마란 사람은 날 버리고 갔지, 아버지라고 있는 사람은 자식이 자살 사이트를 들락거리는 것을 알기를 하나. 그렇다고 성적에 관심이 있길 하나. 내가 체벌을 당했다고 교육청에 민원 전화를 걸겠나. 내가 나를 생각해 봐도 요즘 선생들이 제일 만만하게 다룰 최적의 조건을 갖춘 학생이었다.

"네 아버지 이름이 김성기 씨라면 옛날 내가 좋아했던 배구 선수하고 이름이 같은데……. 너를 봐서는 네 아버지도 키는 크지 않을 테고……."

'모르는 소리 좀 하지 마세요. 강봉수 씨!'

나는 속으로 부르짖었다. 그럴 이유가 있었다. 내 머릿속에 뚜렷이 박혀 있는 기억 때문이다.

"배구 이야기만 나와도 짜증 난다."

"당신, 말 심한 거 아니야?"

"내가 못할 말 했어? 난 배구 이야기만 나오면 치가 떨려."

내가 여덟 살 무렵 아버지와 엄마는 녹슨 못이 박힌 각목을 서로를 향해 휘두르듯 날 선 말을 주고받았다. 그 후엔 휴지통, CD, 그릇, 장난감, 화장품 병이 방바닥에 나뒹굴었다. 나는 이불 밑으로 파고들어 가 눈물만 흘렸다. 그 아수라판이 벌어지는 상황에서도 동생은 입을 헤 벌리고 한 손으론 잠지를 만지며 잘도 잤다. 배구 때문에 벌어진 부부싸움을 생생히 기억하고 있는데, 그럼 혹시 아버지가 배구선수? 나의 씁쓸한 기억을 휘젓기라도 하듯 봉수가 불쑥 물었다.

"너, 고려증권이라고 알아?"

고려증권을 내가 알 게 뭐람. 내가 대답을 하지 않고 서 있자 봉수가 손가락들을 약간 구부려 모으더니 내 배를 푹 질렀다.

"고려증권 아느냐고?"

"아, 몰라요."

"1984년 창단됐다가 1998년 2월에 해체된 배구팀이 있었어."

"그게 왜요?"

이제 봉수가 현대사까지 개작할 모양이었다.

"장윤창, 정의탁. 류중탁, 어창선, 홍해천, 박삼룡, 문병택, 이수동, 이성희, 최성영, 손재홍, 이병용, 김성기까지, 90년대 중반 한국 배구계를 주름잡던 고려증권 핵심 선수들이야."

교무실 선생님들은 봉수를 바라보며 '저 한심한 인간, 아무도 안 듣는 이야기를 또 시작했네' 하는 표정을 지었다.

"이제는 그들뿐만이 아니라 고려증권 배구팀 자체를 볼 수가 없지. 1996년 슈퍼리그 결승전, 손에 땀을 쥐게 했던 그 경기가 눈에 선하단 말이야."

봉수가 추억에 젖어 든 아련한 표정을 지었다. 하여튼 오버 잘하는 인간이라는 것은 일찍이 알았지만 난생처음 듣는 배구 팀 이야기를 지금 왜 꺼내는 거야.

"난 97~98슈퍼리그에서 고려증권이 우승하길 바라고 있었지. 당시 뉴스에서 그랬어. IMF 때문에 배구단 해체가 예상되는 고려증권 배구팀이 우승할 경우 다른 기업에서 인수할 수도 있다고 말이야. 투혼을 펼치던 그들도 체력의 한계 때문에 아쉽게 준결승에서 졌지만 그 시합에서 김성기 선수의 디그는 진짜…… 그건 인간의 영역을 벗어난 거였다고. 지금 대한항공 코치하는 최부식이 보고 디그요정이라 하는데, 김성기에 비하면 개 발의 피였어. 고양이가 낙법 하듯 코트를 날아다니며 경기를 지배했지. 현대자동차 마낙길이가 힘 잔뜩 실어 스파이크하면 뭐 해. 김성기 손에 닿으면 공이 얌전해져 버리는데. 김성기 디그는 아, 정말 일품이었는데……."

봉수의 특기가 어느새 배구경기 해설위원으로 바뀌었나? 속담도 틀리게 말했다. 내가 새 발의 피 아닌가요? 하고 물으면 "개나, 새나!" 버럭 고함칠 것이 분명해서 참았다. 중간엔 목소리를 가다듬고 처연한 표정을 짓기까지 했다. 나는 봉수가 하는 이야기가 무슨 소린지 하나도 알아들을 수 없었다. 빨리 그 자리를 벗어나 알바를 하러 갈 생각이 머릿속에 꽉 차 있었다.

더구나 첫 출근인데 말이다. 하지만 봉수의 이야기는 쉽게 끝나지 않을 것 같았다.

"1997년 외환위기로 IMF 관리체제가 되면서 고려증권이 어려워지는 바람에 고려증권 배구단까지 사라져 버렸지. 그 팀은 말이야, 스타 선수 하나 없이 전 선수가 톱니바퀴처럼 물려서 돌아가는 조직력으로 승부를 거는 그런 팀이야. 대기업 팀인 현대, 엘지까지 다 잡았단 말이야. 난 고려증권 경기를 볼 때면 서민들의 저력을 보는 것 같았어. 고려증권 배구팀 해체는 배구 팬 한 사람으로서 진짜 분통 터지는 일이었다고."

"선생님, 저 알바하러 가야 되는데요."

"이 자식이 어디서 신성한 배구 이야기를 하는데 알바 소리를 하고 있어!"

통닭집 고창석 아저씨한테서 이미 카톡도 와 있는데. 봉수는 남이야 듣건 말건 자기 이야기에 빠져들면 그 이야기가 끝나야 다른 사람이 눈에 겨우 들어오는 특이한 체질이었다.

"야, 고려증권이 당시 백구의 대제전과 슈퍼리그 최다 우승팀인 거 알아? 현대자동차와 함께 국내 배구 최고의 라이벌! 국가대표팀 에이스 없이도 우승을 휩쓸었어! 고려증권 팬들도 엄청났지. 그냥 소리만 꽥꽥 지르는 팬들이 아니라 배구를 진정으로 이해하는 수준 높은 팬들이었다는 게 다른 팀들과 달랐다고. 한마디로, 그야말로 최고 명문 팀이 고려증권이었다, 이 말이야."

"선생님, 저 알바 가야 한다니까요."

"이 자식아, 너 돌머리야? 내가 지금 뭐라고 그랬어? 신성한 배구 이야기하는데 알바 소리 하지 말라고 했지!"

글렀다. 봉수를 만난 건 꼬일 대로 꼬인 내 사춘기를 달리 어찌해 볼 수 없도록 빗장을 지르는 일임에 틀림없다. 이 인간 이야기는 한 귀로 듣고 흘리자. 내가 자퇴를 하지 않을 바에는 어차피 10개월은 봐야 했다. 참자. 봉수 눈을 쳐다보기로 하자. 봉수는 내 다짐을 읽기라도 한 듯 더 신이 나서 떠들었다.

"요즘 배구는 솔직히 재미가 없어. 25점제로 바뀌면서 랠리는 없고 용병 데리고 와서 뻥 배구만 한단 말이야. 손에 땀을 쥐는 경기가 드물다고. 고려증권처럼 톱니바퀴 같은 조직력으로 승부하는 팀은 없고 용병만 잘 데리고 오면 우승하는 아사리 판이 되고 말았지."

봉수는 흥분한 나머지 정수리까지 붉어졌다. 자기 혼자 기분에 취해 뭐가 뭔지도 모를 이야기를 한참이나 더 늘어놓은 다음 봉수가 말했다.

"하여튼 네 아버지 이름이 김성긴지, 김성기온지, 알아 와. 교감이 다음 주까지 나이스에 정보입력 바로 하란다. 힘없는 네 담임 괴롭히고 싶으면 안 알아 와도 되지만 그땐 너한테도 괴로운 일이 벌어질 거야. 내일까지 알바 확인서 가져오고. 보호자도 꼭 모시고 와야 해. 학생부장이 난리다."

"예."

"수능이 쿨한 데가 있어. 대답도 잘하고."

"됐어요."

"참, 그리고 네 엄마 또 전화했던데?"

"예? 아, 엄마 없다니까 왜 자꾸 그래요!"

난 엄마란 말에 나도 모르게 교무실에서 고함을 꽥 지르고 문을 박차고 나와 버렸다. 엄마란 여자는 왜 자꾸 전화하고 난리야. 이제 와서 뭘 어쩌라고! 그리고 봉수 혼자 감정에 도취돼서 내 감정을 무시하는 것은 용서할 수 없었다. 봉수가 따라 나와 내 팔을 잡기라도 했다면 나도 어벙이 동규가 그랬던 것처럼 '니가 뭔데?'라고 대들었을지도 모른다. 봉수가 안 잡기 잘했다.

야자에 참가하는 학생들이 급식소 현관 앞에 길게 늘어서 있었다. 혼자 가방을 메고 교문을 나서는 나를 쳐다보는 그들의 시선이 따가웠다. 그들과 같은 나이, 같은 공간에서 지냈지만 그들과 나는 다른 생각을 하며 하루를 살고 있다는 생각이 문득 들었다. 얼떨결에 알바를 하겠다고 결정했지만 그게 잘한 일인지 알 수 없었다. 피시방을 가는 것보단 낫겠지, 막연히 생각할 뿐 다른 기대도 없었다. 하지만 알바를 위해 야자를 째면서 다른 애들의 시선이 따갑게 느껴지는 건 뭐지? 그냥 쨀 땐 아무 느낌도 없었는데, 이상한 노릇이었다.

잡념에 빠져 걷다 보니 어느새 통닭집 앞까지 와 있었다. 문을 열고 들어서니 고창석 닮은 사장님이 농을 섞어 말을 걸었다.

"야, 왜 이리 늦었어? 통닭집 알바라고 우습게 보는 거 아냐?"

"우리 담임이 늦게 보내줬어요."

"뭐라고? 요즘 시대에도 학생이 신성한 알바 현장에 가는데 붙잡는 교사가 있단 말이야?"

이 사람은 또 뭐야? 봉수만 이상한 줄 알았는데 한술 더 뜨네. 신성한 알바 현장이란다.

"너 때문에 저녁 장사 준비가 늦었잖아. 내일은 일찍 와. 근데 담임에게 뭐 잘못한 거 있어?"

"아니에요. 알지도 못하는 배구 이야기 한참 늘어놓다가 고려증권이 어쩌고 신나게 씨부렁거리던데요."

"담임이 고려증권 배구팀 이야기를? 네 담임이 배구 보는 수준이 있는 편이구만. 그 시절 배구는 역시 고려증권 배구였지. 지금처럼 용병 데리고 와서 뻥뻥 때리는 배구 말고, 모든 팀원이 끈끈한 조직력을 바탕으로 각자 주인공이 되는 팀이었는데, 아쉬워. 이제 그런 팀이 대한민국에 다시 생길지 모르겠어."

도둑을 피하니 강도를 만난다더니 봉수 배구 이야기를 겨우 피하고 나왔더니 사장님한테서 또 배구 이야기를 들을 줄이야. 서로 말을 맞추기라도 한 듯이 얘기 내용도 아주 비슷했다. 그렇다면 고려증권 배구팀이 세긴 했나 보다.

"너도 배구 좋아하는 모양이구나?"

"전 운동 싫어하는데요."

"그러니 문제야. 아이들이 바깥에서 뛰고 구르고 놀아야 하는데 어두컴컴한 피시방에서 자판만 두들기니 뭐가 되겠어?"

"게임이 어때서요?"

"이 녀석이 종업원 주제에 어디서 사장님 말을 툭툭 자르고, 안 되겠구만."

참아야 했다. 통닭집 사장님에게 두 가지 부탁을 해야 했다. 알바 확인서를 얻어야 야자를 합법적으로 빠질 수 있다. 그리고 아버지 대신 학교에 와 달라고 부탁하기 위해선 일단은 참아야 했다.

"죄송합니다, 사장님. 말씀하시는데 끼어들어서요."

"그래, 죄송하다는 말을 할 줄 알면 어른이 되는 거야! 내가 직원은 잘 뽑은 것 같네."

'곧 죽어도 직원이라네. 알바가 무슨 직원이야, 허세하고는.'

"야, 배구 이야기 좀 더 해도 되겠냐? 너한테서 고려증권 이야기를 들으니 감회가 새로워서 말이지. 갑자기 김성기란 선수도 생각나고. 디그 하나는 정말 일품이었는데. 그 선수는 세트 마지막 듀스 상황에서 고려증권이 서브권 얻으면 교체 선수로 주로 출전했지. 그 선수가 서브 넣고 상대팀 선수가 리시브하고 세터가 토스 올려 주면 마낙길이가 스파이크를 때렸지. 패턴이 딱 그래. 그러면 고려증권 박선출이나 정의탁 블로킹에 걸린 공이 원터치로 흘러나온단 말이야. 김성기 선수는 그 공엔 생명을 불어넣었어. 또 상대방 세터가 블로킹을 따돌리고 토스해 준 걸 어느새 나타난 마낙길이가 체중 실어서 스파이크를 날리지? 그럴 때도 김성기는 그 강스파이크 볼을 살살 달래면서 기를 팍 꺾어서는 같은 편 공격수한테 넘겨준단 말이야. 차암 대단했지. 그때 같이 활약한 선수들은 다들 감독이나 코치로 활동하고 있어서 종종 볼 수 있는데 김성기는 어디로 갔는지 통 보이지 않아. 뭘 하고 사는지 궁금하네."

신기했다. 아까 봉수가 하던 이야기와 너무나 비슷했다. 고려증권은 팬들로 하여금 똑같은 추억을 갖게 할 만큼 그렇게 대단했나, 조금 궁금증이 생겼다. 그리고 사장님이 봉수보다 더 고려증권 배구단 신봉자 같았다. 사장님도 슬슬 '님' 자를 떼고 부르고 싶어졌다. 에이 씨, 떼고 부르자. 사장도 가관이었다. 사장도 봉수 못지않게 말이 많으면 그건 거의 재앙이나 마찬가진데. 일단 지르고 보자. 더 늦기 전에 할 말은 해야 한다.

"사장님, 드릴 말씀이 있는데요."

"웅? 할 말이 있다고?"

"우리 담임이 알바 확인서 한 통 떼 달라던데요."

"그런 게 왜 필요하지? 알바하면 하는 거지, 꼭 확인서가 필요해?"

"야자 빠지려면 필요하대요."

"요즘도 야간자율학습 강제로 시키는 거야?"

"교장하고 일부 학부모, 일부 학생들이 원하는가 봐요."

"너처럼 공부하고 담쌓고 사는 애가 밤에 학교에 남는다고 공부할 건 아닐 텐데, 그렇지?"

"그러게요."

"고등학교 공부 어렵잖아. 아마 중학교 공부보다 열 배는 어려울걸. 어쩌다 슬럼프 한번 만나도 따라가기 버거울 텐데. 넌 보아하니 초등학교 때부터 공부엔 관심 없었을 거 같은데, 지금부터라도 공부 외에 네가 잘할 수 있는 것을 찾아야지."

사장이 마음에 들었다. 다른 어른들 같으면 내가 너처럼 젊은 시절로 돌아가면 열심히 공부하겠다, 공부가 제일이다, 시기를 놓치면 공부하고 싶어도 못 한다, 운전면허 필기 준비한답시고 책 좀 보고는 학창시절에 이렇게 공부했으면 서울대 가고도 남았겠다 등등 썰을 늘어놓는 것이 보통이었다. 사장은 외모와 달리 이치를 따져 말할 줄 아는 사람이었다.

중딩 때 수학 시간은 정말 괴로웠다. 알 수 없는 기호들이 자꾸 나왔고 수학 선생님이 하는 말은 외계어처럼 들렸다. 고등학교 입학한 후엔 모든 과목 선생님들이 하는 말이 다 그렇게 들렸다. 어찌 된 일인지, 신기하게도 사장은 내 처지를 다 헤아리고 있는 듯 말을 했다. 다시 사장님이라고 불러야겠다.

"수능아, 그냥 자퇴하고 본격적으로 통닭이나 파는 건 어떻겠냐? 그러면 4대 보험도 넣어 주고, 네 앞으로도 오토바이 한 대 사 줄게."

이건 뭐야? 앞서가도 너무 앞서간다.

"서태지, 신해철, 잡스, 게이츠, 이런 사람들 공통점이 뭔지 알아?"

"모르겠는데요."

"다 자퇴한 사람들이야. 그 사람들이 용기가 있었던 거지. 사장인 나도 자퇴를 했고 말이야."

"근데 다들 고등학교는 졸업해야 한다고 말하잖아요."

"누가 그런 말을 해? 구체적으로 말해 봐."

"아버지하고 선생님들이요."

"어른들 말 그렇게 잘 듣는 녀석이 학교 땡땡이치고, 컴퓨터 게임 줄이라는 내 말에 쫑알쫑알 변명 늘어놨던 거야?"

"그러는 사장님은 공부 열심히 하셨어요?"

"이 녀석이 당돌하게 뭔 소릴 하는 거야."

"사장님도 공부 열심히 안 하셨잖아요?"

"야…… 넌 뭘 보고 내가 공부 열심히 안 했을 거라고 함부로 말하냐?"

"뻔하죠, 뭐. 학교 다닐 때 공부 제대로 안 했으니까 통닭집 하시는 거잖아요."

"틀렸어, 이 녀석아. 난 열심히 했고 공부도 잘했다. 서울법대 들어갔으면 잘한 거 맞지? 열심히 다니다 자퇴했지만."

난 그 말을 들으며 하마터면 뻥치시네, 고함을 지를 뻔했다. 서울법대 간 사람이 할 짓이 없어 원도심, 그것도 상권 찌그러진 곳까지 기어들어 와 통닭집이나 한단 말인가. 판사, 검사,

변호사 한답시고 건들거리거나 정치판을 기웃거려도 시원찮을 판에. 내가 촌에 사는 아이라고 무시해도 너무 무시하는 것 같아 더 화가 났다. 그때 전화벨이 울렸다. 사장님이 잽싸게 전화기를 낚아챘다.

"통닭집입니다. 어디시라고요? 신도시 청마아파트 103동 709호, 통닭 두 마리하고 생맥주 천오백. 네네, 감사합니다."

사장님은 생긴 것과 달리 주문전화 받을 때의 목소리는 부드럽고 사근사근했다. 주문전화를 받는 통닭집 사장님이 서울법대를 다녔다면 봉수는 하버드 영문과를 나왔겠다. 사장님이 내 마음을 헤아려 준 것까지는 고맙지만 서울법대를 다녔다고 되지도 않는 뻥을 치는 바람에 믿음이 싹 사라져 버렸다. 다시 님 자 빼자. 아무래도 알바 자리를 잘못 골라 온 것 같았다. 그놈의 담배만 주머니에 들어 있지 않았어도 뻥 치는 사장과 같은 공간에 있을 이유가 없는데……

사장은 배달 가더니 돌아올 시간이 훨씬 지났는데도 감감소식이었다. 오다가 아는 사람을 만나 편의점 앞에서 캔맥주라도 마시는 건지. 벽에 걸린 시계가 저녁 열 시를 알렸다. 주문전화도 이제는 뜸할 것이다. 동규식육점 옆엔 좁은 골목이 나 있었는데 가로등도 없고 다니는 사람도 거의 없어 담배 피우기 딱 좋은 장소였다. 슬리퍼를 끌고 그곳으로 가서 담배에 불을 붙였다. 한 모금 빨고 연기를 길게 허공에 뱉었다.

"야, 김수능."

어벙이 동규가 골목 입구에서 날 불렀다. 하얀 바탕에 검은 색으로 가슴에 상천고라고 새긴 유니폼을 입고 있었다. 우리 학교에는 축구부가 없는데 웬 유니폼?

"너 어디서 담배 피우는 거야?"

"꼬우면 너도 피워."

나는 톡 쏘듯 한마디 하고는 다시 연기를 내뿜었다. 동규는 다음 말을 잇지 못했다. 자식, 동네에선 나에게 쪽도 못 쓰면서. 학교에선 다른 중학교 출신들하고 논다고 어깨 힘주지만 초등학교 적엔 내 주먹을 겁냈다. 녀석은 내 독기를 아직도 기억하고 있는 게 분명했다.

"너 야자 째고 신도시에서 빌빌거리다가 지금 오는 거냐?"

"아냠마. 독수리 클럽에서 배구하고 오는 거야."

"뭐라고? 독수리가 배굴 한다고?"

"몰랐어? 학교 체육관에서 봉수하고 일주일에 한 번씩 배구 하잖아. 독수린 우리 학교 배구클럽 이름이고."

"봉수가 배구를 한다고?"

"너 진짜 몰랐어?"

"내가 그런 걸 알 필요까진 없잖아. 동규 넌 언제부터 배구 했는데?"

"작년부터 봉수하고 일주일에 한 번씩 하고, 시합이 잡히면 일주일 내내 할 때도 있지."

"동규 너 여러 가지 하고 다니네. 봉수가 배구 가르치는 건 잘하냐?"

"몸으로는 잘 못하지만 말로는 잘 가르치는 편이야."

참 오늘은 알다가도 모를 일이다. 온종일 배구로 시작하다 배구로 끝났다. 봉수도 배구, 사장도 배구, 동규도 배구 이야기를 했다.

"너만 하냐?"

"아오, 이 새끼 멍청하기는. 야, 배구를 혼자 하디?"

"됐고. 근데 이름이 독수리 배구클럽이라고? 촌빨 쩐다, 쩔어. 누가 지었냐? 봉수야?"

"그건 잘 몰라. 난 그냥 배구가 재미있어서 체육관에 가기만 했지."

어벙이 동규다웠다. 그런데 한편으론 가슴팍에 상천고를 새긴 유니폼을 입고 있는 동규가 달리 보였다. 나는 고등학교에 입학한 이후로 숙제를 해 본 적도, 수행평가 과제물을 내본 적도 없었다. 체육 실기 수행평가가 있는 날은 무조건 결석했다. 중간, 기말 지필고사 때는 OMR카드에 3번을 쭉 찍어 전봇대를 만들었다. 모의고사 날은 그 전날 밤새 스마트폰으로 게임을 하며 보내고 뒷날은 종일 자다시피 했다. 그런 생활을 했으니 동규가 배구를 하는지 배구공을 삶아 먹는지 관심이 도통 없었던 것이다.

그런데 어벙한 동규가 배구를 하다니. 그것도 유니폼까지 갖춰 입고서. 그래도 뭔가 해 본다고 부딪쳐 본 경험은 있는 녀석이라 나와 다르긴 다른 것인가. 갑자기 동규가 훌쩍 큰 것처럼 느껴졌다. 기분이 야릇했고 우울해졌다. 분위기를 돌릴 겸 동규에게 담배를 내밀었다.

"너도 한 대 피울래?"

"얌마, 내가 지금 상천고 유니폼 입은 거 안 보여? 등판엔 내 이름도 적혀 있다고! 너나 피워. 내 이름을 달고 있을 땐 내가 나를 지켜야 한다고 봉수가 그랬어."

그러면서 등판을 내 쪽으로 돌렸다. 유니폼엔 박동규라고 선명하게 박혀 있었다.

"넌 절대 모를걸? 자기 이름을 달고 경기에 나서는 기분."

녀석은 잔뜩 거드름을 피우면서 나를 내려다봤다.

"어떤데?"

"그게…… 말로는 그 느낌을 잘 표현하지 못해. 이건 직접 경기를 뛰어 봐야 해. 너도 함 해 봐. 그러면 분명히 막 살아 꿈틀거리는 기분도 들고…… 뭔가 뻐근한 걸 느낄 거야. 그런데 어쩌냐, 넌 키도 작고 배구클럽 소속도 아니라서. 그런 기분은 전혀 느껴 보지 못하겠네."

난 나란 존재가 깡그리 사라져 버리길 꿈꾸는데 어벙한 동규가 살아 꿈틀거린다느니 '절대, 전혀' 따위의 말을 사용하며 나를 무시하기까지 했다. 오늘은 어벙이 동규에게까지 진짜 제대로 맞은 날이었다.

신성한 알바

통닭집 사장님이 알바 확인서를 적어 주었다. 편지지 가득
뭔가를 장황하게 적고는 봉투에 넣고 풀까지 붙였다. 그러고
는 극비문서를 보내는 왕처럼 근엄하게 명령했다. "담임에게
전하기 전에 절대 뜯어보면 안 된다." 나는 종례를 마치자마자
교무실로 내려가 봉투를 봉수에게 내밀었다. 봉수는 봉투를
칼로 쭉 긋고는 확인서를 꺼내 내 앞에서 아무렇지도 않게 읽
었다.

존경하는 강봉수 선생님
저는 김수능 학생이 아르바이트를 하는 통닭집 사장 고영감입니다. 제
가 보아하니 수능이는 공부에 별 관심이 없습니다. 아르바이트를 하는
것이 수능이 인생에 도움이 될 것으로 봅니다. 수능이 성적은 형편없을
것입니다. 요즘 입시제도로 볼 때 수능이는 다른 학생들 내신 등급 올리

는 데 많은 기여를 할 것으로 사료됩니다.

제가 이사 와서 보니 평일에도 빈둥거리며 학교 빠지는 것을 종종 목
격하였습니다. 이런 학생에게까지 자율학습에 참가하라고 한다
면 그것은 앉은뱅이에게 100미터 달리기에 의무적으로 참가하라는
것과 다를 바 없다고 봅니다. 지금 수능이에게 필요한 것은 주변의 관
심과 자기 삶에 대한 긍정적인 마음가짐이라고 봅니다.

아르바이트는 진지하게 임하는 편입니다. 시키는 일도 꼬박꼬박 잘하
고 전화 응대도 연습한 대로 현재까진 원활하게 하고 있습니다. 이
런 학생은 지역 풀뿌리 경제에 헌신하는 삶이 필요하다고 봅니다.
공부와 일찍 담을 쌓은 학생들이 없다면 대한민국 피자집, 통닭집,
족발집, 아귀찜집 등 야식 업계 배달은 누가 하겠습니까? 국가 전
체로 봐서, 특히 영세 자영업자들의 생존을 위해서는 알바하는 학생
들은 야간자율학습에 빠지는 편이 도움이 됩니다.

잘은 모르겠습니다만 소생의 학창시절 경험을 비추어 볼 때, 자율학
습은 몇 몇 학생들에게껜 도움이 될지 모르나, 대다수의 학생은 들러리
서는 것에 불과하다고 생각합니다. 소생도 권위주의 정권 시절 고등
학교에 다녔습니다. 소생이 다닌 고등학교는 연합고사 적용 지구였는
데, 그 동네엔 인문계 고등학교가 다섯 개였습니다. 경쟁이 붙어 한
학교가 열 시까지 자율학습을 하면 다른 학교는 열 시 반 또 다른
학교는 열한 시 결국 열두 시 삼십 분까지 자율학습이란 명목 하에
학생들을 잡아 두었습니다.

닭을 A4용지 크기 정도 되는 케이지에 가둬 키운 결과 조류 독감이 발

생했습니다. 닭은 활동 반경이 큽니다. 닭 한 마리를 학교 운동장에 풀어놔 보십시오. 그 넓은 운동장을 휘젓고 다닐 것입니다. 아이들도 풀어놔야 합니다.

우리 수능이 아르바이트 잘하고 있습니다. 수능이 앞날을 위해서 야간 자율학습을 빼 주시면 고맙겠습니다.

통닭집 사장 고영감 올림

봉수는 사장님이 써준 알바 확인서를 다 읽더니 고개를 갸우뚱거리며 뭔가 의아한 표정으로 물었다.

"수능아, 너희 사장 이름이 고영감이야?"

"잘 모르겠는데요."

"이 자식이! 고영감이야, 고영감이야?"

"모르겠다니까요."

"너희 사장, 나이는 어느 정도 돼 보이는데?"

"선생님하고 비슷할걸요."

"그 사장님도 대단하시네. 아예 교육부에다가 야간자율학습 전면 금지하라는 민원을 제기하라 그래라. 그건 그렇고 네 아버진 여태까지 왜 학교 안 오시냐? 학생부장이 네 아버지 안 오시면 네 담배 건 징계 마무리가 안 된다고 난린데……."

그때 전화벨이 울렸다. 학교 교무 행정원이 받았다.

"강봉수 선생님, 전화 왔는데요."

"누군데?"

봉수는 누구에게나 반말을 하는 모양이다. 행정원도 성인인데 봉수가 반말을 지껄이니 불쾌한 듯 눈길을 맞추지 않고 화난 투로 말했다.

"내선 돌릴 테니 받으세요."

행정원은 봉수를 힐끔 쳐다보고는 전화기를 던지다시피 내려놓았다. 봉수는 전화기를 들더니 퉁명스레 말했다.

"네, 강봉숩니다. 말씀하세요."

상대편이 뭐라고 말했는지 봉수는 전화기를 고쳐 잡고 침착하게 대응했다.

"누구신지 모르지만 그렇게는 안 됩니다. 지난번에도 그러시더니. 다짜고짜 학생 바꿔 달라고 하면 안 되죠. 하영이하고 직접 통화는 안 됩니다."

봉수의 표정이 평소와 달리 진지해졌다. 목소리도 저음으로 착 깔았다.

"참 답답하시네. 그쪽 사정이야 잘 알겠습니다만, 나는 하영이 담임이란 말입니다. 임금 체불 건은 하영이 아버님하고 해결하실 일이지 학생한테 따질 일은 아닌 것 같습니다."

봉수 목소리가 묵직했고 제법 카리스마까지 실렸다. 수업시간에도 좀 저렇게 하지. 맨날 엉터리 문학작품 개작이나 늘어놓지 말고.

"어어, 여기까지 합시다. 학교로 전화하지 말고 회사와 직접 해결하세요."

봉수는 단호하게 전화기를 내려놓았다. 통화 내용으로 미루어 보면 하영이 아버지가 누군가에게 일을 시키고 돈을 주지 않았고 그 사람은 돈을 받기 위해 전화를 했는데 하영이 아버진 생까는 것이었다. 그 사람은 답답한 나머지 하영이라도 잡고 늘어지고 싶은 심정으로 학교에 전화를 했고 봉수는 담임으로서 학생을 보호하기 위해 의무를 다하는 중이었다. 봉수는 곁에 서 있는 내가 신경이 쓰였는지 서둘러 말했다.

"수능아, 너 알바 확인서는 이제 됐고, 네 아버지 이름하고 네 사장 이름 정확히 알아 와. 네 아버지 언제 비번 날이야? 다시 말하지만 담배 징계 건은 아버지 와야 끝난다."

아버지가 학교에 와야 일이 매듭지어진다. 피할 도리가 없다. 괴롭다. 작년에 양소년들과 같이 보낸 시간만으로 충분히 지긋지긋한데 다시 그들과 함께 지도실, 봉사활동…… 이건 안 된다. 무슨 수가 있더라도 통닭집 사장님께 매달려야 한다. 사장님이 집안 친척인 척하며 아버지를 대신해서 왔다고 둘러대 주길 부탁해야 한다.

알바 확인서도 제출했겠다, 나는 떳떳하게 교문을 나섰다. 교문 앞엔 보랏빛 영산홍 꽃이 절정이었다. 형광 색을 띠어 판타지 소설의 한 장면에 등장하는 꽃처럼 여겨졌다. 저 앞에 하영이가 걷고 있었다. 가방에 매단 조그만 인형이 시계추처럼 달랑거렸다. 봉수에게 달려들 때의 사납던 기세는 어디 갔는지 고개를 숙인 모습이 왠지 힘이 없어 보였다. 그러고 보니 중간고사가 이틀 뒤였다. 나야 공부하고 담쌓았으니 간다고 치자. 저 계집애는 무슨 배짱으로 야자를 째는 거지?

"하영이 쟤 밥맛이지?"

뒤에서 누군가 하영이를 까는 소리가 들렸다. 힐끔 돌아보았다. 우리 반 성주였다. 그 옆엔 재희가 고개를 숙인 채 걷고 있었다. 오늘은 야자 째는 애들이 왜 이렇게 많지?

"쟤는 완전 지 하고 싶은 대로 학교 다녀. 시험 때는 담임이 야자 빠지지 말라고 해도 생까고 가 버리고, 청소 시간엔 눈치보다가 종례 때 고개 쳐들고 나타나고, 어우, 진짜 밥맛이야. 그래도 어쩌겠어? 성적 좋지, 집안 부자지. 선생님들은 쟤 범생인 줄 알고 있어. 어떤 선생들은 쟤 그런 줄 알면서도 오히려 아부하고……. 얼굴이야 집에 돈 있으니 고치면 될 거고, 기럭지는 저만 하면 됐고……."

성주가 하영이 뒷다마를 찰지게 까는 게 신통했다. 하영이의 감춰진 모습을 나 외의 반 아이들이 알고 있다는 것도 신기했다. 나도 모르게 성주 쪽으로 고개를 돌렸다. 성주는 자신이 하영이를 씹던 것을 내가 들은 것을 알고는 하얀 이를 드러내며 웃었다. 성주가 봉수에게 대들던 하영이 모습을 보았더라면 아마 더 세게 하영이를 씹었을 거란 생각이 들었다. 봉수도 하영이의 무례한 행동을 아무에게도 말하지 않았고(이건 당연한 거고) 최선희 선생님도 그랬던 모양이다.

그때 성주가 나에게 말을 걸었다.

"수능이 넌 어디 가는데?"

"알바."

단 한마디만 했다. 성주는 물론, 여학생하고 이야기를 나눠 본 적이 거의 없었던 탓에 성주가 내 이름을 부르고 말까지 걸자 당황해서 문장이 잘 떠오르지 않았다. 그 한 단어도 겨우 한 것이었다.

"재미나?"

성주가 내 심정을 알기라도 하듯 간단하게 물었다.

"몰라."

"돈은 많이 벌고?"

"아니."

내가 여학생하고 가장 길게 말을 섞어 본 순간이었다. 알바, 몰라, 아니, 세 단어에 지나지 않았지만. 남중을 졸업하고 남녀 공학인 고등학교에 입학한 후 여학생들만 보면 늘 고개를 돌렸다. 내가 먼저 여학생에게 이야기를 건 적은 물론 없었다.

"어디서 일하는데?"

"원도심, 통닭집."

"통닭집이 뭐야, 촌스럽게! 치킨 가게 이름이 뭐냔 말이야?"

그 말엔 도저히 단어로만 대답할 수가 없었다. 나도 모르게 '기나긴' 문장이 튀어나왔다.

"그래, 가게 이름이 통닭집이란 말이야, 통닭집. 파는 것도 통닭이고."

어느새 버스 정류장에 다다랐다. 성주와 재희는 때맞춰 도착한 버스에 냉큼 올랐다. 버스가 떠나 버리자 갑자기 서운해졌다. 나는 중앙로를 향해 터덜터덜 걷기 시작했다. 성주처럼 상냥하고 활발한 여학생도 있었구나.

내가 제일 먼저 본 여자는 엄마였다. 가 버렸다. 아들인 나에게 간다는 말도 없이 가 버리곤 연락도 없었다. 그다음 본 사람은 동규 엄마였다. 모나리자처럼 눈썹이 없었고 괴성만 질러 댔다. 학교에서 만난 여선생들도 나를 상냥하게 대해 준 적이 별로 없었다. 경옥은 말할 것도 없고 최선희 선생님도 별로였다. 할머니 외엔 나를 살갑게 대해 준 여자는 없었다. 성주가 말을 걸어 준 것만으로도 마음이 훈훈해졌다.

내 '신성한 알바의 현장' 통닭집에선 고영감인지 고영갑인지 자기 이름을 휘갈겨 쓴 고 사장님이 주문 전화를 받고 있었다.

"신도초등학교 체육관으로 통닭 다섯 마리하고 카스 이천으로 다섯 병, 네네. 주문하시는 분은 신도배구동호회 총무님, 성함이 강봉수 씨 맞으시죠? 네네, 시간 딱 맞춰 배달하겠습니다. 감사합니다."

강봉수란 말에 내 고개가 절로 돌아갔다. 봉수가 배구동호회 활동까지 한단 말인가? 고 사장은 마음이 급한지 마구 서둘렀다.

"수능아, 거기 내놓은 닭 빨리 튀겨 놔라. 오늘은 문 열자마자 주문이 이어지네. 내 배달 갔다 올게."

고 사장은 나에게 운전을 시킬 생각은 없는 모양이었다. 통닭집 알바하면서 은근히 오토바이를 타고 배달하고 싶었는데. 오토바이를 타면 승용차로는 느낄 수 없는 속도감을 맛볼 수 있어 좋았다. 고 사장은 초기에 내가 배달하겠다고 나서자 자상하게 말했었다.

　"수능아, 아직 머리도 안 여문 네가 무슨 배달이야. 위험하단 말이야. 나야 살 만큼 살았으니 가도 좋지만 넌 위험한 오토바이 탈 생각, 아예 하지를 마라. 닭 잘 튀기고 주문 전화 잘 받고 청소나 잘하면 되는 거야. 그리고 전문대 가서 기술 배워라. 기술만 잘 배워도 평생 사는 데 지장은 없어. 몸에 익은 기술은 남들이 훔쳐 갈 수도 없고 수능이 네가 잊고 싶다고 잊히는 것도 아니야. 기술은 정직한 땀으로 완성되는 거야."

　그렇게 말하면서 내가 오토바이를 몰겠다는 제안을 단박에 잘랐다. 난 다른 양소년과 달리 오토바이를 타도 험악하게 폭주하진 않겠다고 매달렸으나 통하지 않았다. 다른 가게의 경우 알바들이 오토바이를 탔고 사장은 닭을 튀겼다. 그런데 고 사장은 반대로 위험한 일은 자기가 하겠다고 했다. 나를 은근 걱정해 주는 것 같아 기분이 나쁘진 않았다.

　그런 고 사장을 곱게 보지 않는 어른이 등장한 것도 최근에 벌어진 일이었다. 통닭집 주문이 이어지는 것을 보고 동규 엄마의 질투가 시작된 것이다. 고 사장이 오토바이를 몰고 부다다다당 달려나갈 때면 동규 엄마가 눈을 있는 대로 흘겼다. 그

러나 지난번 아귀찜집 주인과 달리 터프하게 생긴 고 사장한
테는 대놓고 트집을 잡진 못했다. 고 사장은 그런 동규 엄마의
낌새를 알아채고는 오히려 안타까운 눈빛으로 쳐다보았다.

"저 양반들, 이 동네 식육점에 누가 고기 사러 올 거라고 저
러고 있는지, 원. 나처럼 전단지 들고 신도시 아파트촌에 가서
영업하면서 족발도 팔고 편육을 팔아도 시원찮을 판에 말이
지. 허구한 날 가만히 앉아서 손님 기다려 봐야 누가 오나. 참
답답하긴······."

고 사장이 말하는 건 뒷다마하고는 뭔가 결이 달랐다. 동규
식육점을 안타깝게 여기는 마음을 느낄 수 있었다.

몇 건 소소한 배달이 이어지고 드디어 아까 왔던 신도배구
동호회에 배달할 시간이 되었다. 고 사장은 뜨거운 통닭을 종
이 상자에 담고 고무 밴드를 끼우고는 그걸 한 번 쭉 당겼다가
놓았다. 탁, 하는 야무진 소리가 났다. 모두 다섯 번 그 소리가
났다. 나는 곁에서 치킨 무며 소금, 소스, 냅킨 등을 빠짐없이
챙기고 미리 따라서 냉장고에 넣어 뒀던 맥주도 꺼내서 커다
란 비닐봉지에 담았다. 짐이 제법 컸다. 고 사장이 오토바이를
타고 배달 간 다음 나는 주문한 사람이 과연 담임 봉수가 맞을
까 생각하며 주방을 정리했다.

한참 만에 밖에서 푸르르르륵, 네오포르테 시동 꺼지는 소
리가 들렸다. 고 사장이 헬멧을 벗으며 가게로 들어왔다. 들어
오기 바쁘게 나를 향해 소릴 질렀다.

"수능아, 강봉수가 네 담임이라며? 내 고등학교 동기 맞더라. 야, 세상 참 좁다, 좁아."

이건 좋은 징조인가, 재수 옴 붙은 건가? 아직은 알 수 없었다.

"와, 신기하네. 우리 담임 봉수가 사장님하고 동기라니 너무한 거 아니에요?"

"너무하긴 뭐가 너무해, 이 녀석아. 그리고 버릇없이 담임선생보고 봉수가 뭐야, 봉수가!"

"헤헤, 강봉수 선생님이 제 담임 맞아요."

"그래, 앞으론 그렇게 불러."

고 사장은 바쁘게 몰아친 저녁 시간이 피곤했던지 가게 안 의자에 철푸덕 주저앉더니 TV 뉴스를 보기 시작했다. 나는 리모컨을 찾아서 볼륨을 조금 높였다. 고 사장이 나를 돌아보고는 말없이 빙긋 웃었다. 나는 못 본 척 돌아서서 구석에 세워진 밀대걸레를 들고 화장실로 들어가 버렸다.

고 사장은 아무래도 봉수, 아니 강봉수 샘을 만난 게 예사롭지는 않은 모양이었던지 걸레질을 하는 나에게 말했다.

"저번에 그 내교 통지선가 뭔가에 강봉수라고 적힌 걸 보고 긴가민가했는데, 그게 딱 맞았단 말이지. 강봉수란 이름이 드문 것도 아니고, 동명이인인 줄 알았거든. 그런데 그 봉수가 이 동네서 교편을 잡고 있었다니 참……."

"우리 학교에서 올해로 5년째래요. 내년엔 다른 학교로 간다고 하더라고요."

"집이 창원이라고 그러더라. 여기선 원룸에서 홀아비처럼 산다고 엄살 부리잖냐. 조만간에 우리 가게로 놀러 오기로 했어. 그리고 수능이 너 바로 알던데? 알바생이 꼴통이라 고생 많겠다고, 하하."

강봉수 샘, 아니 봉수, 오늘 저녁 닭 뼈나 목에 걸려 버려라.

"세상 참 좁아. 나나 봉수나 둘 다 서부 경남이 고향인데 동부 경남에서 둘이 만나다니……."

알바를 마치고 집으로 오는 길에 봉수를 떠올렸다. 봉수처럼 단순하게 사는 것도 괜찮다는 생각이 문득 들었다. 나도 나를 잘 모른다. 그런데 봉수는 날 잘 아는 것처럼 고 사장 앞에서 떠든 모양이었다. 어쩌면 봉수가 나보다 나를 더 잘 알고 있는지도 모른다는 생각이 얼핏 들었다.

오늘은 봉수의 날

5월 첫날 아침, 마당가의 살구나무에 까치가 찾아와 울어 댔다. 깍깍거리는 소리에 잠에서 깼다. 하지만 솔직히 말하면…… 꼭 까치 소리 때문은 아니었다. 팬티가 축축해진 게 더 큰 이유였다. 내 몸에서 고농도 액체가 빠져 나온 것이다. 내가 고농도 액체를 처음 생산한 것은 작년 봄이었다. 다른 녀석들은 중학교 때부터 그랬다고 하는데 난 조금 늦어서 고등학교 입학 무렵에 가서야 첫 출하가 시작되었다.

날 버리고 간 여자를 생각하면 분노가 치밀어 올라 여자란 존재는 다 미움의 대상이었지만 꿈에서는 야릇한 장면만 나와도 나도 모르게 어묵 같았던 신체 일부가 당근처럼 단단해졌고 어, 어, 하는 사이에 고농도 액체가 분출되어 팬티를 버렸다. 자기 전에 마음속으로 다짐한 적도 있었다. 꿈속에 나타나는 여자는 나를 버린 여자랑 다를 바 없으니 절대로 웃음을 보여 주지 말자고. 하지만 의지와 상관없었다. 이건 꿈이다, 하고 소리를 지를 때는 이미 고농도 액체가 팬티를 적신 뒤였다. 내 의지와 내 몸은 다른 방향으로 달리는 모양이었다.

팬티를 적시는 게 귀찮아서 주기적으로 고농도 액체를 강제 배출하기도 했다. 그런데 오늘 아침 그만 또 팬티를 버리고 말았다. 하긴 그동안 내가 좀 소홀하긴 했다. 알바한다고 재고품을 제때 빼내지 않고 창고에 그대로 쟁여 둔 게 화근이었다. 피곤했고, 야(구)동(영상) 시청을 미루었더니 그만 이런 일이 벌어지고 말았다. 에너지가 빵빵한 공장에서 생산된 고농도 액체는 섬유와 융합하여 팬티를 마른 명태처럼 뻣뻣하게 굳게 했다. 중요 부분에 닿는 감촉이 까끌까끌했다. 나는 구시렁거리며 팬티를 갈아입고 벗은 것은 대야에 푹 담갔다.

어쨌든 모처럼 일찍 일어난 김에 전기밥솥에 밥을 해서 먹었다. 그래도 일곱 시밖에 되지 않았다. 등교 시간이 한 시간이나 남아 있었다. 모처럼 가방까지 들고 교문을 들어섰다. 7시 25분, 교실에 들어서니 7시 30분이었다. 내가 제일 일찍 온 줄 알았다. 아니었다. 소리 없이 세상을 움직이진 않지만 소리 없이 학교에 다니는 상훈이가 이미 와 있었다. 나는 녀석이 말하는 것을 본 적이 없었다. 봉수가 한 시간 동안 한 말의 양이 그 녀석이 십팔 년 동안 한 말보다 더 많을 것이다. 상훈이는 학교에 오면 늘 졸았다. 그렇지 않으면 멍하니 한 곳을 쳐다보거나. 첫 시간에 펼친 책의 페이지는 야자를 마칠 때까지 그대로였다. 녀석은 손가락에 침을 묻혀 책장 한 번 넘기는 일 없이 뚫어져라 그 페이지를 바라만 봤다. 과연 눈빛으로 종이를 뚫을 수 있을 것인가, 실험이라도 하는 것인지. 어떤 때는 등교와 동시에 고개를 숙였다가 하교할 때 고개를 들었다. 그 녀석 부모는 그 사실을 몰랐다. 야자까지 참석하고 가면 그 녀석 부모님은 학교에서 늦게 오니까 당연히 공부하고 온 줄 알고 야식 차려서 기다릴 테지. 내가 알기로 대부분의 부모는 눈으로 보지 못하는 것을 상상하는 힘이 없었다. 상훈이 부모님도 그 점에선 마찬가지일 것이다. 그분들이 상훈이가 학교에서 어떤 모습으로 지내는지를 안다면 과연 어떤 표정을 지을까.

　나 다음으로 재희와 성주가 교실로 들어섰다. 등하교를 다 붙어 다닐 만큼 단짝인 모양이었다. 일찍 오니까 이런 사실도 알게 되는 것인지. 7시 30분부터 8시까지, 그 삼십 분의 시간이 그렇게 긴 줄 몰랐다. 다음으로는 누가 올까, 궁금해하고 있는데 검은 점퍼를 입은 웬 남자가 교실로 쑥 들어왔다. 거무튀튀한 얼굴에 수염도 깎지 않아 지저분하게 보였다. 173센티미터 정도 되는 키에 어깨가 단단하고 힘깨나 쓰게 생긴 모습이 사뭇 살벌한 분위기를 풍겼다. 교문을 지키는 배움터 지킴이가 출근하기 전이라 교문을 무사통과한 모양이었다. 재희와 성주는 겁을 잔뜩 집어먹은 표정으로 그 남자를 쳐다봤다. 상훈이는 무심한 눈길을 한번 쓱 던지고는 고개를 돌렸다. 그 남자는 다짜고짜 고함을 질렀다.

"하영이가 누구야? 하영이 어디 있어?"

그 남자와 내가 눈이 딱 마주쳤다. 그는 나에게 성큼성큼 다가와 "하영이 어디 있어?" 하고 물었다. 술 냄새가 확 끼쳤다.

우리 동네에선 취객들이 소란을 피우는 일이 잦았다. 취객과 눈을 마주치면 시비를 더 건다는 것을 나는 경험으로 알고 있었다. 그의 눈길을 피했다. 내가 고개를 숙여 버리고 반응하지 않자 그는 씩씩대며 교실을 둘러보았다.

상훈이가 상황 파악을 못하고 그가 하는 양을 무심히 바라보고 있었다. 남자의 눈길이 상훈이에게 가 꽂혔다. 상훈이는 미동도 없이 낯선 남자를 똑바로 쳐다보았다. 상훈이의 무심한 눈빛은 상대를 비웃는다는 오해를 사기에 딱 알맞았다. 그 남자가 상훈이에게 다가갔다.

"너 인마, 내가 우스워?"

상훈인 평소 모습 그대로였다. 하지만 그 남자가 상훈이를 알 턱이 없었다. 상훈이가 하루 종일 그런 눈빛을 하고 지낸다는 것을 알았더라면 그러려니 했을 텐데. 그가 상훈이의 멱살을 와락 거머쥐었다.

"야, 어린 노무 새끼가 날 무시하는 거야? 뼈 빠지게 일하고 월급도 못 받는 게 어디 내 탓이야?"

상훈이가 그 상황에서 말을 할 리도 없었고 할 말도 없을 것이다. 그저 무심히 바라볼 뿐.

"이 자식이, 어른이 말하는데 어디서 째려보는 거야."

남자가 상훈이 멱살을 더 세게 잡았다. 상훈인 그의 힘에 이
끌려 자리에서 일어서야 했다. 재희와 성주는 소리조차 내지
못했다. 남자는 상훈이 멱살을 잡고 교실 밖으로 나갔다. 그는
혼자 생각하고 혼자 판단하고 혼자 빡친 것이었다. 나는 둘을
뒤쫓았다. 그 남자는 상훈이를 화장실로 끌고 갔다.

"이 자식, 대가리 피도 안 마른 게 어른이 말하는데 째려봐?
버르장머릴……."

남자는 고함을 지르면서 상훈이를 화장실 대변기 칸 안으로
밀어 넣었다. 커터 칼을 들고 따르륵거리며 상훈이에게 겁을
주는 모습이 문틈으로 보였다. 나는 겁이 더럭 났지만 상훈이
는 그런 상황에서도 여전히 말이 없었다.

나는 교무실로 달렸다. 봉수가 교무실로 들어오다 나를 보
고 눈이 동그래졌다.

"해가 서쪽에서 뜨겠어. 김수능 양소년이, 이 시간에 학교에
출현을 다 하고……."

"아, 선생님, 농담할 때가 아니에요. 상훈이가 화장실로 끌려
갔어요!"

"뭔 소리야? 상훈이가 끌려가다니?"

"어떤 아저씨가 교실에 와서 하영이 찾다가, 상훈일 화장실
로 끌고 갔어요."

"이 인간이 결국 학교까지! 수능이 넌 빨리 경찰에 연락해."

상황을 파악한 봉수는 웃음기를 말끔히 지우고 3층 계단으

로 달렸다. 빨랐다. 운동 신경이 전혀 없을 줄 알았는데 배구동호회 다닌다는 말이 헛말은 아니었나 보다. 그새 소문이 퍼졌는지 화장실 입구엔 학생들이 몰려와 웅성거리고 있었다.

봉수가 그 틈을 파고들며 입술에 검지를 갖다 대고 조용히 하란 손짓을 했다. 학생들 무리 속엔 헬스 한답시고 떡 벌어진 어깨를 건들거리며 후배들 앞에서 으스대는 3학년 선배들도 있었다. 힘은 이럴 때 쓰는 거지, 그들 중 누구 하나 나서는 놈이 없었다. 봉수가 어떻게 대응하는지, 좋은 구경 만나서 신났다는 상판이었다. 꼴에 좋은 자리 차지하려고 후배들을 밀어내기나 하고.

봉수는 길게 숨을 한 번 들이마시고는 화장실로 성큼 들어갔다. 그리고 갑자기 쪼그리고 앉았다. 간지 안 나게 뭐 하나 싶었지만 나도 봉수를 따라 앉았다. 화장실 문과 바닥 사이에 난 틈으로 상훈이와 남자가 들어간 칸을 확인하고 둘이 서 있는 위치를 살피는 듯했다. 상훈이 실내화가 안쪽, 남자의 작업화가 문 쪽으로 보였다. 문은 안으로 미는 식이었다. 봉수가 호흡을 가다듬고는 문을 있는 힘껏 걷어찼다. 남자의 머리가 문에 부딪치는 소리가 들렸다. 봉수가 이번에는 어깨로 문을 밀었다. 남자는 문과 화장실 벽이 만든 삼각형 안에 갇힌 꼴이 되었다.

"상훈이 빨리 밖으로 나와!"

봉수가 다급하게 고함을 쳤다. 그 순간에도 상훈이의 행동과 표정은 평소와 별로 다르지 않았다. 행동은 느렸고 표정엔 변화가 없었다. 대범한 것인지 멍청한 것인지 애매한 표정으로 나온 상훈이를 향해 모든 시선이 한꺼번에 쏠렸다. 그러거나 말거나 상훈이는 말없이 학생들 사이를 비집고 교실로 돌아가 버렸다.

강력한 습격을 당한 그 남자는 봉수한테 쉽게 제압당했다. 봉수가 그 남자 양어깨를 꺾고 화장실 밖으로 끌고 나왔다. 그때의 봉수 모습은 범인을 제압한 강력계 형사처럼 근사해 보였다.

"야, 네가 선생이면 다야? 사기꾼 딸한테 지 아비 어디 있는지 가르쳐 달라고 왔는데, 네가 왜 막고 지랄이야? 이거 안 놔?"

봉수에게 어깨를 꺾인 남자가 버둥거리면서 고래고래 고함을 질렀다.

"이 양반아, 여기는 학교야. 어디서 하는 짓거릴 하려고 그래. 엉뚱한 데 와서 엉뚱한 아이나 협박하고, 정신이 있어, 없어! 미성년자 감금, 납치, 협박! 징역 가고 싶어 환장했나. 난 긴급 구난 행위를 한 거니까 입 다물어!"

그러는 사이에 경찰이 뛰어올라 왔다. 봉수가 그 남자를 경찰에게 인계하고 나자 요란한 박수가 터졌다. 누군가 '강봉수'를 선창했고 다른 아이들은 '강봉수'를 연호했다. 봉수는 태연하게 손가락으로 브이 자를 만들고는 교실로 돌아갔다. 그리

곤 아무 일 없었다는 듯이 조회하고 수업하고 종례를 했다. 그
날 하영이는 종일 고개를 숙이고 책만 봤다.

알바 가는 길에도 아침에 있었던 일이 계속 떠올랐다. 통닭
집에 도착하자마자 학교에서 있었던 일을 신나게 들려주었다.
사장도 놀라는 눈치였다. 봉수에게 그런 면이 있었어? 하는 소
리를 열 번도 넘게 하며 감탄을 연발했다. 호랑이도 제 말 하면
온다더니 그때 봉수가 통닭집에 나타났다. 양반되기는 글렀다.

"고영갑이 가게가 여기구만. 근데 손님이 왜 이리 없어? 사
장하고 알바하고 속닥거리기나 하고, 이래서야 장사가 되겠
어?"

봉수는 들어서면서부터 시비조였다. 고 사장은 싱글거리며
웃기만 했다.

"수능이 이 자식은 담임이 왔는데 인사도 안 하고 뭐 하는
거야. 나한테도 이런데 다른 사람 오면 나가라고 인상 쓰겠
다?"

"어서 앉기나 해. 우리 착한 알바 갈구지 말고."

고 사장은 친구가 찾아와서 좋은지 입이 귀에 걸렸다. 덥수
룩해진 턱수염도 따라 움직였다. 둘 다 조연 배우를 닮았다. 고
창석과 김상호, 비록 조연 전문이긴 하지만 명배우 두 명이 통
닭집에 등장했다고 해도 믿을 정도였다. 두 사람 다 머리가 컸
다. 덩치도 그렇고, 좁은 통닭집 안이 가득 차 보였다. 고 사장
은 맥주와 컵을 챙겨 와서 자리에 앉았다.

"자네, 오늘 학교에서 영웅 됐다며?"

"수능이 저 자식은 입이 싸단 말이야."

'또 자식이란다. 내 입이 싸면 당신 입은 거칠어서 탈이야.'
나는 속으로 중얼거렸다.

"어이, 강봉수, 오늘 있었던 일은 그렇다 치고, 왜 학생을 차
별하는 거야? 수능이 담배 소지했다 걸린 걸 갖고 학부모 안
오면 징계 안 풀어 준다고 협박했다면서?"

고 사장이 질책하듯 말을 하자 봉수가 나에게 눈을 흘겼다.

"수능이 아버지 바쁘신 모양이던데 꼭 불러야 해? 버티는
학부모들도 있다며? 그러면 학교에서도 어쩔 수 없고. 바빠서
못 오는 사람과 버티는 사람은 다르잖아? 그런데도 왜 수능이
한테만 그래? 형평에 어긋나잖아."

"학교에 사법권이 있는 것도 아니고, 요즘 학교가 학생들이
버텨도 답이 없는데 학부모가 버티는 데야 별수가 없지."

"그러니까! 수능이 쟤가 약자라고 너무 강하게 구는 거 아니
냐고?"

"수능아."

고 사장이 논리적으로 치고 나오자 말문이 막혔는지 봉수가
나를 불렀다. 그 순간을 벗어나려는 모양이었다. 나는 신경질
이 났다. 따지듯 대답했다.

"왜요?"

"저, 저 싸가지 봐라. 담임이 부르는데 말본새하고는. 너 당

장 뛰어가서 동규 아버지 오시라고 해라. 동규 담임 왔다고 하면 올 거다. 그러면 네 부모님 학교 오시지 않아도 돼."

고 사장은 봉수가 퉁치듯이 말머리를 돌리는 것을 보며 나에게 한쪽 눈을 찡긋하고는 봉수에게 말했다.

"어어, 관둬라 관둬. 어색하게 식육점 남잘 갑자기 왜 불러?"

"담임이 부르는데 당연히 와야지, 학부모가."

"그래, 부르면 오기야 하겠지만 왜 부르느냐고."

"셋이서 한잔해야지. 수능이 빨리 갔다 와."

"어, 참. 그냥 오늘은 둘이서 한잔하지. 우리가 이십 년 만에 만났는데."

봉수는 막무가내였다. 그런 봉수를 내가 무슨 수로 말리겠나. 동규식육점으로 가기 위해 자리에서 일어서자 고 사장이 말했다.

"수능아, 여기는 학교가 아니잖아. 어엿한 직장이야, 직장. 그럼 사장 말을 듣는 게 맞겠지?"

고 사장이 한 말이 맞았다. 나는 가지 않고 버텼다.

"어쭈구리. 수능이 버티기야?"

"여긴 교실이 아니잖아요."

"아이고, 알바한 지 며칠이나 됐다고! 벌써부터 담임 말을 생까고 사장 말을 듣겠다, 이거야?"

고 사장이 나를 향해 또 한쪽 눈을 찡긋했다. 결국 봉수가 고 사장 고집에 지고 말았다. 봉수는 잔 가득 맥주를 따라 고 사장에게 건네며 비꼬듯 말했다.

"내 친구 고영갑이, 청운의 꿈을 안고 서울로 갔던 고영갑
이, 한잔해라."

"그 뭐 쓸데없는 소릴!"

"지리산 골짜기 산청 촌놈이 용 됐다고 동네잔치까지 하고
서울법대 갔으니 자랑 좀 해야지, 왜 말려."

"봉수 선생 자꾸 이럴 거야?"

고 사장이 낮은 목소리로 봉수에게 으름장을 놓았다. 나는
속으로 깜짝 놀랐다. 전에 서울법대 다녔다고 했던 말이 사실
이었다니! 고 사장은 나에게 뻥을 친 것이 아니었다. 촌구석 죽
어가는 상권 한가운데서 통닭집을 하는 사람이 서울법대 나왔
다는 사실이 잘 믿어지지 않았다.

고 사장은 속을 알 수 없는 표정으로 맥주를 쭉 들이켜고는
잔을 봉수에게 내밀었다. 봉수도 자기 앞에 놓인 잔을 단숨에
비우더니 고 사장에게 내밀었다. 초저녁부터 본격적으로 술판
을 벌일 모양이었다. 오늘따라 주문 전화도 별로 오지 않았다.
나는 입구 쪽 의자에 앉아 밖을 내다보았다. 하지만 귀는 쫑긋
두 사람의 대화를 좇고 있었다. 두 사람은 소식이 끊긴 채 지낸
세월이 길었던 만큼 사연도 많은 눈치였다.

"촌놈이 서울법대 갔다고 시끌벅적했지만, 거, 서울살이 만
만찮더라고. 처음엔 나도 고향에서 고생하는 부모님 생각하면
서 고시 준비를 했지. 부모님은 마치 아들이 판검사 다 된 것처

럼 동네방네 자랑하는 눈치였고. 근데 자네도 알다시피 우리
가 대학 다니던 5공 시절에 데모가 좀 많았나. 자연히 그쪽에
도 관심이 갈 수밖에 없었지. 그럴수록 이거 영 아니구나 싶데.
나도 피 끓는 청춘인데 왜 안 그랬겠어?"

"영갑이 자네 같은 수재가 고시 공부를 했어야지, 딴 데다
정신을 팔았구만."

"뭐 그렇다고 첨부터 그런 건 아니었어. 고시공부를 했는데,
한편으론 자꾸만 갈등이 생기더라고. 고시에 합격하고 판검사
가 된다면 그게 잘 사는 인생인가, 내가 판사나 검사가 되어 사
람들을 판단할 자격이나 있는가, 고민도 깊어졌지. 단순히 학
창시절 공부 성적 좋다고 남들 가는 길을 따라가는 것이 옳은
삶인지 돌아보게도 되고……."

"그 참, 시절이 애 하나 버려 놨구만."

봉수가 추임새를 넣었다.

"어느 날 같은 집에서 자취하던 선배를 경찰들이 개 끌듯 끌
고가는 걸 봤지. 그것도 바로 내 눈앞에서. 그 선배, 사람 참 좋
았거든. 나한테도 잘해 줬고. 근데 단지 부정한 권력을 비판했
다고, 학내 시위를 주도했다고 그렇게 끌려가는 걸 보니까 정
말 피가 거꾸로 솟는 심정이더라고."

'저걸 우린 줄여서 피꺼솟이라고 하는데…….'

나는 속으로 생각하며 다음 말을 기다렸다. 봉수가 끼어들
었다.

"그 시절엔 그랬지. 광주에서 그렇게 시민들 죽이고 잡은 정권이었으니까."

"그 후로 나도 자연스럽게 운동권이 된 셈인데…… 함께 운동하는 친구들을 만나면 만날수록 우리 사회의 모순을 깊이 알 수 있었지."

그때 전화벨이 울렸다. 나는 냉큼 일어나 전화를 받았다. 반반무짜리 주문전화였다. 내가 제법 익숙한 손길로 준비를 시작하자 봉수와 고 사장이 거의 동시에 말했다.

"수능이 자식 제법인데?"

"수능이 네가 할 수 있겠어?"

"예, 제가 제법 할게요."

한꺼번에 대답하려다 보니 말이 좀 이상했지만 알아들었겠지. 닭을 튀겨 포장을 끝내고 고 사장 앞에 섰다. 고 사장이 나를 올려다봤다.

"오토바이 열쇠 주세요."

"배달도 네가 간다고?"

"두 분 대화하시잖아요. 술도 드셨고."

"안 돼! 뛰어갔다 와."

"싫은데요."

봉수가 또 끼어들었다.

"그냥 열쇠 줘. 요새 애들 저런 소형 오토바이는 다들 잘 몰아."

모처럼 봉수가 맘에 드는 소릴 했다. 고 사장은 조금 망설이는 눈치더니 부스럭거리며 주머니를 뒤졌다. 열쇠를 꺼내 들고서 나에게 줄 듯하더니 다시 움켜쥐었다.

"약속해라. 시속 20킬로 넘지 않겠다면 줄게. 아니, 30킬로까지 선심 쓴다."

간만에 몰아 보는 오토바이였다. 비록 딸딸거리는 스쿠터였지만. 지그시 액셀을 돌리자 제법 바람을 가르며 달려나가는 게 기분이 삼삼했다. 배달할 곳이 너무 가까운 것이 아쉬웠다. 어디 동네라도 한 바퀴 돌까 싶었지만 두 사람의 얘기가 궁금해서 바로 돌아가기로 했다.

두 사람은 똑같은 자세로 얘기를 나누고 있었다. 얼굴이 조금 붉어진 듯도 했다. 빈 병이 제법 됐지만 혀가 꼬이지 않은 걸 보면 둘 다 술이 센 모양이었다.

"그 당시 구로공단은 굴뚝 산업의 대명사였어. 지금이야 이름도 디지털 단지로 바뀌고 말끔해졌지만 그땐 가난하고, 뭔가 회색빛 이미지의 변방 같은 느낌이었지. 여공들, 쪽방촌, 노동자, 공단오거리 뭐 이런 말들이 먼저 떠오르고. 아무튼 당시 운동의 흐름이 노동운동이 대세였으니까 나도 자연히 그쪽으로 빠졌는데, 거기서 마누라를 만난 거야. 내가 취업했던 봉제 공장에서 여공으로 일하고 있더라고. 둘이 가까워지고 나서야 알게 됐는데 고향이 여기 상천이더만. 동생들 뒷바라지 한다고 상경해 봉제 공장에서 일하는 처자, 예전엔 그런 경우 많았잖아."

"영감이 자네, 노동운동하러 갔다가 청춘사업을 하게 된 거구만."

"하하, 그런가? 그 뒤에 내가 위장 취업 건으로 구속되고 나라에서 주는 밥 먹고 있을 때…… 아내가 옥바라지를 참 야무지게 하면서 기다려 줬지."

"여기서부터는 신파극이구만 그래."

얘기가 점점 어려워졌다. 연애하면 손잡고, 뽀뽀하고, 아기 만들고 그러는 줄만 알았는데 옥바라지니 뭐니 이해하기가 어려웠다. 그래도 뭔가 조금 슬프면서 가슴이 뻐근하고, 또 다음 얘기가 궁금했다. 두 사람은 잠시 쉬어가기라도 하듯 말없이 술잔을 비웠다. 화장실을 다녀온 봉수가 말했다.

"그래, 신파극은 결말이 어떻게 됐어?"

"결말이야 뻔하지, 뭐. 징역 살고 나와서 집엘 갔더니 난리가 난 거지. 서울법대 갔다고 출셋길 열렸다고 좋아했는데, 이건 뭐, 호적에 빨간 줄 긋고 나타났으니 어머니는 울고불고…… 그때 생각하면 내가 참, 불효를 많이 했다 싶어."

"시절이 그랬는데 어쩌겠나. 자, 자, 한 잔 받아."

고 사장은 봉수가 따라 주는 맥주를 쭈욱 들이켰다. 고개를 젖힌 목에서 사과뼈가 크게 오르내렸다. 고창석 닮은 사장이 다른 사람처럼 보였다.

"어머니가 미련을 버리지 못하고 지금이라도 공부해서 출세

하라고 매달렸어. 그리고 무식하고 가난한 여공 며느리 보려고 등골 빠져 가면서 공부시켰느냐고, 아내를 영 탐탁지 않게 생각했지. 그런 건 도무지 설득도 안 되고, 참 미치겠데…….”

“신파극에서 고부갈등 드라마로 넘어갔구만.”

“그러니 어쩌겠나, 집을 나올 수밖에 없었지. 그때 집에선 호적 파 버린다고, 참 난리도 아니었다. 지금이야 세월 많이 흘렀으니 내왕하며 지내지만 당시에는, 어휴, 생각만 해도 징글징글해. 울 어머니는 여우 같은 년한테 홀려서 그렇다면서 모든 걸 집사람 탓으로 돌리고 욕을 퍼붓고…… 그래서 아내는 평생 시금치 잘 안 먹었어. ‘시’ 자 들어갔다고.”

“에헤이…….”

“그 뒤로 쭉 서울 살면서 계속 노동운동과 관계를 맺으면서 살았지. 힘없는 노동자들한테 조금이라도 도움이 되는 길을 가자, 그렇게 된 거지. 세상에선 법보다 주먹이 가깝다고 하잖아? 난 그래도 법을 공부했으니까 주먹보다 가까워서 법을 나누고 싶었고, 도움이 필요한 사람들에게 법을 알려 주고, 보람도 컸어. 아내도 그런 나를 존중하고 따라주었고……. 우리 부부는 가난해도 행복하게 살았다고 자부할 수 있어.”

“흠, 그래도 그만하면 해피엔딩이네.”

“해피엔딩이라……. 조금 더 들어 봐.”

고 사장은 좀 길다 싶게 뜸을 들였다. 봉수는 웬일인지 갑치지도 않고 잘 기다렸다.

"그랬는데…… 아내에게 독한 놈이 찾아왔더라고. 하필이면 그것도 췌장에 말이야. 그게 불과 일 년 전 일이야. 처음엔 참 납득이 안 되데. 아니, 평생 남한테 해코지 한번 한 적 없이 착하게 살아온 사람한테 왜 이런 일이 벌어지는가 싶고, 내가 뭘 잘못했기에 이러나 싶기도 하고……. 하지만 어쩌겠나, 받아들여야지. 오히려 아내가 날 위로하더군. 그러면서 하는 말이 죽기 전에 꼭 고향으로 가고 싶다고……. 아내 어릴 때 살던 동네가 이 근처거든."

봉수가 벙 찐 얼굴로 고 사장을 쳐다봤다. 아무 말도 나오지 않는 모양이었다.

"뭘 그리 쳐다보나, 이 사람아. 누구 암 걸렸단 얘기 처음 들어?"

"아니, 그게 아니라……."

"얘긴 더 남았어. 끝까지 들으면 기절할 작자네."

"하아, 이건 뭐, 괜히 말을 꺼내 가지고……."

"아내는 암 선고받고 얼마 못 버텼어. 발견이 너무 늦었던 거지. 참 강단 있는 사람이었는데…… 그렇게 허무하게 가 버릴 줄은 몰랐지. 평생 고생만 시킨 게 참 미안하더라고. 아내 장례 치르고 미련 없이 서울 생활 접었어. 도저히 서울에서 살 자신이 없더라."

"그래, 그래, 이거 원, 난 그런 사연 까마득히 몰랐네."

"모르는 게 당연하지. 부고도 거의 안 했으니까. 그리고 남의 사정 시시콜콜 다 알아야 할 필요가 뭐 있나. 자네만 모른 건 아니니까 미안해할 필요 없어."

"허, 이 사람 참. 사람 사는 게 어디 그런가……. 알 건 알아야지."

"지금이라도 알았으면 됐어. 어쨌거나…… 아내 묻고 소용없는 짓인 줄 알았지만 그래도 아내 마지막 소원을 들어주는 심정으로 이곳 상천으로 내려왔어. 와서 옛 친구도 만나고, 잘됐지."

"나도 자넬 다시 만난 건 좋지만, 잊어 버려야 할 기억이 자꾸 되살아날 텐데…… 그런 결정을 했구만."

"허허, 자네 말도 맞아. 하지만 또 꼭 그 이유만은 아냐. 여기 일대가 재개발된다는 말이 오래전부터 있었는데, 그거, 문제가 아주 많더라고. 그래서 그것도 어떻게든 막아야 해서 겸사겸사."

난 고 사장이 도무지 이해되지 않았다. 그깟 여자가 뭐라고 부모님하고도 등을 돌리다니. 세상에 쌔고 쌘 게 여잔데, 그때라도 부모님 말 들어서 그 여자와 헤어져 공부했다면 지금보다는 훨씬 나았을 거 아닌가? 그리고 또 재개발은 왜 막으려고 하는 거야? 잘은 모르지만 꼬질꼬질한 동네 싹 밀고 뽀대나는 건물 세우는 게 좋은 거 아닌가?

고 사장은 멍한 눈길을 밖에다 던지고 있다가 혼자서 맥주를 따라 벌컥벌컥 마셨다. 그러고는 가라앉은 분위기를 휘젓

듯이 큰 소리로 말했다.

"강봉수, 왜 말이 없어? 재미도 없는 얘기, 하라고 갑쳐 쌓더니 이젠 형님 잔이 빈 것도 모르네. 이제 자네 얘기도 좀 해 봐. 천하의 꼴통 강봉수가 훈장 선생님 된 얘기 좀 듣자. 세상엔 참 알다가도 모를 일이 많단 말이야."

큭큭, 그럼 그렇지! 천하의 꼴통 강봉수란다. 내 예상이 맞았다. 나는 봉수 입에서 어떤 얘기가 나올까 궁금해서 더욱 귀를 기울였다.

"안 그래도 그런 소리 수도 없이 들었어. 자네 말마따나 내가 천하의 꼴통으로 호가 난 놈인데 교사가 될 줄 누가 알았겠어? 나부터도 몰랐는데! 그랬는데 지금은 내가 선생이라고 교단에 선 거 보면 인생살이 모르는 일투성이야. 하지만 내 분명히 하나 말할 수 있는 건 내가 선생된 게 우리 교육제도가 훌륭해서 그런 게 아니라는 거, 이건 확실해. 자네도 한번 생각해 봐. 그때 우리가 받았던 게 교육인가? 난 아니거든. 지금 와서 생각하면 그건 사육당한 거지 제대로 교육받았다는 느낌은 안 든단 말이야. 우린 그때 날개털이 제법 자라서 하늘 나는 연습을 시작해야 하는 판인데 날기는커녕 새장에 딱 갇혀서 날갯짓 연습이라도 하면 큰일이라도 나는 것처럼 배웠다고. 케이지 속 중병아리처럼 살았던 거야. 케이지가 좁아서 그나마 있는 깃털마저 다 닳아 버리고 말이지! 자네 같은 범생이한테는 해당 안 될지 몰라도 대부분이 그랬어."

봉수는 제풀에 흥분했는지 침을 튀겨가며 열변을 토했다. 고 사장도 알바 확인서에 케이지에 갇힌 닭 운운했는데, 이건 봉수가 베낀 것 같았다. 뭐 어쨌건 갇혀서 사육당한다는 말은 그럴듯하게 들렸다.

"봉수 자네 보기와 다르게 되게 철학적인 구석이 있구먼그 래."

"밑바닥 철학이지. 자네 같은 일등짜리들은 죽었다 깨어나 도 몰라. 바닥을 기어 본 사람만이 알 수 있지. 그건 그렇고, 더 골 때리는 건 말이야, 그 케이지 안의 내부 사정이 또 개판이라 는 거지. 난 소위 그런 구조의 피해자인 거야."

"거, 거창하게 나오시네. 대체 뭔 일이 있었기에 이리 흥분 을 하나 그래."

"말 말게. 난 지금도 그때 생각만 하면 손이 덜덜 떨리고 가 슴이 벌렁거려."

봉수는 정말 그때의 일이 되살아나는지 얘기를 끊더니 자작 으로 술을 따라 단숨에 들이켰다.

"사레들겠다. 좀 천천히 마셔. 이거 뭐, 남의 집 냉장고 거덜 내려고 작정을 했나."

봉수가 입맛을 쩍 다시고는 흠흠, 목소리를 가다듬었다. 사 연을 본격적으로 풀어낼 모양이었다. 나는 이럴 때 주문전화 가 오면 어쩌나 조마조마한 심정이 되었다. 하지만 전화기는 얌전하게 엎드린 채 아무 소리도 내지 않았다.

"고 사장 자넨 1학년 때 우리 반이 아니었으니까 그 일 잘 모를 거야. 신학기 시작하고 한 2주쯤 됐을 때였지. 내가 지금까지 그 날짜도 아직 못 잊고 있는데, 3월 16일 2교시였어. 그때 우리 학교에는 서부 경남 각지에서 올라와 자취하는 촌놈들 많았잖아. 나름 자기 동네에선 공부깨나 한다는 애들이 모인 학교였으니까. 학기 초에 슬슬 눈치를 굴리면서 어떤 녀석이 진짜 센 놈인가 탐색도 하는, 그런 무렵이라고 보면 될 거야.

그날이 토요일이라 그랬겠지, 오전 수업 마치면 향토장학금 받으러 집에 갈 생각에 교실이 좀 어수선했어. 선생이 들어왔는데도 좀 그랬지. 두어 번 조용히 하라고 선생이 주의를 줬는데도 여전히 웅성거리니까 선생이 화가 났나 봐. 그때 하필 뒤에 앉은 놈이 내 등을 쿡쿡 찌르는 거라. 개도 산청서 온 애였는데 뭔가 할 말이 있었겠지. 그래서 돌아봤다가 선생한테 딱 걸렸지. 고개 돌린 놈, 너 나와. 나가면서 재수없게 몇 대 맞겠네…… 각오는 했지. 그 시절에야 맞는 게 뭐 노상 있는 일이니까 대수롭지 않게 생각했고.

첫 대를 맞는데 짝, 하는 소리가 어찌나 큰지 나도 좀 놀랐어. 순간 교실이 조용해지데. 다섯 대쯤 뺨을 맞고서는 이제 끝이겠지 했는데 아니었어. 열 대 넘어가자 이건 아닌데 싶었지만 그렇다고 대들 수는 없고. 그렇게 시작된 뺨 때리기가…… 후우."

봉수가 숨을 푸욱 내쉬었다. 고 사장이 묵묵히 봉수의 잔을

채웠다. 봉수는 마음을 추스르느라 그랬는지 천정을 올려다보
며 눈을 껌뻑거렸다. 이윽고 봉수의 말이 이어졌다.

"그날 내가 쉰여덟 대를 맞았다. 그것도 뺨을! 내 고등학교
시절은 사실상 그걸로 끝이 났어. 아직 낯도 채 익지 않은 급우
들 앞에서 그렇게 만신창이가 되고 나니까…… 자존감이 완전
히 사라져 버렸지. 그때 고작해야 내 나이가 열일곱, 그리고 아
무 잘못도 없는데 그러고 나니까 매사 자신감도 없어지고, 뭐
가 부끄러운지도 모르겠는데 하여튼 부끄러워서 숨고 싶고,
두렵고…… 엉망이 돼 버렸지."

"그런 일이 있었구만……. 자네 말 듣고 보니 어렴풋이 기억
이 나는데 그때 학교에서 그 소문이 돌았던 것 같네. 어느 반
애가 뺨을 엄청 맞았다더라……. 난 같은 반도 아니었고, 또 맞
는 애들이 한둘이 아니어서 뭐 그냥 좀 많이 맞았나 보다 하고
넘어갔는데 그 정도였을 줄은 정말…… 또 그게 자네였다니,
참."

"계속 환청이 들리고, 가위눌리기도 하고, 군대 가서도 또
이유 없이 그런 일을 당할까 싶어 늘 노심초사하고, 심지어 교
사 초임 몇 년간은 신학년도만 되면 그 환청이 들려서 불안하
고 안절부절못하는 거야. 나 사실 그거 극복하느라고 애먹었
다."

"그러고도 남았겠네……. 그런데 도대체 그 시절 학교는 왜
그랬을까? 난 그런 학교폭력과는 상관없는 범생이었으니까 몰

랐지만 자네 말 듣고 보니 참 기가 차는군. 한 사람의 인생을 뒤집어 버릴 수도 있는 일이 그렇게 공공연히 벌어지고 또 용인됐다니, 정말 구조의 피해자란 말이 틀린 말이 아니구만."

와, 정말 개빡치는 일이 다 있구나, 나는 속으로 엄청 놀랐다. 그리고 봉수가 입이 좀 거칠기는 해도 학생들을 모욕적으로 대한 적은 한 번도 없었다는 사실이 새삼 떠올랐다. 그게 다 그 일 때문인가?

"그랬다면 학교가 지긋지긋했을 텐데, 교사가 될 생각은 어떻게 하게 됐지? 자넨 왜 교사가 되고 싶었던 거야?"

한동안 뜸을 들인 고 사장이 조용히 물었다.

"딱 그 이유 때문이었다. 단순해. 거창한 이유 따윈 없어. 그냥 내가 당한 사육을 교육 현장에서 없애고 싶었기 때문에. 출발선에서 돌부리에 걸려 넘어져서 일어날 생각도 못 하고 겨우 숨만 쉰 내 경험을 살려서 학생들한테 작은 도움이라도 주는 선생이 되어 보자, 그런 꿈이 새로 생겼던 거지. 아마 그때부터 내가 정신이 제대로 돌아온 것 같아. 그렇게 한 송이 국화꽃을 피우려고 밤마다 소쩍새 울었던 모양이야."

"이야, 강봉수 선생, 멋지다!"

"교육은 성적으로 줄 세우는 게 아니야. 줄 세우면 모두가 피해자가 될 뿐. 일등과 이등 차이가 얼마나 되겠어? 내가 담임하는 교실만큼은 일등이라고 으스대는 녀석도, 꼴찌라고 기죽는 아이도 없게 만들고 싶었어. 영감이 자네도 알다시피 공부도 특기잖아. 축구화 신는다고 누구나 박지성이, 손흥민이가 되는 게 아니듯이 누구나 영갑이 자네처럼 서울대를 척척 들어가는 게 아니란 거지. 또 그 문이 얼마나 좁아. 모두가 그리될 수 없다는 걸 인정하고, 기죽지 말고, 각자 자기 삶에서 보람을 찾는 길을 말해 주고 싶었어. 인간은 말이야, 돈은 없어도 가오만은 살아 있어야 하는 거라고!"

"이야, 봉수, 빈말이 아니라 진짜 멋지다!"

"낄낄, 내가 생각해도 오늘 말발이 좀 서는데?"

봉수가 기분이 좋은지 입을 헤벌리고 웃었다. 웬일인지 그 모습이 밉지 않았다. 오늘은 봉수 날인가 보다.

"그리고 느낌이 큰 아이들이 되도록 도움을 주고 싶었어. 아무리 별 볼 일 없는 존재라도 이 세상에 온 이유는 있을 거 아냐? 각자가 그걸 찾고 짧은 인생을 살면서도 보람을 남기는 존재로 살아갈 발판을 만들어 주는 것이 교육이 할 일이라고 봐. 그 생각은 내가 교단에 발을 디딜 때부터 지금까지 변함없어. 봐, 수능이 저 녀석도 오늘 용감했잖아. 저 녀석이 왜 그런 선택을 했을까? 느낌이 컸기에 친구가 위험에 빠진 순간을 외면하지 않았던 거야. 저 녀석 성적은 형편없잖아? 그래도 나는 저 녀석이 느낌은 큰 녀석이라는 건 진즉에 알아봤거든. 그러니 알바도 잘할 거야. 두고 보라고."

봉수가 나를 칭찬하다니. 술김에 하는 말인 줄 알았지만 기분이 좋았다. 한 번만 강봉수 선생님이라고 부르고 싶었다. 봉수와 고 사장은 나를 투명인간 취급을 하고 내 앞에서 어쩌면 감추고 싶었을지도 모르는 자신들의 이야기를 마구 쏟아냈다. 봉수도 고 사장도 젊은 시절 힘든 일이 많았다는 것을 알았다.

수업시간에 봉수가 저런 이야기를 하는 걸 전혀 본 적이 없었다. 아이들 앞에서 자기는 나이에 비해 젊어 보인다느니 장가를 안 갔다느니 하면서 뻥만 쳤다. 봉수 말마따나 골치 아픈 내가 이렇게 두 눈 뜨고, 두 귀까지 열고 자기의 찌질한 과거를 듣고 있는데도, 그리고 그 얘기를 반 아이들한테 퍼뜨릴지 모르는데도 전혀 신경 쓰지 않고 과거 사연을 다 쏟아냈다. 사람들은 보통 자기의 과거를 포장하기에 바쁜데 봉수는 찌질한 과거를 그대로 다 이야기하면서도 부끄러워하는 기색이라곤 전혀 없었다.

하지만 나는 어땠나. 모든 것을 부끄러워하기만 했다. 나를 버리고 간 어머니란 존재가 부끄러워서 아예 지워져 사라지길 바라고 또 바랐다. 어쩌다 한 번씩 오는 아버지도 쪽팔리긴 마찬가지였다. 용돈만 온라인으로 부쳐 주고 아예 안 오면 안 되나, 생각한 적도 많았다. 그런 마음을 버리면 나도 봉수나 고 사장처럼 될 수 있을까……. 한바탕 폭포수처럼 말을 쏟아낸 봉수는 진이 빠졌는지 아무 말이 없었다. 고 사장이 이참에 아예 뽕을 뽑겠다는 건지 다시 물었다.

"근데 자넨 영어 담당이라면서 영어나 신경 쓰지 배구는 또 왜 가르치는 거야?"

봉수는 물어 줘서 고맙다는 표정을 잠깐 짓더니 다시 열을 내기 시작했다.

"배구를 왜 가르치느냐……. 그건 아이들한테 생각하는 힘을 길러 주기 위해서야. 내가 초임부터 애들한테 뭔가 좀 도움이 되고 싶어서 별짓을 다해 봤다. 수학 기초학력이 떨어지는 녀석들 데리고 방과 후에 특별수업도 해 봤고, 영어도 그래 봤지. 중학생 과정 공부한다고 쪽팔려 하는 애들, 모르는 건 죄가 아니다, 온갖 감언이설로 살살 꾀어 가르치다 보면 중학교 1학년 과정까진 어느 정도 따라오다가도 2학년 1학기 과정만 들어가면 다 포기하는 거야. 초임 땐 열정이 넘쳐서 우격다짐으로 밀고 나갔는데 결국 안 되더라고. 포기해야 하나 고민도 많이 했지. 공부를 통해 뭔가 문리가 트이고 생각하는 힘도 길러질 텐데 그 근처에도 못 가 보고 달랑 졸업장만 받고 종치는 것을 보는 것도 고통이었고. 그러다가 발견한 것이 배구였어. 자네는 운동이 생각을 열어 준다는 사실, 어떻게 생각하나?"

초저녁부터 퍼마신 술이 드디어 효과를 발휘하는 건가? 봉수가 뜬금없이 운동이 생각을 열어준다는 말을 했다. 고 사장은 봉수가 너무 중간을 잘라먹고 말을 하자 고개를 갸우뚱거리다가 반박했다.

"머리가 좋아야 운동도 잘한다는 말은 들었어도 운동이 생각을 열어 준다는 건 아무래도 자네의 억지 같은데? 무슨 근거로 그런 말을 하는 건가?"

고 사장의 말을 들은 봉수가 답답한 듯 두툼한 손으로 얼굴을 벅벅 문질렀다.

"그게 바로 자네 편견인 거야, 공부만이 생각을 열어 준다는 거. 사람은 세 가지 액체를 흘려야 변해. 땀, 눈물, 피! 이 세 가지 액체를 흘려야 느낌이 생기고 생각도 깊어지고…… 그리고 행동이 변하는 거야. 배구만큼 세 가지 액체를 흘리기 좋은 것은 없지. 배구는 순간적인 판단이 필요한 운동이야. 배구는 일이 초 안에 점프를 하면서 판단해야 해. 공은 내려오고 사람은 도약해서 타점을 잡아야 스파이크도 가능하고……. 디그는 말이야, 공격수가 공 때리는 것을 보고 수비 위치를 잡으면 그땐 이미 늦지. 디그가 성공하기 위해선 세터의 손에서 떠나는 공을 예상하고 위치를 잡아야 한다 말이야."

"거기서 갑자기 디그가 왜 나와? 비약이 너무 심해. 어쨌든 이 얘긴 다음에 좀 찬찬히 하자고. 낼 출근해야 할 텐데 술을 너무 많이 마신 거 아닌가?"

논리가 제대로 갖추어지지 않은 말을 봉수가 늘어놓자 고 사장은 슬슬 판을 정리하기 시작했다. 봉수는 겨우 이거 마신 걸 갖고 쪼잔하게 굴지 말라며 횡설수설이었다. 고 사장은 봉수의 등을 떠밀다시피 해 밖으로 끌고 나갔다. 테이블을 정리하면서 보니까 봉수는 한잔 더 하자고 떼를 썼고 고 사장은 봉수를 달래느라 진땀을 흘리는 눈치였다. 조금 뒤에 봉수가 통닭집 안으로 다시 들어와 뚱딴지같은 질문을 했다.

"수능이 너 라면 끓일 줄 알아?"

"잘 끓이는데요."

입이 절로 반응했다. 사실이었으니까. 정말이지 내가 라면 하나는 잘 끓인다. 할머니가 돌아가신 후 아버지가 일을 떠나면 혼자 끼니를 해결해야 했다. 쌀통에 쌀을 채워 놓고 일 나간 아버지는 며칠 후에 돌아와 쌀통의 쌀이 줄어들지 않은 것을 알고부터는 라면을 잔뜩 사다가 쌀통 위에 올려놓았다. 그렇게 라면은 나의 주식이 되었다. 라면이라면 눈을 감고도 끓일 자신이 있었다.

"거 잘됐네. 너 이번 주 토요일 오전에 할 일 없지? 열한 시까지 학교 체육관으로 나와. 네가 라면을 잘 삶는다니 특기를 발휘할 기회를 줄게. 안 나오면 알바 자리 잘린다, 알았지? 그리고 너 인마, 딸 너무 많이 치지 마."

봉수는 다소 불량스러운 목소리로 말하며 손날로 내 뒷덜미를 툭 쳤다. 난 속으로 '봉수야, 봉수야, 학생에게 협박이나 해대고' 하며 투덜거렸다. 봉수는 불콰해진 얼굴로 통닭집을 떠났다.

참으로 긴 하루였다. 예사롭지 않은 일이 연속해서 일어난 느낌이었다. 봉수도 고 사장도 평소와 다르게 어려운 말을 늘어놓으며 떠들었다. 고 사장은 나를 처음 봤을 때부터 거짓말을 한 번도 안 한 어른이라는 것을 확인할 수 있었다. 무엇보다 서울대 법대를 다녔다는 것이 신기했다. 내가 알바하는 통닭집 사장님이 서울대 법대를 다녔다니 어쩐지 보통 치킨집과는 다른 듯도 했다. 어쨌든 옆집 아저씨였고 사장님이었고 게다가 정직한 어른이었다.

봉수가 교사가 된 이유도 들었다. 학창시절 학교폭력 피해자였다는 말도 담담히 했다. 학창시절 봉수는 찌질했는지 모르겠지만 오늘 하영이를 찾아온 남자를 제압하는 봉수는 멋졌다. 봉수가 무척 가깝게 느껴지긴 처음이었다.

봉수가 지시한 것은 이제 하나 남았다. 아버지가 학교 오시는 건 고 사장이 나서서 퉁쳤으니 됐고 이제 아버지 이름만 확인하면 된다. 토요일에 체육관으로 나오라고 한 건 그때 가 봐야 아는 일이고. 내가 토요일 그 시간에 일어난다는 보장은 없다. 하지만 어쩐지 가게 될 것 같은 예감이 살짝 들었다.

그러나 봉수가 마지막에 한 말은 별로 따르고 싶지 않았다. 축축해진 팬티를 물에 담그는 귀찮은 일은 피하는 게 상책일 테니.

고무벽 만들기

　토요일 아침이 밝았다. 나는 자리에 누운 채 체육관으로 갈 건지 말 건지 잠시 생각했다. 가기로 했다. 봉수의 학창시절 이야기만 아니었다면 그런 결정을 하지 않았을 것이다. 알바 자리 잘린다는 말은 두렵지 않았다. 그건 고 사장이 결정할 일이지 봉수의 몫은 아니니까. 고 사장이 '우리 착한 알바'를 자를 것 같지는 않았다. 대강 챙겨 입고 집을 나섰다. 내가 토요일에 학교를 향해 나섰다는 것도 신기한 일이었다.

　시멘트로 바닥을 마감한 체육관 출입구 부근은 마치 캠핑장을 그대로 옮겨 놓은 듯했다. 체육관 콘센트에 릴 선으로 전기를 연결한 압력밥솥에선 구수한 밥 냄새가 풍겨 나왔다. 그 옆에는 휴대용 가스레인지가 두 개, 코펠에서 물이 끓고 있었다. 봉지를 뜯어 놓은 라면도 수북했다. 그런데 정작 사람은 아무도 보이지 않았다. 물이 끓어 넘칠 판인데, 봉수 하는 짓이 다 이렇지 뭐. 나는 일단 가스레인지 불을 줄여 놓고 체육관 안을 기웃이 들여다보았다. 스무 명 정도 되는 녀석들이 배구 연습을 하고 있었다. 마루가 깔린 체육관 바닥에 튀긴 공이 내는 투명한 소리가 경쾌하게 들렸다. 먼지 냄새, 애들의 땀 냄새도 희미하게 맡아졌다. 2학년이 일고여덟, 나머진 1학년 같았다. 그 중에 어벙이 동규의 모습도 보였다. 땀이 번들거리는 얼굴로 뭐가 즐거운지 연방 싱글거리고 있었다. 다른 녀석들 위세를 업고 건들거리는 모습은 찾을 수 없었다. 봉수가 나를 발견하고는 한마디 했다.

"어, 왔어?"

그걸로 끝이었다. 그러고는 다시 큰 소리로 애들을 다그치며 바삐 돌아다녔다. 뭐 어쩌라고! 나는 자존심이 팍 상했다. 그러니까 날 부른 건 저 애들이 먹을 라면을 끓이라고 그랬단 말이지? 속에서 뭔가 욱하고 치밀어 올랐다. 나는 앞 이빨 사이로 침을 찍 쏘며 돌아섰다. 침과 함께 욕도 섞여 나왔다, 씨발. 그때였다.

"수능이도 배구하러 왔니?"

소리 나는 쪽으로 고개를 돌렸다. 연주였다. 몸에 달라붙는 체육복을 입고 있었다. 교복 입은 모습만 볼 땐 몰랐는데 몸매가 장난이 아니었다.

"아니, 봉수가 와 보라고 해서 왔는데 별거 없네. 그래서 가려고."

"선생님이 아무 말도 안 해?"

"어. 배구 가르친다고 정신없어. 씨바, 오라고 했으면 뭔 말을 하든가."

"그래, 바빠서 그렇겠지. 좀 기다려 봐. 곧 연습 끝날 거 같은데."

갈등이 생겼다. 기분 같아선 확 가 버리고 싶었지만 이렇게 연주가 다정하게 말을 걸어 주니 함께 알콩달콩 라면을 끓이고도 싶었다. 뜨거운 라면을 '호오~' 불어서 '아~ 해 봐' 하며 먹여 주고도 싶었다.

"수능이 너도 배구클럽 가입하지 그러니? 난 독수리 배구클럽의 유일한 여자 멤번데 재미있어. 할 만하구. 너도 가입해라. 좋을 거야. 여기 최선희 선생님도 종종 나오셔."

"최선희 선생님이 왜?"

"학창시절에 배구선수를 하고 싶었대. 진짜 배구부가 있는 학교에서 세터를 맡았는데 집에서 반대해서 접었나 보더라. 가 보지 못한 길은 원래 아쉽잖아."

그래서 최 선생님이 학생 정서·행동발달 선별검사 하는 날 봉수에게 배구 지도하냐고 물어본 거였구나. 배구클럽에 점점 더 가입하고 싶어졌다. 그때 기어이 물이 끓어 넘치는지 가스레인지에서 치이익 하는 소리가 났다. 연주가 달려가 불을 껐다.

"물 끓었으니 라면 넣으면 되겠다."

연주가 혼잣말처럼 중얼거리며 라면을 집어 들었다. 하지만 어딘지 어설퍼 보였다. 역시 라면은 내가 끓이는 게 낫지 싶었다. 연주에게 말했다.

"내가 할게."

"어머? 너 라면 끓일 줄 아니?"

"잘해. 맨날 먹는 게 라면인데."

"잘됐네! 그럼 난 다른 거 할게."

나는 난데없이 체육관 입구에서 라면을 끓이기 시작했다. 작은 코펠에다 한꺼번에 많은 라면을 끓이려면 물 조절이 중요하다. 내가 코펠의 물을 왕창 따라 내자 연주가 말했다.

"얘, 물 너무 적어! 잘 끓인다는 말 순 뻥이구나."

"뭘 모르네. 작은 그릇에 여러 개 끓이려면 첨부터 물 많이 부으면 넘친다고. 물을 적게 잡아서 면을 익히고 난 다음에 불 끄고, 국물 짠 건 뜨거운 물을 더 부어 간을 맞춰야 한단 말이야."

"어머, 어머, 수능이 너 진짜 선수구나. 놀랐다, 얘!"

이런 순간을 얼마나 기다렸더란 말이냐. 음화화화홧. 나는 콧방울을 벌름거렸다. 내가 익숙한 솜씨로 라면을 끓이는 동안 연주는 내 앞에서 도마 위에 김치를 올려놓고 칼로 썰었다. 몸을 숙인 연주의 가슴골이 보였다. 뽀얬다. 눈길이 잠깐 머물렀다. 연주가 고개를 들다가 내 눈과 마주쳤다. 연주가 말없이 체육복 가슴께를 끌어 올렸다. 쑥스럽고 부끄러웠다. 얼굴도 화끈거렸다. 연주는 아무 일 없었다는 듯이 김치만 잘 썰었다. 어묵 같았던 녀석이 슬슬 당근으로 변할까 걱정되었다. 하필 체육복을 입고 있는데, 체육복은 당근의 형태를 잘 그려낸다. 마음과 달리 몸은 늘 따로 놀아서 사람을 곤란하게 만든단 말이야. 나는 그런 사태를 예방하려고 귓구멍에 검지를 넣고 문지르기 시작했다. 가만히 있어라, 가만히 있어라, 주문도 외웠다.

"수능이 왜 귓구멍에 손가락 넣고 있어?"

봉수였다. 하필이면 이럴 때. 봉수는 내 동작이 무얼 뜻하는지 너무 잘 알 텐데. 하지만 봉수는 더 이상 진도를 빼지는 않았다. 그냥 빙글거리기만 했다. 봉수와 나만의 비밀을 알 리 없는 연주가 어리둥절한 표정을 지었다.

"연주야, 수능이 이 녀석 라면 잘 끓이냐?"

"네, 선생님. 수능이 완전 엄지 척이에요."

"그래? 내가 잘 불렀구만. 그거라도 잘하니 다행이다."

말을 꼭 저렇게 해야 하나. 그것도 연주 앞에서. 다 때려치우고 가 버릴까 보다. 봉수는 내 마음은 아랑곳없이 다시 주절대기 시작했다.

"애들 곧 나올 텐데 밥 먹을 준비하자. 그리고 연주야, 도교육감배 학교스포츠클럽 예선이 얼마 안 남았어. 이제부터 좀 빡세게 돌려야겠는데 연주가 고생 많겠다. 이것저것 챙길 사람 너밖에 없잖냐. 참, 수능이가 연주랑 같이하면 되겠네. 수능아, 어때? 할 수 있겠어?"

'싫은데요. 내가 왜 라면이나 끓여야 하는데요' 소리가 절로 나올 판이었다. 하지만 말하지 못했다. 연주랑 같이하면 되겠네, 연주랑 같이하면 되겠네, 이 소리가 귀에서 왕왕거렸다.

"왜 대답이 없어? 싫다는 거야?"

"모르겠는데요."

"무슨 대답이 그래? 하면 한다, 안 하면 안 한다도 아니고."

"아, 잘 모르겠다고요."

봉수가 내 마음을 눈치챘는지 음흉하게 웃어 보였다. 그러더니 다시 연주를 향해 말했다.

"연주가 칼질 잘하네. 암자에선 자주 하는 모양이지?"

"이 정돈 기본이죠. 어머니 밥은 제가 거의 다 해 드리는걸요. 암자에 행사 있는 날엔 보살님들이 와서 도와주시고요."

갑자기 암자는 뭐고 보살님은 또 뭐지? 내가 눈을 동그랗게 뜨니까 봉수가 다시 나를 갈구기 시작했다.

"자식아, 연주가 암자에서 사는 거 몰랐어?"

연주도 내가 라면 먹고 학교 다니는 거 모르는데, 내가 걔 사정을 어떻게 알 거라고. 역시 봉수는 제멋대로다.

"친구 사정도 좀 알고 그래라, 응? 연주가 갓난아기 때 누군가 연주를 암자 앞에다 놓고 갔단 말이야. 그래서 연주암 비구니 스님 두 분이 연주를 키웠고. 연주암 앞에 두고 갔다고 이름도 연주라고 지었지. 연주가 자기를 키워준 비구니 스님을 어머니라 부르는 거, 너 빼곤 세상이 다 안다, 이놈아."

세상에 이런 일이! 나는 상상조차 못 한 사연이었다. 놀란 나와는 달리 연주는 자기의 비밀이 거리낌 없이 까발려지는데도 전혀 대수롭지 않은 듯 태연히 칼질만 계속했다. 드라마를 보면 이런 이야기는 애인과 결혼을 앞두고 눈물 콧물 찍어 내며 내 출생의 비밀을 밝히더라도 끝까지 나를 사랑하니 어쩌니 하면서 비장하게 엮어 가는 스토리일 텐데 말하는 봉수나 당사자 연주나 너무나 자연스럽게 구는 것이 더 놀라웠다. 실컷 사람 헷갈리게 한 봉수는 이번에는 체육관 안에다 대고 고함을 질렀다.

"얌마들아! 이것들은 도대체, 내가 잠시만 안 보여도 그 새를 못 참고 장난이나 치고, 시합이 낼모레다, 짜식들아!"

악을 쓰고 고함을 치느라 봉수 얼굴이 시뻘겠다. 봉수가 녀석들에게 언더토스 이백 개씩 주고받는 연습을 시켜 놓고 점심 준비가 어떻게 되는지 잠시 보러 나온 사이에 잡담하고 배구공을 축구공 삼아 벽에다 대고 뻥뻥 내지르고 있었던 것이다. 봉수가 화를 내도 열 번은 내는 것이 맞았다. 특히 동규는 그냥 봐줘서는 안 된다. 덩치만 큰 초등학생처럼 구는 동규는 혼이 나야 했다. 봉수가 체육관으로 사라진 후 다시 연주와 둘만 남았다. 암자 얘기 때문이었는지 괜히 분위기가 서먹했다. 무슨 말이라도 해야 했다. 하지만 잘 떠오르지 않았다. 에라, 모르겠다.

"넌 배구가 왜 좋은데?"

"사람도 날 수 있을까?"

연주는 대답 대신 역습하듯이 애매한 질문을 던졌다.

"사람이 새냐? 날게!"

제대로 받아친 것 같았다. 하지만 연주는 전혀 동요하지 않고 미소까지 지으며 차분히 말했다.

"날 수 있어. 그러니까 배구클럽 이름도 독수리지."

"그게 말이 돼?"

"수능아, 들어 봐. 우리 학교에서 북서쪽 뒤로 보이는 영축산이 독수리 닮았다고들 말하잖아? 독수리가 양 날개를 펴고 오른 발톱을 뻗으면서 상천시로 날아드는 모양이라고. 그러니까 강봉수 선생님은 배구클럽 학생들도 독수리처럼 자유롭게 허공을 가르는 삶을 살아가라고 그렇게 이름을 지었대."

억지로 갖다 붙인 느낌이 없지 않았지만 뭐 그럴듯하게 들리긴 했다. 동규에게 클럽 이름이 왜 독수린지 물었을 땐 모른다는 말만 나왔는데 역시 연주는 달랐다. 하지만 사람이 새냐? 날게.

"그건 그렇다 치고 정말 사람이 날 수 있다고 생각해?"

"난 날 수 있다고 생각해. 암자에서 스님을 따라 산마루에 오를 때 새가 날아가는 걸 볼 때가 있어. 사람은 이 산마루에서 저 산마루까지 능선이 만든 곡선을 따라 걷지만, 새는 있는 자리에서 목표 지점을 향해 직선으로 곧장 날아가거든. 그 새를 보면 나도 그렇게 날고 싶다는 충동을 느끼곤 해. 근데 배구 선수들을 보면 사람도 날 수 있지 않을까 하는 생각이 들 때가 많

아. 점프할 때는 스파이크하는 선수나 블로킹하는 선수나 모두 곡선이 아닌 직선으로 움직여. 그거 새 같지 않니? 그래서 난 배구 경기를 보면 내가 새가 된 거 같은 기분이 들고 그렇던데. 음…… 넌 아직 내가 하는 말이 잘 실감이 나지 않을 거야. 네가 직접 배구를 해 봐야 좀 실감이 나겠지? 너도 배구클럽 가입해. 그래서 직접 느껴 보는 것도 괜찮을 거야."

얘가 왜 이렇게 아리송한 말만 하는 거야? 난 골치 아픈 건 딱 질색이다. 화제를 돌리고 싶었다.

"암자에서 살면 안 심심해?"

"어릴 적부터 살아서 그런 줄 모르겠어. 스님 따라 예불 참석하고 암자 일 돕고 공부하고 스님하고 울력 다니고 하면…… 심심할 틈이 없어."

머리만 길렀지 완전 스님이네, 라고 말하고 싶었지만 왠지 그러면 안 될 것 같았다.

"그렇구나."

"수능이 너도 혼자서 지내는 시간이 많다며?"

연주가 내 사정을 어떻게 알았는지 그렇게 물었다. 보나 마나 봉수가 그랬을 것이다. 오지랖하고는.

"이제 한 삼 년 정도 됐나? 뭐 지금은 견딜 만해."

거짓말이었다. 늘 죽음을 생각하며 살았으면서. 연주가 아닌 다른 사람이었다면 '곧 죽을 거야' 하고 불쑥 질렀을 것이다. 그런데 연주 앞에선 나도 모르게 엉뚱한 말이 튀어나왔다.

"수능이 넌 암자 같은 데 가 본 적 없지?"

"어(그런 델 왜 가냐). 시간 내서 함 가 볼게(그 시간에 피시방이나 가겠다)."

속마음과는 전혀 다른 말이 잘도 술술 나왔다. 혀가 고장이 난 거 같았다. 그러는 사이 체육관에서 애들이 우르르 몰려나왔다. 동규가 맨 앞이었다. 녀석이 곧장 나한테로 다가오더니 이죽거렸다.

"발기 수능, 너도 배구하러 왔냐?"

저게 뭘 잘못 처먹었나. 연주 앞에서 할 말이 있고 못 할 말이 있지. 개자식이었다. 선빵을 날리고 싶었지만 예전의 동규가 아닌 게 한이었다. 그때였다.

"야, 박동규! 텐트 치는 게 뭐 어때서? 건강하다는 증거 아냐? 넌 텐트 친 적 없어? 아~ 없구나. 부러워서 그랬나 보네."

연주가 속사포처럼 동규를 쏘아붙였다. 녀석 얼굴이 시뻘게졌다. 동규가 주먹을 들어 연주 얼굴 앞에 들이밀었다. 연주는 눈 하나 깜박이지 않고 오히려 칠 테면 쳐 보라는 식으로 얼굴을 내밀기까지 했다. 연주 쟤, 오늘 참 여러 가지 보여 준다. 봉수까지 거들었다.

"동규야, 동규야, 네가 어디라고 연주한테 엉기냐? 너 같은 건 열이 와도 연주 못 당해. 꼭 어벙한 것들이 멋모르고 덤비다가 쌍코피나 터지지."

봉수와 연주가 쌍으로 벼랑으로 몰아치자 동규 녀석은 슬그머니 몸을 돌리더니 곁에서 듣고 있던 일학년 후배 머리를 툭 쳤다. 애들이 옆에서 킥킥거렸다.

연주가 밥을 푸고, 수저가 나눠지고 식사가 시작되었다. 애들은 코펠에서 한 가닥이라도 더 라면을 건져 올리려고 맹렬하게 젓가락질을 했다. 녀석들은 라면과 밥을 순식간에 해치웠다. 동규가 국물이 좀 남은 코펠을 통째로 들고 후루룩거리며 마지막 방울까지 깨끗이 먹어치웠다.

애들이 주섬주섬 빈 그릇을 모으자 봉수가 한마디 했다.

"야, 설거지는 내가 할 테니 니들은 비켜. 내가 맘이 좋아서 이러는 게 아냐. 니들한테 설거지 맡기면 제대로 하길 해야지. 니들은 안 도와주는 게 돕는 거다."

말은 그랬지만 설거지를 직접 하다니 의외였다. 연주가 따라나서기에 나도 얼떨결에 따라나섰다. 봉수는 익숙한 동작으로 수세미에 세제를 풀어 라면 기름이 잔뜩 묻은 코펠이며 그릇을 씻었다. 연주가 봉수를 따라했고 나는 연주가 하는 바람에 그렇게 했다. 라면 끓이고 코펠까지 씻고 있자니 다시 슬금슬금 화가 나기 시작했다. 설거지만 마치고 집으로 갈 거라고 다짐했다.

"수능이, 너도 온 김에 운동하고 가라. 작년에 너 가슴 아팠잖아. 운동을 해야 다시는 그런 일이 없을 거 아냐."

봉수는 내가 결핵에 걸렸던 사실을 그렇게 돌려서 말했다. 작년엔 내 담임도 아니었는데 그 사실을 알고 있는 게 의외였다. 그렇다면 나의 건강을 걱정해서 나를 불렀다는 건가? 이건 좀 감동인데? 조금 전까지 났던 화가 사라져 버렸다. 하지만 체육관 안에서의 봉수는 또 완전 딴판이었다.

"너처럼 의지 약한 녀석들은 배구공 한 번 만지고 나면 금방 싫증 내고 다신 안 올 거지만 체육관까지 왔으니 배구 맛이나 봐."

수돗가에서는 나를 생각하는 척하더니 체육관으로 들어서 자마자 또 무시하며 염장을 질렀다. 헷갈리는 봉수였다. 내가 자기 쪽으로 가기도 전에 배구공을 던졌다. 얼결에 양손을 포 개고 양손 엄지손가락을 나란히 해 손목으로 공을 후려쳐 버 렸다. 배구공은 체육관 천장까지 솟아오르더니 2층 관중석에 떨어졌다.

"야 인마, 네가 야구선수 이대호야? 완전 홈런이네, 홈런. 꿈 깨라. 넌 지금 배구하고 있단 말이야."

봉수가 비꼬았다. 웃음을 실실 흘리면서 내게로 다가왔다. 내 앞에서 언더토스 자세 시범을 보이면서 리시브 자세 잡는 방법을 설명했다.

"엄지발가락에 힘을 주고 중심을 앞에다 두는 거야. 좌변기 에 앉아 있다고 생각하고 그것보다 무릎을 조금 더 펴란 말이 야. 발꿈치는 항상 바닥에서 떠 있는 상태를 유지하고."

태권도 기마자세하고 비슷하게 양 다리를 벌리고 무릎을 굽 혔다. 골반 쪽 근육이 땅기면서 허벅지가 후들거렸다. 봉수는 내가 잡은 리시브 자세를 보더니 마음에 든 모양이었다.

"수능이, 다리 모양하고 손 자세는 제대로 나오는데? 언제 배운 적 있어?"

"없는데요."

"두 팔을 나무젓가락처럼 최대한 붙게 해. 그리고 공은 팔로 치는 게 아니야. 팔은 공을 받치는 받침대라고 생각하라고. 두 다리의 탄력으로 공을 친다, 이렇게 생각하고. 팔은 어깨까지만 올려. 공이 날아오면 어깨 힘 빼고 팔로 공을 받치면서 두 다리의 반동력으로 공을 보내는 거야. 팔을 휘두르는 게 아니라고."

봉수는 등 뒤에서 내 몸을 감싸고 내가 자세를 잘 잡게 도와주었다. 2학년 한 명이 내신 성적 때문에 배구클럽에서 빠져 버려서 그 빈자리를 메울 나를 테스트한다고 봉수가 설치는 중이었다. 봉수는 다시 내 앞으로 가더니 원리를 설명하면서 공을 약하게 던졌다.

"팔을 밑에서 위로 부드럽게 올리면서 다리의 탄력으로 공에 힘을 실어 주는 기분으로 쳐 봐."

하지만 한 번의 설명에 그대로 따라 하기가 어디 쉽나. 공은 제멋대로 날아가 버렸다. 봉수가 소리를 꽥 질렀다.

"몸 앞에서 볼이 빠져 나가지 못하게 팔꿈치 좁히고! 공이 팔에 닿는 순간 약간 뒤로 뺀다는 기분으로, 공의 힘을 죽이면서 받아!"

봉수의 얼굴에서 웃음기와 장난기라곤 전혀 찾을 수 없었다.

"네 다리는 말뚝이 아니야. 무릎의 반동을 사용하란 말이야. 몸 전체를 공에다 집중하고 최선을 다해서 받는 거야."

봉수가 진지한 것을 보니 적응이 되지 않았다. 내가 봉수에게 조련당하는 것을 다른 녀석들은 신기한 듯 쳐다보았다. 그 모습을 보고 그냥 지나칠 봉수가 아니었다.

"자식들아, 저리 가서 연습해. 한 명 빠져서 대타를 빨리 키워야 하는데, 갈 길 바쁜 내 마음도 모르고…… 이것들이 언제나 철들겠나! 쯧쯧."

봉수는 한참 동안 나를 데리고 연습을 시켰다. 반복하다 보니 뭔가 봉수의 설명이 이해되는 기분이 들기도 했다. 졸지에 내가 배구를 했다. 라면만 끓이고 갈 생각이었는데 배구까지 하다니. 그새 알바 시간이 다 돼 갔다. 거기다 오늘은 아버지도 온다고 했다. 그렇다고 봉수에게 사정 이야기를 하면 또 고함을 칠 것이다. 봉수는 나에겐 언제나 고함을 쳤다.

"야, 수능이 너도 배구클럽에 들어와라. 어차피 공부는 물 건너갔고, 집에 가 봐야 놀 사람도 없고, 피시방 가 봐야 거기서도 왕따당할 거고, 일주일에 한 번씩 나와서 배구나 해라."

봉수 말은 틀린 게 하나도 없었다. 그래도 막상 들으니 기분이 팍 상했다. 내 처지가 그렇다고 하더라도 꼭 저렇게 콕 찍어서 돌직구를 날려야 직성이 풀리나, 이 꼰대야. 그렇게 말 안 해도 다 안다고!

"수능이 너도 눈빛이 살아 있었네!"

봉수에게 조련당하는 것을 말없이 지켜보던 연주가 한마디 불쑥했다.

"뭔 소리야?"

"수능이 너 입학 때부터 봤지만 한번도 눈을 크게 뜨고 뭔가 하는 걸 못 봤는데 오늘은 달라 보인다는 얘기야."

이게 봉수 딸이야 뭐야? 봉수 잔소리도 신물이 나는 판에 연주 이 계집애가 또 사람을 은근히 긁네.

"자, 이제부터 공격 연습 좀 하자!"

봉수가 스파이크 연습을 시킬 모양이었다. 공이 담긴 카트를 끌고 어택라인 뒤쪽으로 가서 섰다. 언더토스 연습을 지켜보던 녀석들이 "야호, 우우우……" 함성을 지르면서 왼쪽 네트 옆으로 가서 한 줄로 섰다. 봉수는 세터를 맡은 강진이에게 두 손으로 공을 던지기 시작했다.

강진이는 만능 스포츠맨이었다. 학교 축제 때 태권도 시범으로 완전 스타가 됐었다. 540도 뒤돌려 차기와 백 텀블링을 전교생 앞에서 시범 보였다. 관중의 박수를 받고 행복해하던 모습이 떠올랐다. 강진이는 동규하고는 눈빛부터 달랐다. 토스 동작 하나에도 정성이 묻었다. 강진이는 오른발을 한 걸음 내디디면서 봉수가 던져 준 공을 아이들 앞으로 토스해 주었다. 적당한 높이와 속도를 지닌 그 공을 아이들은 세 걸음 정도 달려 나간 후 수직으로 점프하며 때렸다. '쫘아악' 하는 소리와 함께 공은 반대편 코트 바닥으로 내리꽂혔다.

"야, 동규, 빠큐! 강진이가 토스하는 공을 보고 들어가란 말이야! 네가 공보다 먼저 들어가니까 자꾸 뒤에 있는 공을 끌고 와서 치게 되잖아! 그럼 공이 어디로 가? 엔드라인 밖으로 밀려 나가면 실점이야, 실점! 돌대가리 같은 자식."

동규가 봉수에게 야단을 맞았다. 나는 봉수가 하는 말이 무슨 뜻인지 잘 이해가 되지는 않았지만 머리 나쁜 동규 네가 그러면 그렇지, 하면서 고소해했다. 하지만 동규 녀석은 별로 기분 나쁜 눈치가 아니었다.

"예, 알겠습니다."

씩씩하게 대답한 동규는 반대편 코트 쪽으로 날아간 공을 재빨리 주워 와 카트에 담고는 스파이크 연습 줄 뒤로 곧장 달려갔다.

"수능아, 선생님이 하시는 말씀 잘 이해가 안 되지?"

끌어서 공을 친다는 말뜻을 연주가 설명해 주었다.

"동규가 강진이 손에서 날아오는 공을 보고 달려가야 하는데 좀 먼저 뛰어나간 걸 지적하는 거야. 공이 떨어질 위치를 예상하고 거리, 시간을 조절해야 하는데 동규는 마음이 급해서 먼저 달려간 거지. 공보다 자기 몸이 앞에 있게 되면 공을 때릴 때 체중을 공에 실을 수가 없어. 그리고 상대 코트에 공을 꽂을 수 있는 각도도 나오지 않고. 그런 공격은 아무 쓸모가 없겠지? 자기 몸보다 뒤에 있는 공을 치는 걸 선생님은 끌고 와서 친다고 표현하는 거야. 뒤에 있는 공을 스파이크하면 직선 각이 나오지 않아서 공이 포물선을 그리면서 날아간단 말이야. 엔드라인 밖으로 나가 아웃이 되는 걸 밀려 나간다고 표현하는 거야. 이해가 돼?"

"안 돼."

무슨 수학 시간이야? 포물선, 각도 그리고 엔드라인까지 배구도 공부 못하면 못 하겠다는 생각이 들었다. 스파이크 연습을 하는 녀석들은 봉수에게 야단을 맞으면서도 싫은 표정을 짓진 않았다. 땀을 뻘뻘 흘리면서 스파이크 연습이 끝나는 것을 아쉬워하기까지 했다. 그리고 보니 여기에 있는 녀석들 치고 수업시간에 졸지 않는 녀석들은 아무도 없었다.

"자, 이제 수비 연습할 거야. 전부 다 체육관 무대 앞으로 모여."

"에이, 씨."

녀석들이 투덜거렸다. 봉수는 공을 담은 붉은색 카트를 끌고 체육관 무대로 성큼 올랐다. 연주도 냅다 뛰었다. 봉수가 왼손으로 공에 회전을 주며 이마 앞으로 사선 방향 50센티미터까지 공을 띄워 올렸다가 오른손으로 후려쳤다. 아이들은 봉수가 보여준 동영상에 나오는 여오현 선수처럼 자세를 잡고 자기에게 날아드는 공의 위력을 몸으로 흡수하면서 받아 올렸다. 그런 모습을 실제로 보긴 처음이었다. 봉수가 온 힘을 다해 때리는 공을 아이들은 몸으로 흡수하더니 무대 밑 대각선 방향에 서 있는 강진이 이마 위로 정확하게 보냈다. 강진인 그 공을 연주에게 토스했고 연주는 그 공을 받아 카트에 담았다. 호흡이 잘 맞았다.

봉수가 때리는 공을 척척 받아 내는 녀석들을 보고 나는 놀랐다. 그들은 나처럼 수업시간에 잠이나 자고 시험이 내일로 다가와도 시험 범위가 어딘지조차 모르는 녀석들이었다. 답안지 OMR카드에 전부 3번으로 찍어 전봇대 그림이나 그리는 놈들이 언제 저런 기술을 배웠지? 녀석들이 달리 보였다.

"야, 수능이 너도 들어와."

봉수가 불렀다. 무대 위에서 진지한 표정을 한 봉수가 왼손으로 배구공에 회전을 주면서 띄워 올렸다가 오른손을 휘둘러 묵직하게 때렸다. 내가 달려 나가려는 순간 뒤에서 동규가 면티를 슬쩍 잡아당겼다. 내가 뒤돌아보는 사이에 공은 바닥에 닿고 튀어 올랐다. 순식간이었다.

"야, 겁먹지 말고 네 몸을 벽처럼 만들어, 고무벽처럼! 겁내지 말고 받아 봐."

겁낸 게 아닌데, 억울했다. 나는 동규를 노려보며 눈을 세모꼴로 만들고 입으로 '좆까'라고 욕을 날렸다. 녀석이 움찔했다. 봉수가 다시 공을 띄웠다. 오른손 바닥이 보였고 나를 향해 날아오는 공이 보였다. 나는 반사적으로 그 공을 받아 올렸다. 팔목에 늙은 호박이 떨어진 것처럼 묵직한 느낌이 전해졌다. 공은 보기 좋게 봉수 앞으로 날아갔다. 봉수가 재빨리 공을 잡더니 말했다.

"야, 이놈 좀 보게. 오늘 여러 번 사람 놀라게 하네! 처음 해 보는 디그를 겁도 안 내고 예쁘게 해내고. 자, 다시 한번 더!"

두 번째 공도 받아냈다. 세 번째는 실패, 네 번째는 다시 성공.

"수능이 너 제법이다. 그만하면 디그는 조금만 더 연습하면 되겠다."

'방금 한 것이 '디그'라고?'

"우리가 이번에 신도시 다른 학교 이기려면 상대방 스파이크 잡는 디그 연습을 많이 하는 수밖에 없어. 디그는 연습은 힘들지만 시합 가 보면 이만한 게 없다는 걸 알게 될 거야. 상대방 에이스 스파이크 하나 건져 봐. 우리 팀은 사기 올라가고 상대방 에이스는 기죽지. 그래서 디그를 보고 2점짜리 기술이라고도 하는 거야."

방금까지 한 동작을 디그라고 그러는구나. 공격수가 공을 때리는 건 스파이크, 그것을 받아 내는 것은 디그. 나는 디그를 과연 잘할 수 있을까?

"디그는 몸을 고무벽으로 만드는 거라고 생각해라. 상대가 찌른다고 같이 찌르면 안 돼. 상대의 힘을 빼는 것도 공격이란 말이지. 몸을 콘크리트벽처럼 만들어 디그를 하면 어떻게 되겠어? 튕겨 나간 공은 상대 코트로 그냥 날아가 버리는 거야. 그러면 상대 팀은 다시 리시브해서 세터가 토스하고 공격수가 또 스파이크, 그 공은 또 우리 코트로 날아온다고. 이러면 백전

백패다. 그래서 날아오는 공은 강하든 약하든 고무벽처럼 받아들여서 살살 달래고 생명을 줘서 우리가 공격할 찬스를 만드는 것, 그게 디그야. 생각 좀 하고 배구하자!"

봉수는 공을 때리면서 여러 차례 디그의 요령을 설명하고 디그의 중요성을 강조했다. 한 사람당 일고여덟 개 정도 디그 연습을 했을 때 봉수가 말했다.

"자, 물 좀 마시고, 오 분 휴식!"

봉수의 말이 떨어지자 동규 녀석이 재빨리 무대 옆에 준비해 둔 생수를 봉수에게 가져다주었다.

"선생님, 물 여기 있습니다."

동규 녀석, 교실에서와는 완전 딴판으로 놀았다. 봉수도 교실에서는 농담이나 하고 꼭 이 퍼센트 부족한 사람 같았는데 여기선 군대 훈련소 조교처럼 절도 있게 행동했다.

"수능이 손목에 멍들었을 거야."

연주의 말을 듣고 손목을 살펴보았다. 배구공이 닿은 자리에 희미하게 멍 자국이 생겨 있었다.

"배구 처음 할 땐 다 그래. 멍 자국이 차츰 진해질 거야. 그래도 얼음찜질하면 금방 없어져."

연주는 마치 전문 코치나 되는 것처럼 종알거렸다.

"연주 넌 배구하는 게 좋냐?"

"아까 말했잖아. 난 배구가 좋아."

"뭐가 그렇게 좋아?"

"너는 컴퓨터 게임이 뭐가 그렇게 재미난데?"

"……."

"넌 네가 좋아하는 것도 남한테 설명 못하지? 난 아까 배구가 왜 좋은지 너한테 분명히 다 말했다? 이게 너하고 나하고 차이야. 공부 좀 하란 말이야. 자기 생각을 말로 표현하고 다른 사람들이 말하는 것을 이해하기 위해 공부하는 거야."

'뭐 이런 게 다 있어? 아주 사람을 갖고 노는 거야, 뭐야. 동규보다 더 내 속을 긁네. 뭐? 자기 생각을 말로 표현하기 위해 공부하는 거라고?'

"너 삐졌지?"

"……."

"넌 아까 강봉수 선생님 말씀하시는 거 무슨 말인지 이해 못할걸? 아마 여기 있는 애들, 배구는 좋아할지 몰라도 선생님 말 제대로 이해하는 애들 거의 없을 거야."

"뭘 자꾸 모른다고 그래? 대체 봉수가 뭔 말을 했는데?"

"강봉수 선생님이 디그는 몸을 고무벽처럼 만든다고 한 거 말이야. 그리고 상대가 찌른다고 같이 찌르면 안 된다는 거, 상대 힘을 빼는 것도 공격이라고 말한 거. 넌 이 말뜻 다 이해했어?"

"그게 뭐라고? 말 그대로지. 이해하고 못 할 것도 없구만 혼자 잘난 척은."

"네가 이렇게 나오는 게 그 말뜻을 이해 못 해서 그런 거라고, 이 바보야. 생각 좀 하라니까! 아까 선생님도 말씀하셨잖아, 몸을 콘크리트벽처럼 만들면 어떻게 되겠냐고. 열심히 디그해 봐야 상대 코트로 날아가고 다시 스파이크로 되돌아온다고. 날아오는 공이 강하든 약하든 받아들여 생명을 주는 것이디그라고. 그래도 모르겠어?"

"그래, 모른다, 어쩔래? 그게 무슨 뜻인지 어디 설명 좀 해봐."

"넌 말이야, 너에게 날아오는 공은 무조건 외면하려고만 했어."

"내가 언제? 아까 봉수가 친 공 잘 받았잖아! 봉수가 칭찬하는 거 못 들었어?"

"어휴, 이 돌대가리. 내가 하는 말은 그게 아냐. 네 평소 생활을 두고 말하는 거야."

"내 생활이 어때서? 그런 건 신경 끄셔."

"넌 내가 보기엔 꼭 무슨 콘크리트벽처럼 학교생활 하더라. 학교 나오기 싫으면 그냥 안 나오고, 강봉수 선생님이 조금 자극 주면 발끈하고, 친구들이 다가올까 겁내면서 거리 두고 달아나고……. 그게 콘크리트벽 아니고 뭐야? 무조건 다 튕겨내기만 하는데."

"……."

"고무벽처럼 살란 말 너한테만 해당되는 게 아니란 거, 나도알아. 나나 여기 있는 애들 모두에게 해당된다고 봐. 여기 있는 애들치고 가정형편 좋은 애들 거의 없어. 어떤 녀석들은 공이 날아오기도 전에 도망쳤고, 공이 날아오면 눈 감고, 기껏 한다는 게 콘크리트벽처럼 날아온다고 그대로 맞받고…….”

“아, 골치 아프네. 너 뭐 잘못 먹었냐?”

“수능아, 우리가 살아가면서 마주하는 현실은 배구와 다를 거야. 배구는 경기 중에만 강스파이크가 날아오지만 삶은 시도 때도 없이 스파이크가 날아와. 너와 나는 어린 나이에 스파이크가 뭔지도 모르고 맞고 말았잖아? 난 이제 어디서 스파이크가 날아와도 상관없어. 강하면 달래고 죽어 가면 살릴 거야.”

연주가 야무지게 말을 맺었다. 연주가 하는 말 속에 담긴 의미를 다 이해하지는 못했지만 듣는 내내 가슴 속에서 밤 가시 같은 것이 자꾸 구르는 느낌이 들었다.

“오늘 좋은 경험했지? 다시 올 거지?”

“모르겠어.”

나는 시무룩하게 대답했다.

“그냥 와. 여기 오면 좋아. 강봉수 선생님이 우리 선배들도 배구 가르쳤고 다른 학교에서는 스포츠클럽 생기기 전에도 가르친 제자들이 많대. 그 선배들이 배구클럽에서 활동한 거 후회는 안 한다고 그러더라.”

얼떨결에 토요일 오후가 훌쩍 지났다. 봉수가 라면 끓이라고 부른 자리에 나가 배구 기술인 디그까지 하게 되었다. 손목이 얼얼했다. 손목의 멍은 그새 좀 더 짙어져 있었다. 뭔가 의미가 손에 잡힐 듯 말 듯한 연주의 얘기가 계속 머릿속을 헤집고 다녔다.

집으로 돌아오니 아버지가 와 있었다. 짙은 눈썹, 짧은 스포츠형 머리, 구레나룻까지 덥수룩하다. 아버진 어깨도 넓다. 조폭 영화에 나오는 행동대장 같다. 앞니가 돌출된 게 영화 타짜에 나오는 배우 유해진을 닮았다. 참 나, 내 주변에 있는 어른들은 하나같이 영화 조연배우들을 닮았지? 하기야 나도 영화배우 봉태규를 닮았단 소리를 자주 듣지만.

"어디 갔다 오냐?"

근 보름 만에 보는 아버지가 짧게 물었다. 마치 조금 전에 잠깐 외출했다 돌아온 사람처럼.

"학교에요."

"토요일인데 학교는 왜?"

"담임이 오라고 해서요."

"뭔 사고 쳤냐?"

"아니에요."

"너 배구했냐?"

"어떻게 아셨어요?"

"네 손목에 멍들었잖아. 공부하기 싫으면 기술이나 배우지, 그까짓 배구는 뭐 한다고 하고 그래!"

아버지가 버럭 소리를 질렀다. 거의 보름 만에 만난 아들에게 고함부터 지르는 아버지, 김성긴지 김성기온지 이름조차 헷갈리는 아버지, 괜히 눈물이 나려고 했다.

"배구는 절대로 하지 마! 누구랑 했어?"

"학교 담임 선생님하고 했어요."

"담임이라고? 담임 전화번호 몇 번이야?"

우리 아버지도 다른 꼰대와 다를 바 없었다. 자세한 상황은 알아보려 하지도 않고 자기 생각만을 강요하는 꼰대, 꼴통. 봉수가 말한 콘크리트벽이 거기 있었다. 속이 부글부글 끓었다.

"아, 담임 번호는 왜요오!"

"여튼 불러. 내가 할 말이 있어."

"싫은데요."

"이 자식이!"

겉으로 본 것만으로 그것을 자기의 기준에 맞춰서 제멋대로 해석하고 전화부터 하고 보는 꼰대 짓을 그대로 할 모양이었다. 상대가 상황을 설명하더라도 받아들일 마음은 손톱만큼도 없이 고함이나 지르다가 그것도 안 되면 민원을 들먹이며 갑질이나 하려 드는 꼰대 짓을 김성긴지 김성기온지 이름조차 헷갈리는 아버지가 하려 들고 있었다. 한숨이 푹 나왔다.

그때 아까 연주가 한 말이 불쑥 생각났다. 자기 생각을 말로 표현하고 다른 사람들이 말하는 것을 이해하기 위해 공부해야 한다는 말. 아버지도 나도 절실하게 공부가 필요한 사람들은 아닐까. 나는 호흡을 가다듬고 차분히 말했다.

"아버지, 우리 담임은 영어 과목 담당이에요. 엘리트 배구부도 아니고 학교스포츠클럽 활동으로 하는 거예요. 오늘 처음 나갔단 말이에요."

"엘리트 배구부든 스포츠클럽 활동이든 둘 다 배구하는 건 맞잖아! 처음은 무슨!"

우리 아버지가 맞나 싶었다. 무뚝뚝하긴 했어도 화는 잘 내지 않는 아버지였는데. 이렇게 심하게 화를 내는 것은 처음이었다. 평소 성적표를 보자는 말도 없었고 공부하지 않는다고 꾸짖는 법도 없었다. 초등학교 때 다른 아이들을 때리고 그 아이들 부모가 찾아와 한바탕 난리를 피워도 엄마 없는 빈자리를 의식해서 그랬는지 몰라도 나에게 손찌검하거나 화를 내고 나무란 적도 없었다. 할머니 돌아가신 이후로 집에 오면 용돈 주고 먹을거리 채워 놓고는 돌부처처럼 앉았다 가는 아버지였다. 내가 배구 선수를 하는 것도 아니고 정식 배구클럽 멤버가 된 것도 아닌데 왜 이렇게 흥분하는지 도무지 그 이유를 알 수가 없었다.

"끝까지 담임 전화번호 안 가르쳐 줄 거야?"

"예."

아버지가 휴지통을 집어 던졌다. 속에 든 햇반 용기와 라면 봉지, 컵라면 용기 따위가 방바닥에 흩어졌다.

"너, 담임 전화번호 가르쳐 주지 않으면 월요일에 차 정기점검 맡기고 학교로 쳐들어갈 테니까 그리 알아!"

'학교가 적군 성이라도 돼요? 쳐들어오긴 뭘 쳐들어와요!'

속으로는 그런 고함이 터져 나왔지만 나는 디그를 하는 심정으로 물었다. 그새 배운 것을 써먹다니 배구가 좋긴 좋은 건가?

"배구가 뭘 어쨌다고 이러시는데요?"

"아비가 하지 말라고 하면 안 하면 되는 거야."

"그러니까 왜 이러시는 거냐고요?"

"그냥 싫다, 이 말이야. 그러니까 하지 말란 말이야. 이유는 묻지 마!"

이런 억지가 있나. 아버지가 싫으니까 자식인 나도 당연히 하지 않아야 한다? 이건 아니다.

"아버진 이유는 말하지도 않고 왜 일방적으로 아버지 주장만 하시는 거냐고요!"

기어이 내 목소리에 울음기가 섞여 나오기 시작했다.

"이게 어디서 꼬박꼬박 말대꾸야! 하지 말라면 하지 마!"

드디어 나도 폭발하고 말았다. 울음도 폭발하고 말도 폭발했다.

"오늘 처음으로 배구 해 봤어요! 담임이 때린 공을 받아 봤어요. 담임한테 잘한다고 칭찬도 받았어요. 그게 뭐 잘못이에요! 배구하는 동안에는 죽고 싶다는 생각도 사라졌어요! 수면제 생각도 안 나고 할머니 무덤도 생각 안 났어요! 아파트 옥상에 올라가는 것도 생각 안 나고 공만 보였다고요! 그게 뭐 어때서 다짜고짜 말리냐고요! 엉엉."

아버지가 벙 찐 표정으로 나를 쳐다봤다. 한참 만에야 가라앉은 목소리로 물었다.

"무슨 말이야, 그게?"

나는 끅끅거리며 울었다. 아버진 담배를 피워 물고 내 울음이 그치길 기다렸다. 이윽고 아버지가 먼저 말을 꺼냈다.

"그러니까…… 죽고 싶었다고……?"

"수석이마저 죽고 난 다음부턴 나도 늘 죽어 버리고 싶었단 말이에요. 엄마란 여자는 자식도 버리고 가 버리고 아버지는 빚 갚는다고 한 달에 두세 번 들어오면 많이 왔잖아요. 공부도 못하고 학교에 가면 엄마 도망간 애라고 놀림이나 받고, 게다가 피까지 토하고……. 살면 뭐 해요, 차라리 죽는 게 낫지."

아버진 아무런 말을 하지 않았다. 고개를 숙인 채 생각에 잠겨 있다가 한참 뒤에야 한마디 툭 던졌다.

"그래도 배구는 안 돼. 월요일에 네 담임 만나러 갈 거야. 그렇게 알아."

아버지는 거칠게 방문을 닫고 밖으로 나가 버렸다. 아버지가 저러는 이유를 도무지 알 수가 없었다. 내가 정식으로 배구 클럽 멤버로 가입한 것도 아니었다. 라면 끓이라고 해서 구경 삼아 갔고 봉수가 연습을 시켰다. 연주가 가입을 권했고 내 마음이 흔들렸다. 아버지가 반대하니 연주가 떠올랐고 꼭 가입하고 싶어졌다. 디근지 뭔지 그걸 잘해서 연주에게 콘크리트벽이 아닌 고무벽이란 소리도 들어보고 싶은 마음이 들었다.

홀아비 히스테리를 부리는 거라면 이해는 됐다. 집에 와 봐야 반길 가족이 있길 하나, 달랑 하나뿐인 아들 녀석은 공부와 담을 쌓고 변변한 취미 하나, 특기 하나 없이 피시방이나 들락거리는 외톨이가 되어 방바닥에 뒹군다. 그런 나를 보면 한심해할 것이 뻔했다. 그렇다고 그것이 내가 배구를 하는 것을 반대하는 이유가 될 순 없었다.

나는 점점 더 배구가 하고 싶어졌다. 봉수가 "너처럼 의지 약한 녀석들은 배구공 한번 잡으면 금방 싫증내고 안 올 거지"라고 한 말도, 어벙이 동규가 유니폼을 입고 자랑처럼 "너는 모를 거야. 자기 이름을 남 앞에 달고 경기에 나가는 심정을" 하던 말도 떠올랐다.

나는 배구를 하지 말란 아버지의 명령엔 결코 따르지 않을 작정이었다.

연주가 깊은 눈매와 쌍꺼풀이 없힌 그윽한 갈색의 눈동자로 나를 바라보며 배구클럽에 가입해서 디그요정이 되라고 속삭이는 것만 같았다.

디그요정

토요일 저녁 통닭집은 오줌도 제때 누지 못할 만큼 바빴다. 월드컵 예선전으로 한국과 이란 경기가 열렸기 때문이다. 우리나라 양계장 닭이 다 죽어 나가는 줄 알았다. 닭 튀긴다고 밤늦게까지 막대기를 잡고 있었다. 멍든 팔뚝에 알까지 뱄다. 전화통에 불이 났고 고 사장은 아마 상천에서 서울을 왕복할 거리만큼 오토바이를 몰았을 것이다. 대한민국 사람들이 그렇게 닭을 좋아하는지 새롭게 알게 되었다.

그리고 또 하나 알게 된 사실이 있다. 사람들은 하나같이 성질이 급하다는 것. 덤으로 알게 된 것은 누구나 상황에 따라 갑질을 한다는 것. 자기가 갑질을 당하면 억울해하면서도 자기의 갑질에 대해선 무감각하고 당연한 것으로 여겼다. 방금 배달 갔다고 해도 그새를 참지 못하고 또 전화질을 해 댔다. 닭 한 마리 만칠천 원 하는데 갑질은 십칠만 원어치를 아무렇지

도 않게 하는 사람도 있었다. 고 사장은 배달을 갔다가 갑질을
당하고서는 땀을 뻘뻘 흘리며 돌아왔다.

그러면서도 주문 전화가 오면 "예, 통닭집입니다. 예, 예, 바
로 배달됩니다"라고 천연덕스럽게 전화를 받았다.

일요일 역시 바빴다. 종일 TV 앞에서 시체놀이를 한 아버지
들은 저녁 무렵이 되면 가족들에 대한 미안한 마음을 닭을 제
물로 삼아 보상하는 모양이었다. 그 바람에 애꿎은 나만 죽어
났다.

야속하게도 월요일은 오고야 말았다. 아버지가 학교로 온다
는 월요일이 밝은 것이다. 토요일 오후 이후로 나와 아버지는
서로 한마디도 하지 않았다. 토요일 알바를 끝내고 돌아갔을
땐 아버지는 아직 집으로 돌아오지 않았다. 죽고 싶다는 아들
의 말에 쇼크를 먹고 어디서 술이라도 한잔 걸치는 거겠지 생
각했다. 일요일 늦잠을 자고 일어나 보니까 아버지는 집에 없
었다. 밥상만 차려져 있었다. 내가 좋아하는 계란말이도 해 놓
았다. 맛은 형편없었다. 모양은 둘둘 말아 놓은 행주 같았다.
오후에 알바 갔다가 밤에 돌아와 보니 아버지는 자고 있었다.
모로 누워 웅크리고 잠들어 있는 아버지의 등을 보자 나도 모
르게 한숨이 새어 나왔다.

배구가 뭐라고, 정식으로 클럽 멤버로 가입한 것도 아닌데
학교로 쳐들어가서 그만두게 하겠다고 난리를 치는 아버지가
이해되지 않았다. 그래도 우리 아버지는 다를 줄 알았는데 자

기 고집만 피우는 꼰대였다니.

조회 시간, 봉수는 평소와 별로 다르지 않았다. 아버지가 아직은 전화를 하거나 학교로 오지 않은 게 분명했다. 일단 두고 볼 일이었다. 4교시에 영어수업이 있으니 그때 어쩌는지 두고 보는 수밖에 없었다.

연주는 여전히 씩씩했다. 어쩌면 걔는 나보다 더 화를 품고 살아야 할 아이였다. 나는 지금은 엄마가 곁에 없지만 서울 어딘가 살고 있다는 사실 정도는 알고 있다. 나에게 나름 최선을 다하려는 아버지도 있다. 연주는 자기가 어디서 어떻게 세상에 온 줄도 모르지만 수업시간에 눈을 초롱초롱하게 뜨고 선생님 숨소리까지 노트에 다 받아 적을 기세로 열중했다. 시험문제가 잘못되었다며 애들이 교과 담당 교사에게 불만을 토로할 때도 연주는 자기 계획에 따라 묵묵히 공부할 뿐이었다. 자기가 사는 연주암 비구니 스님이 학교로 쳐들어올 일은 더더욱 없을 테고. 상황에 따라 흔들리지 않는, 바위 같은 아이였다. 단 한 가지, 봉수를 존경해 꼭 강봉수 선생님이라고 부르는 게 마음에 들지는 않았지만.

드디어 4교시가 되었다. 봉수는 수업 내내 나에게는 눈길조차 주지 않았다. 아버지가 전화로 한바탕 퍼부어서 삐졌나? 그런 것 같기도 하고 아닌 것 같기도 했다. 온갖 생각이 머릿속에 굴러다니는 통에 수업에 집중할 수 없었다. 아, 이건 평소에도 그랬던 거였구나.

아버지가 쳐들어온다던 월요일이 끝나갔다. 드디어 종례 시간, 모처럼 봉수가 "동규, 사라져라. 많이 컸어!" 하고 외쳤다. 동규가 현관 신발장에 앉은 먼지를 일회용 물티슈로 닦아내는 장면을 동영상으로 촬영해 봉수에게 보여 줬단다. 동규는 야자를 합법적으로 빠지게 되어 신이 난 모양이었다. 요즘 들어 어벙이 동규가 확실히 달라졌다. 학기 초처럼 나에게 가방 셔틀을 시키는 일도 거의 없었다. 덩치만 산만 했지 성격이 물러터진 녀석이라 못된 짓도 뭔가 어설펐다. 다른 중학교 출신 노는 녀석들과 어울려 건들거리고 돌아다녔지만 몸에 맞지 않은 옷을 입은 것처럼 겉돌았다. 용 문신 파고 다니는 아이들하고 어울린다고 자기도 용인 것처럼 착각하는 게 탈이었다. 내 생각에 동규 녀석은 비 오는 날 우리 집 화단에 출몰하는 큰 지렁이 정도였다. 녀석은 신도시 동전 노래방에서 노래나 몇 곡 부르고 폭주하는 녀석들이 모는 오토바이 꽁무니에 매달려 다니다가 쓸쓸히 집으로 기어들어 올 것이다, 바보처럼. 그런 녀석이 배구클럽만큼은 빠지지 않고 와서 열심히 땀을 흘리는 것은 정말 의외였다. 동규가 가방으로 나를 툭 치고 교실을 빠져나갔다.

나는 봉수가 한동안 하지 않던 감동 타령을 하는 것을 보고 아버지가 찾아오지 않았다고 판단을 내렸다. 그래도 우리 아버지는 다른 학부모처럼 막장은 아니어서 다행이라고 마음이 놓였다.

"반장, 절해야지!"

봉수가 인사를 받고 씩씩한 뒷모습을 보이며 교무실로 사라졌다. 나도 알바를 가기 위해 가방을 메고 서둘러 교실을 나섰다. 저만치 앞서서 교무실로 향하던 봉수가 갑자기 발길을 돌렸다. 나와 마주 보는 모양이 되었다.

"야, 김수능, 아버지 이름 알았어!"

이런! 아버지가 결국 쳐들어왔단 말인가. 밴댕이 소갈딱지 같은 짓을 결국 하고야 말았구나. 아버지가 미웠다. 봉수는 그런 내 심정은 아랑곳하지 않고 큰 소리로 떠들었다.

"주민등록등본에 나온 이름이 맞았어. 김성기오, 이름이 넉 자씩이나 되더란 말이지."

복도에서 우리 둘을 힐끗거리던 아이들이 봉수 입에서 나온 말을 듣고는 키득거렸다. 내가 생각해도 아버지 이름이 네 자란 것이 이상했다. 김성기오라면 성기오, 그것이 다섯이란 말이야?

"수능이 너 일단 교무실로 따라와 봐. 할 말이 있어."

'그러면 그렇지. 기어이 학교로 쳐들어오고 말았네. 엄마란 여자가 간 이유도 대충 알겠네. 남의 이야기 전혀 들을 생각도 않고 자기만 옳다고 우기는 인간하고 어찌 살겠어.'

봉수에게 미안해졌다. 아버지가 성질을 부리며 봉수에게 고함을 지르진 않았는지 걱정도 되었다.

"내가 말이야, 어, 교육청에 전화하면 당신 어떻게 되는지 알아? 내가 누군 줄 알고 그래. 청와대 국민신문고에 올려 봐? 인터넷에 올려 봐?"

이런 말들을 쏟아내며 턱도 없는 갑질을 하는 사람이 내 아버지라면 쪽팔려서 얼굴을 들 수가 없을 것 같았다. 봉수가 나를 상담실로 데리고 갔다. 평소의 봉수와 어울리지 않게 심각한 분위기가 물씬 풍겼다. 도대체 아버지가 뭐라고 했기에 이러나, 궁금하기도 했다. 한참 뜸을 들인 봉수가 이윽고 입을 열었다.

"야, 수능아, 네 엄마가 또 전화했더라."

'으잉? 아빠가 아니고 엄마라고?'

"네 외할아버지가 많이 편찮으신가 보더라."

나는 머리가 띵해졌다. 최근 엄마란 여자가 계속 전화를 한 것이 그 이유 때문이었다고? 그런데 이상하잖아? 그게 나와 무슨 상관이라고. 어린 자식을 버리고 떠난 여자가 지금 와서 무슨 염치로 자기 아버지 아프다고 전화를 하고 난리냐고.

외할아버지 기억은 났다. 어릴 때 일 년에 몇 번씩 품에 안긴 적이 있었다. 여덟 살 이후론 본 적이 없었다. 이제 와서 뭘 어쩌겠다는 거야?

"네 외할아버지가 얼마 못 사실 모양이야."

이번에는 가슴이 아렸다. 하지만 그걸 이유로 전화를 해대는 엄마란 여자는 양심도 없나? 기껏 이제야 나타나 분노를 억누르고 사는 나를 흔들다니 용서할 수 없었다. 나랑 아버지를

내팽개쳐 놓고, 어린 수석이를 저승에 가게 해놓고 이제 나타
나 어쩌겠다는 거냐고. 아버진 엄마와 갈라선 이후로 외가 쪽
이야긴 꺼낸 적이 단 한번도 없었다. 할머니 돌아가셨을 때도
외가 쪽엔 전혀 연락하지 않고 장례식을 치렀다. 이만하면 완
전히 끝난 관계 아니냐고. 그런데 왜!

"네 엄마가 연락처 주더라. 010-6524-7755다."

끝 번호가 내 번호와 같았다. 옛날 우리 집 전화번호 뒷자리
였다.

"네가 생각이 있으면 연락하라고 그러더라. 네 번호도 좀 알
려 달라고 해서 알려 줬는데, 잘했지?"

"잘하긴 뭘 잘해요! 아무리 선생님이라도 왜 나한테 물어보
지도 않고 그래요! 나는 연락하지도 않을 거고, 연락받고 싶
지도 않다고요! 왜 번호를 맘대로 알려 주고 그러세요! 아, 진
짜."

나는 화가 머리끝까지 치밀었다. 아니, 화하고는 조금 다른
것 같았다. 짜증, 울분, 슬픔, 억울함, 증오…… 내가 알 수 있는
모든 감정이 한데 뒤섞인, 뭐라 딱 꼬집어서 말할 수 없는 기분
이었다. 봉수가 담임만 아니었다면 욕하고 패고 차고 쥐어뜯
고 싶었다.

봉수는 나의 일그러진 얼굴을 바라보며 묘한 표정을 짓더니
우물쭈물 말했다.

"음…… 어쨌든 네 할아버지가 많이 편찮으시고…… 폐

암 말기라지. 네 얼굴을 꼭 한번 보고 싶다고 하시는 모양이고…… 네가 잘 판단해서…… 아따, 뭐가 이리 복잡해?"

복잡하기는 내가 더했다. 머릿속을 누군가 휘젓는 것처럼 생각이 뒤죽박죽이었다. 봉수는 다시 평소의 모습으로 돌아와 눙치듯이 말을 이었다. 그렇게 대충 때우고 넘어갈 작정이겠지. 남의 속은 있는 대로 다 뒤집어 놓고.

"인마, 학부모한테 전화왔는데 어떻게 안 받아? 통화하면서 아버지 이름이 김성기오 씨라는 것도 알았다고. 네 어머니 아주 상냥하시더라."

'그 상냥한 말씨로 다른 남자와 로맨스를 벌이고 자식들 가슴엔 대못을 때려 박고 떠났구나.'

나는 속으로 씹어뱉으며 자리를 박차고 나와 버렸다.

알바를 갈 심정이 아니었다. 그렇다고 피시방에 갈 마음도 나지 않았다. 나는 곧장 집으로 돌아와 내 방으로 들어갔다. 달랑 하나 놓인 책상 앞에 앉았다. 책상 위엔 먼지를 뒤집어쓴 컴퓨터, 텅 빈 책꽂이가 놓여 있었다. 다른 친구들 방 벽엔 아이돌 그룹 브로마이드라도 붙어 있더니만 내 방 벽 낡은 벽지 위엔 누런 얼룩뿐이다. 아버진 저 벽에 뭘 걸어 두고 학창 시절을 보냈을까, 궁금해졌다.

이때까지 엄마 없이도, 찌질하지만 그럭저럭 살았다. 그런데 난데없이 나타난 엄마란 여자 때문에 마음이 이토록 어지러운 건 왜일까. 연주가 생각났다. 나보다 더한 부모를 통해 세상에 온 연주는 이럴 때 어떻게 할까? 당찬 연주라면 자기를 연주암에 놓고 간 엄마나 아버지가 나타나더라도 자기 감정을 정확하게 표현할 것이다. 연주가 했던 말도 떠올랐다.

'우리가 살아가면서 마주하는 현실은 배구와 다를 거야. 배구는 경기 중에만 강스파이크가 날아오지만 삶은 시도 때도 없이 스파이크가 날아와. 너와 나는 어린 나이에 스파이크가 뭔지도 모르고 맞고 말았잖아? 난 이제 어디서 스파이크가 날아와도 상관없어. 강하면 달래고 죽어 가면 살릴 거야.'

연주라면 지금 나에게 날아온 스파이크를 어떻게 처리할까? 자기가 한 말대로 달래고 생명을 불어넣어 줄 수 있을까?

그때 주머니 속의 전화기가 울렸다. 고 사장이었다.

"수능아, 알바 출근 시간 지났는데 왜 아직 안 와? 지금 엄청 바쁘다."

"사장님, 오늘 하루 빠지면 안 돼요?"

"왜, 무슨 일 있어?"

"그냥요."

"그냥 빠지는 건 안 되지. 뭔 일이 있으면 몰라도. 얘기해 봐라, 무슨 일인지."

"아니에요. 지금 갈게요."

도대체 무슨 말로 지금의 내 기분을 설명한단 말인가. 차라리 가는 게 나았다. 파란색 아디다스 티와 청 반바지를 입고 집을 나섰다. 통닭집에서 닭을 튀기고 청소를 하며 괴로운 순간을 잊는 것도 괜찮을 것 같았다. 고 사장은 내가 나타나자 그동안 혼자 배달하고 닭 튀기느라 정신없었다면서 손바닥으로 자기 이마를 찰싹 쳤다. 무슨 일이 있었냐고 꼬치꼬치 묻지 않아서 다행이었다. 나는 주방으로 가 펄펄 끓고 있는 기름 솥에서 갈색으로 익어 버린 닭을 건져 내며 소릴 질렀다.

"에이, 사장님, 닭을 이렇게 태우면 어떡해요!"

고 사장은 대답 대신 빙그레 웃으며 나를 쳐다봤다. 전화벨은 연속으로 울리고 기름은 펄펄 끓고 닭은 익었다. 시간은 소리 없이 잘도 흘렀다. 길었던 월요일이 다 가고 있었다. 아홉 시가 넘어가자 주문이 뜸해졌다. 고 사장이 마지막 배달일지 모르겠다며 네오포르테를 끌고 나갔고 나는 콜라 한 병을 꺼내 테이블에 가 앉았다. 콜라의 거품이 꺼질 때 나는 쏴~하는 소리를 들으면 언제나 더 목이 말랐다. 나는 콜라 한 잔을 원샷으로 들이켜고 그으윽, 길게 트림했다. 답답하던 가슴이 뻥 뚫리는 기분이었다. 그때 까톡, 까톡 하는 소리가 났다. 연주였다.

이번 주 수요일 상천 독수리 배구클럽 연습함. 참가해염^^

웃음 표시 이모티콘이 꼭 나를 향해 웃는 것 같았다. 나는 간단한 공지일 뿐인 카톡을 한참이나 들여다보았다. 뒤로 가기 버튼을 눌렀다. 카카오톡 화면에 새로운 친구 표시가 떠 있었다. 터치했다. 이성희 현대무용연구소라고 나왔다. 엄마란 여자가 내 전화번호를 입력해 친구로 등록된 모양이었다. 이름이 이성희라고? 이제 와서 외손자를 보고 싶어 하는 아버지를 위해 연락을 해 온 여자의 이름이었다. 친구 차단을 해 버릴까 망설였다. 하지만 한편으론 감질나게 궁금한 것도 사실이었다.

그때 전화기에서 노래가 흘러나왔다. 컬러링으로 설정해 놓은 아이돌 그룹 여자친구의 '너 그리고 나' 였다. 액정엔 아버지라고 떠 있었다. 노래를 마저 듣고 싶어 전화를 받지 않았다. 그 노래를 들으면 연주를 마주 보고 있는 기분이 들었다.

알 수 있었어 널 본 순간 뭔가 특별하다는 걸
눈빛만으로도 느껴지니까 마음이 움직이는 걸
나비처럼 날아 나나나 나빌레라
바람아 바람아 불어라 훨훨 날아가 너에게로 다가갈 수 있도록
하얀 진심을 담아 새롭게 시작해 볼래
너 그리고 나
사랑을 동경해 앞으로도 잘 부탁해 모아둔 마음을 주겠어
그리고 나 마냥 기다리진 않을래 다시 선 시작점이야

전화가 끊긴 후에 바로 다시 노래가 울렸다. 역시 아버지라고 떴다. 이번엔 받았다. 아버지의 화난 듯한 음성이 들렸다.

"왜 이렇게 전화를 안 받아. 어디야?"

"알바요."

"무슨 알바?"

"동규식육점 앞 통닭집이요."

"사장은 믿을 만해?"

"예."

"그래, 알아서 해."

그러고선 전화가 뚝 끊겼다. 단문단답형 통화였다. 통화시간은 22초였다. 나는 다시 아까 보던 카톡 화면으로 돌아갔다. 한참을 들여다보다가 결국 이성희 현대무용연구소를 누르고 말았다. 엄마란 여자의 얼굴이 보였다. 낯설었다. 창밖을 바라보는 옆모습이었다. 생머리를 어깨까지 길렀다. 이 사람이 내 엄마? 나는 허둥지둥 손가락을 벌려 사진을 키웠다. 윤곽이 흐려지기만 할 뿐 엄마에 대한 기억은 더 커지지 않았다. 화면을 밀어서 다른 사진들도 보았다. 무용학원 같았다. 엄마란 여자가 수강생들 앞에서 다리를 지지대에 올리고 시범 동작을 해 보이는 모습도 있었고 어떤 남자와 함께 찍은 사진도 있었다. 새 남편이겠지. 또 초등학교 저학년 정도로 보이는 남매와 함께 찍은 사진도 있었다. 그 사진을 본 순간 나는 불에 덴 것처럼 화면을 닫아 버렸다. 다른 남자 만나 남매 낳고 잘 살고 있는 모양이네. 피는 물보다 진하단 말 누가 했어? 자기가 버린 아들은 여기서 죽을 생각이나 하며 살고 있는데 새로 만난 남자하고 남매 낳고 알콩달콩 잘만 사네. 내 피는 물인가, 씨발. 전화기를 때려 부숴 버리고 싶었다.

마음을 가라앉히려고 통닭집 옆 골목에서 담배를 연속 두

대나 피우고 이 사이로 침을 찍찍 뱉으며 가게로 돌아오니 뜻
밖에도 아버지가 와 있었다. 아버진 학교 대신 불콰해진 얼굴
로 불쑥 통닭집으로 쳐들어온 것이다. 아버지한테서 술 냄새
가 확 끼쳤다.

"가게 비우고 어디 갔다 오냐?"

"술 드시고, 여긴 어쩐 일이세요?"

"어, 고향 친구들과 오랜만에 한잔했지. 그리고 그냥 와 봤
다. 오면 안 되냐?"

"들어가 주무세요. 여기 뭐 볼 게 있다고……."

"짜식, 아르바이트를 다 하고."

"아까 알바한다고 했더니 시큰둥할 땐 언제고……."

"얀마, 그렇게 틱틱거리지 말고…… 이리 와 봐."

"아, 됐어요. 집에 들어가시라니까."

아버지의 취한 모습을 보는 건 처음이었다. 술기운이 아버
지를 무장해제시킨 것 같았다. 연방 웃는 것도 그랬고 뭔가 살
가운 기운이 풍기는 것도 그랬다. 하지만 나는 영 어색해서 닭
살이 돋는 것만 같았다. 아버지는 털썩 의자에 주저앉더니 턱
을 괴고 나를 지그시 바라보았다. 나는 괜히 불편해서 몸 둘 바
를 모를 지경이었다. 왜 오늘따라 안 하던 짓을 하고 그러는지,
참 나. 아버지가 불쑥 말했다.

"수능아, 너한테 이 아부지가 미안하다. 미안하고……."

나는 귀를 의심했다. 아무리 술기운이라지만 나에게 미안하

다는 말을 하다니! 어른들은 아이들에게 미안하다는 말을 좀처럼 하지 않았다. 어쩌다 술에 취하면 미안하다는 말을 했지만 아버지한테서 그 말을 듣기는 처음이었다. 진심일까? 그리고 무엇이 미안한 것일까? 궁금한 것이 갑자기 많아졌지만 어쨌든 기분이 조금 풀리기는 했다.

엄마가 떠난 뒤로 아버지도 나도 그 문제에 대해 얘기를 나눈 적은 단 한 번도 없었다. 초등학교 땐 내가 어렸으니 그랬다 쳐도 웬만큼 나이가 들고 난 이후에도 아버지는 그 점에 관해선 침묵했다. 나도 굳이 묻지 않았다. 가끔 할머니가 "어린 것들 놔두고 가뺀 년, 어데 그런 숭악한 것이 다 있겠노. 지 새끼들 내삐리고 걸음이 떨어지던가. 숭악하고 독한 것!"이라며 넋두리하는 소릴 듣긴 했지만 나는 할머니에게도 엄마에 대해서 물은 적은 없었다. 그랬는데 오늘 아버지가 느닷없이 나에게 미안하다고 했다. 무엇이 미안한지, 왜 미안한지 아버지의 가슴을 열어젖히고 확인하고 싶었다. 그러나 그 의문은 말이 되어 나오지 않고 가슴 속에서 들끓기만 했다.

그때 밖에서 부르르르, 네오포르테의 엔진 소리가 들려왔다. 곧이어 시동 꺼지는 소리와 함께 고 사장이 헬멧을 벗어 들고 통닭집 안으로 들어서다가 아버질 보고는 나에게 눈짓으로 물었다. 내가 대답을 하기 전에 아버지가 먼저 일어섰다.

"이거 실례가 많습니다. 저는 수능이 아비 김성기오라고 합니다."

고 사장은 갑작스러운 아버지의 등장에 당황했는지 황급히 고개를 숙이며 손을 내밀었다.

"아, 네네. 저는 고영갑이라고 합니다. 반갑습니다."

"애가 여기서 알바를 한다고 해서 와 봤습니다. 속을 썩이지나 않는지,"

"아이고, 무슨 말씀을. 수능이가 아주 잘합니다. 수능이가 없으면 가게가 안 돌아갑니다."

"사장님이 잘 봐주시니까 그렇겠지요. 고맙습니다."

아버지가 다시 고개를 숙이자 고 사장도 후다닥 마주 인사를 했다. 나는 두 어른이 수인사를 치르는 모습을 옆에서 지켜봤다. 신통한 광경이었다. 아버지가 예의를 차리며 말하는 모습을 보니 학교에 쳐들어와도 크게 꼬장을 부리지는 않을 것 같아 좀 안심이 되었다. 두 사람은 테이블에 마주 앉았다. 고 사장이 먼저 말을 꺼냈다.

"아깐 제가 잘 듣질 못했는데…… 성함이 김성기 씨라고요?"

"아니고요. 김.성.기.오 입니다."

아버진 이름을 한 자 한 자 또박또박 발음하고서도 성에 안 차는지 나에게 볼펜과 메모지를 가져오라고 하더니 거기에다 꾹꾹 눌러서 이름을 적었다.

이름: 김성기오. 네 자입니다.

"한자는 어떻게 쓰시는지요?"

글씨를 들여다보다가 고 사장이 웃음을 띠며 물었다.

"성인 성자, 터 기자, 다섯 오를 씁니다."

"이름이 특이하다는 얘기를 많이 들으시겠습니다. 다섯 오는 왜 썼지요? 형제들이 많으신가요? 아니면 이름 지으신 분이 무슨 깊은 의미를 두신 건지?"

"아이고, 그런 거 없습니다. 우리 할아버지가 약주 한잔 잡수신 탓이지요. 출생신고를 할 때 면서기가 '이름이 어찌 돼요?' 하고 묻자 할아버지는 김성기-오, 라고 대답했더랍니다. 면서기는 삼대독자라 귀하다고 특별하게 지은 이름인 줄 알고 그렇게 호적에 올려 버린 거지요. 저도 제 이름이 김성기오란 걸 초등학교 입학할 때 알았습니다요. 하하하."

"하하하, 그 시절엔 그런 일이 허다했지요."

아버지가 이름이 네 자로 된 사연을 말하자 고 사장은 호탕하게 웃었다. 나도 오늘에야 아버지 이름을 정확하게 알았다. 그러고 보니 아버지는 말도 꽤 재미나게 잘했다. 동규 아버지처럼 웃을 줄도 알고 고 사장 만나 예의를 갖추고 말할 줄도 알았다. 내가 아버지를 정확하게 알지 못했던 것이다. 그 여자가 떠나고 난 이후, 아버지는 자기만의 세계에 스스로를 가두어 버린 것일까. 아버지는 운전대를 잡고 밤낮없이 일만 했다. 집에도 가끔만 들어왔다. 그런 아버지가 무엇을 좋아하는지, 좋아했는지 알 기회도 없었고 나도 굳이 알려고 노력하지 않았

다. 그런 시간이 너무 길었다. 그 시간이 파 놓은 고랑을 사이에
두고 나와 아버지는 멀찌감치 서로 바라보기만 했던 것이다.

고 사장이 아버지를 유심히 살펴봤다. 난 고 사장 본인은 영
화배우 고창석을 닮은 줄 모르고 아버질 영화배우 유해진하고
닮았다고 말하려는 줄 알았다.

"수능이 아버님, 어째 낯이 좀 익습니다. 어디서 뵌 분 같은
데……."

그때 마침 튀김 기계에서 종료 신호가 울렸다. 다행이었다.
남의 아버지를 보고 유해진 타령을 하면 큰일이었다. 고 사장
은 아버지에게 뭔가 할 말이 많은데 배달 가야 하는 것이 못내
아쉬운 눈치였다.

"수능이 아버님, 후딱 배달 갔다 올 테니 잠시만 기다리세
요. 이렇게 만났으니 한잔하셔야죠."

"이거, 바쁘신데, 시간 빼앗는 거 아닙니까?"

"천만의 말씀. 이제 가게 문 닫을 시간도 됐는데 상관없습니
다."

고 사장은 서둘러 배달을 나가면서 나에게 말했다.

"수능아, 이제 전화 오면 오늘 닭 다 떨어졌다 하고 더 주문
받지 마라. 우리나라 사람들 진짜 닭 좋아하네. 덕분에 장사는
잘 한다만. 참, 그리고 아버지께 맥주 몇 병 갖다 드려라. 내 금
방 갔다 올게."

길었던 하루가 더 길어질 모양이었다. 긴장과 흥분으로 보

낸 하루였다. 피곤했다. 나는 연신 나오는 하품을 깨물며 가게를 정리하기 시작했다. 시계는 열 시를 가리켰다. 아버진 학교 대신 통닭집으로 쳐들어와 술을 마시고 있다. 난 거의 십 년 만에, 비록 사진이긴 하지만 엄마의 얼굴을 보았다. 옛날엔 김성기오 씨의 부인이었던 여자, 지금은 다른 남자를 만나 잘 살고 있는 사람. 그러나 나에겐 그때나 지금이나 엄마일 수밖에 없는 이성희 씨. 아버진 남의 아내가 되어 남매를 낳고 살아가고 있는 이성희 씨 이야기를 들으면 어떤 반응을 보일까?

"고 사장 있나?"

봉수였다. 봉수까지 통닭집으로 쳐들어왔다. 순간 나는 "김상호, 고창석, 유해진!" 하고 외칠 뻔했다.

"수능이 너, 또 담임 보고 인사도 안 해? 알바 사장한테는 구십 도로 절하고, 요새 어디 선생 해 먹겠나?"

봉수는 테이블에 앉아 혼자 술을 마시고 있는 아버지를 흘깃거리며 농담을 늘어놓았다. 아버지가 고개를 들었다. 이 사람 누구야? 눈빛이 그렇게 묻고 있었다.

"아버지, 담임 선생님이세요. 여기 사장님하고 친구 되시고요."

아들 배구시킨다고 일전을 불사할 것처럼 말하던 아버지는 막상 당사자가 나타나자 언제 그랬냐는 듯 벌떡 일어나서 정중히 인사를 했다.

"인사가 늦었습니다. 수능이 아비 되는 사람입니다."

"아이고, 수능이 아버님! 여기서 뵙는군요. 저는 강봉수라고 합니다."

"예, 저는 김성기오입니다."

"아, 김성기 씨!"

"김성기가 아니고 김성기오입니다."

"그렇지요, 김성기오지요. 오늘 확인하고도 깜박했네요."

증조할아버지가 드신 술 때문에 아버지가 평생 불편했겠구나, 싶었다. 봉수가 아버지의 얼굴을 유심히 바라보며 불쑥 물었다.

"수능이 아버님, 혹시 배구하시지 않았나요?"

아버지가 놀란 표정으로 봉수를 마주 봤다. 하지만 이내 표정을 지우고 나에게 말했다.

"수능아, 여기 잔 하나 더 갖고 와라."

아버지는 봉수 앞에 놓인 잔에 맥주를 가득 따랐다. 두 사람은 어색한 침묵 속에서 잔을 가볍게 부딪고 쭈욱 들이켰다. 땅콩 안주를 집어 먹으며 아버지는 뭔가 생각을 정리하는 시간을 버는 듯했다. 이윽고 아버지의 대답이 흘러나왔다.

"배구했냐고 물었지요? 다 지난 일이지요. 그리고 뭐, 자랑도 아니고요."

"맞지요? 그럼 그렇지! 내가 딱 보니 어디서 많이 뵌 분 같더란 말입니다."

"……."

"야…… 이럴 수가 있나! 고려증권 마지막 세대 김성기 선수를 여기서 만나다니!"

아버지가 배구선수였다고? 오늘 왜 이러지? 놀랄 일 연속이었다. 다시 머리가 띵했다.

"선생님이 고려증권을 다 아시고……. 배구를 좋아하시는 모양입니다."

"알다마다요! 제가 고려증권 광팬이었습니다. 고려증권 경기라면 빼놓지 않고 다 봤지요, 오관영 씨 해설 들으면서. 그때 김성기 선수 빽남바가 21번, 디그 하면 김성기, 김성기 하면 디그 아니었습니까! 야, 이런 일이 다 있네! 그러고 보니 세상 참 좁습니다. 내가 김성기 선수를 진짜 꼭 한번 만나고 싶었는데."

"너무 그러지 마십시오. 그게 언제 적 일인데……."

"아니지요오오. 김성기 선수의 디그는…… 제가요, 애들 가르치면서 항상 말합니다. 디그를 배워라. 인생의 필살기가 바로 디그다. 수능아, 이 자식 너, 아버지가 어떤 분인지 알고 있었어?"

봉수가 이렇게 흥분한 걸 처음 봤다. 아버지가 유명한 배구선수였다는 것도 처음 알았다. 오늘 하루는 정말 길다. 이제 봉수는 아버지의 손까지 꼭 쥐고 어쩔 줄을 모른다. 부르르르르…… 틸틸틸티이이일…… 네오포르테 소리가 다시 들려왔다. 가게로 들어서는 고 사장을 향해 봉수가 소릴 질렀다.

"어이, 고 사장, 원조 디그요정 김성기 선수가 여기 계신다!"

"그래, 맞지? 그러게 나도 어딘가 낯이 익더라고! 야, 이런 귀한 분을 다 만나네. 자, 자, 셔터 내리고 한잔 마시자고. 수능이 아버님, 아니, 김성기 선수, 괜찮지요?"

고 사장도 봉수 못지않게 호들갑을 떨며 맞장구를 쳤다. 아버지는 좋지도 싫지도 않은 표정으로 두 사람을 멀거니 바라보았다. 봉수의 호들갑이 이어졌다.

"고 사장, 아니, 김성기 씨, 우리 학교에 나 말고도 고려증권 팬이 한 명 더 있습니다. 나하고 창원에서부터 같이 근무한 최선희 선생이라고, 학창 시절에 세터를 봤다 그래요. 그 선생님도 김성기 선수 디그를 기억하고 있더라고요. 지금은 늦어서 안 되겠고, 언제 그 선생님까지 뭉쳐서 팬클럽 한번, 어떻습니까?"

세 사람은 이제 배구 이야기를 안주 삼아 술을 마시기 시작했다. 아버지는 주로 듣는 편이었다. 자기의 선수 시절 이야기를 무덤덤한 표정으로 듣고 있다가 틀린 사실만 간단히 바로잡는 정도였다. 지난 토요일 내가 배구 좀 했다고 불같이 화를 내며 당장 학교로 쳐들어갈 거라던 아버지가 맞나 싶었다. 봉수는 대화 틈틈이 나를 향해 김성기가 얼마나 대단한 선수였나를 확인시켜 주고 싶어 했다.

"수능이 넌 잘 모를 거야. 네 아버님이 얼마나 배구를 잘하고 인기가 있었는지. 요즘 아이돌 가수 저리 가라 할 정도였어.

특히나 여기, 이 김성기 선수, 네 아버지는 팬들한테 친절하다고 인기가 더 많았지."

나는 신기한 심정으로 세 사람의 이야기를 들었다. 아버지가 나름 유명한 배구선수였다면서 어떻게 그런 티를 조금도 내지 않고 살아왔는지, 집에 그 흔적이 어떻게 단 한 개도 남아 있지 않은지, 그게 신기했다.

세 사람의 이야기는 도무지 끝날 기미가 보이지 않았다. 얘기는 배구에서 서로의 신변잡기에 이르기까지 점점 중구난방으로 치닫고 있었다. 나는 슬슬 지겨워져서 먼저 집으로 갈까, 그래도 취한 아버지를 모시고 가야 하나 망설이고 있을 때였다. 봉수의 목소리에 귀가 번쩍 뜨였다.

"근데 오늘 오전에 수능이 어머님이 학교로 전화하셨더라고요."

저 인간이 처돌았나, 그 얘길 지금 왜 꺼내고 난리야! 나는 속으로 외치면서 얼른 아버지의 표정을 살폈다. 얼굴이 일그러지며 손을 부들부들 떨……기는커녕 아버지는 바보처럼 멍한 표정으로 봉수를 바라봤다. 봉수는 내친김이라는 듯이 한 술 더 떴다.

"두 분 헤어지셨단 말, 수능이에게 들었습니다."

아, 미친다, 미쳐. 나는 결코 그런 말을 한 적이 없다. 신상 기록카드에서 본 것을 마치 나한테서 들은 것처럼, 저렇게 뻔뻔할 수가 있나! 이제 아버지가 굳은 표정으로 자리를 박차고 일어나 "그만하쇼!" 버럭 고함을 지를 일만 남았다고 생각했다. 하지만 아니었다. 아버지 표정은 뜻밖에도 담담했다.

디그요정! 가족을 버리고 가 버린 마누라 얘기가 튀어나왔는데도 담담함을 유지할 수 있는 게 바로 디그의 힘인가? 저 정도의 강스파이크라면 차를 몰고 가는데 갑자기 바위가 날아온 상황일 텐데. 내가 가슴이 벌떡벌떡 뛰었다. 고 사장은 팔짱을 낀 채 말이 없었다. 아버지는 한동안 말이 없다가 한숨을 한 번 내쉬고는 봉수에게 물었다. 전혀 술에 취한 것 같지 않은 음성이었다.

"그래 뭐라 하던가요?"

오히려 봉수가 당황했다. 자기가 먼저 말을 꺼내 놓고 보니 이게 아닌데, 싶은 데다가 아버지의 반응이 너무 차분하자 당황한 모양이었다. 봉수가 우물쭈물 대답했다. 평소의 봉수답지 않았다.

"네…… 그게 그러니까, 수능이 외할아버지가 매우 편찮으시다고, 돌아가시기 전에 외손자를 꼭 한번 봤으면 한답니다."

"그래요? 외손자라……. 그 어른 연세가…… 이제 돌아가실 때도 됐네요. 게다가 평소에도 건강이 안 좋았고. 제가 장가갈 무렵에도 심장이 안 좋다고 수술도 하고 그랬지요."

아버지는 마치 남의 이야기를 하는 것처럼 무심하게 말했다. 하긴 남은 남이다. 헤어진 마누라의 아버지가 남 아니고 뭔가. 그런데 그 관계를 뭐라 그러지? 전 장인? 아버지의 차분함이 옳았는지 나도 더는 가슴이 벌렁거리지는 않았다. 오늘 하루는 도대체 어디서 끝이 나려나.

"아, 근데 수능이 엄마, 목소리가 엄청 좋더라고요."

다시 평소의 봉수로 돌아왔다. 못 말리는 봉수였다. 이 대목에서 목소리 얘기는 또 뭐야. 하지만 이번에도 아버지는 별 변화 없이 봉수의 말을 받았다.

"그랬죠, 목소리 좋았지요. 대학 다닐 때 만났는데 난 체육과였고, 수능이 엄만 무용과라서 수업시간에 종종 봤고……."

아버지가 거기서 말을 끊고 맥주잔을 채우더니 벌컥벌컥 마셨다. 봉수와 고 사장도 따라 했다. 마치 그게 위로라도 되는 것처럼. 술자리의 분위기가 반전되었다. 좀 전이 찬양 모드였다면 이제는 위로 모드다. 고 사장이 간만에 말했다.

"김 형, 인생사 뜻대로 다 된다면야 술이 뭔 필요가 있겠습니까. 기왕에 시작했으니 오늘 마, 다 털어 버리십시오."

"그럼, 그럼. 고 사장 말 한번 잘했다. 자, 우리, 디그요정 김성기 선수를 위하여 다 같이 건배!"

아버지도 뭔가 작정을 한 것처럼 입맛을 한 번 다시고는 자기의 인생 삼국지를 펼쳐 놓기 시작했다. 아버지의 얘기를 듣기는 처음이었다. 나는 침을 꼴깍 삼키고 귀를 기울였다.

"고려증권 팬들이라시니까 다 아시겠지만, IMF 때 팀 해체되고 선수들이 뿔뿔이 흩어졌지요. 주로 다른 팀으로 트레이드가 됐는데 나는 당시 족저근막염을 달고 살았고 무릎 연골도 너덜거리는 바람에 선수 생활을 계속해야 하나, 고민이 많았어요. 남들 눈치채지 못하게 이를 악물고 뛰어서 그렇지 사실은 스파이크를 향해 몸을 날리는 게 점점 두려웠어요. 그래도 내가 젤 잘하는 게 배구였는데 배구가 두려우니 어쩝니까. 인생 꼬이기 시작한 거지요."

"허, 그랬었군요. 팬들 모르게 고생이 심했겠습니다."

"내가 배구를 시작한 게 초등학교 5학년 때였는데, 그때 나는 말을 많이 더듬었어요. 그러니 애들이 놀리고, 나도 주눅이 잔뜩 들어서 영 찌질했는데 우연히 배구공을 만지고부터는 사람들이 칭찬하기 시작하더란 말입니다. 시합 나가면 사람들이 내가 경기하는 걸 보고 좋아하니까 점점 자신감이 붙고 저절로 말 더듬는 버릇도 사라지데요. 배구가 나를 살린 거지요. 그때 참, 지금 생각해도 나이도 어린 것이 참 열심히 했어요. 배구 기술로 나를 표현했다고나 할까, 암튼 그러면서 중등부대회부터 소년체전까지 완전 휩쓸었지요. 지금 내 키가 당시 키였으니까 중학생치고는 장신인 데다 실력 괜찮지, 유망주 소리도 많이 들었습니다. 그 뒤로 키가 안 자라서 탈이지. 요새 프로팀 감독하는 임종순이 아시죠? 그 친구가 내 동기였습니다. 제가 주 공격수, 걔가 리시브 전담하면서 보조 공격했어요. 그땐 내가 훨씬 잘나갔는데, 하하하."

아버지가 이렇게 얘기를 잘하는 사람이었다니, 나는 믿을 수가 없었다. 완전히 딴 사람을 보는 것 같았다. 그동안 입이 근질거려서 어떻게 참았나 싶었다. 그리고 새로운 사실을 많이 알게 되어 아버지가 점점 가깝게 느껴졌다.

"임종순은 여기 상천중학교에서도 감독한 거로 아는데, 아닌가요?"

봉수가 끼어들었다. 아버지는 그 얘기 나올 줄 알았다는 표정을 지었다. 제대로 물 만났다.

"그 얘긴 좀 있다 나옵니다. 내가 어디까지 했죠? 아, 여튼 그래서 내가 고민 끝에 결단을 내렸습니다. 그 왜 박수칠 때 떠나라는 말이 있잖아요. 딱 그런 심정이었지요. 여기서 접자, 내가 부상을 달고 다른 팀에 가 봐야 친정도 아닌데 주전이 될 것 같지도 않고 그나마 김성기가 화려할 때 은퇴하자, 사람은 뒷모습이 아름다워야 한다, 그렇게 된 겁니다.

그때 처가가 잘살았어요. 장인어른이 젊은 시절에 전열기 생산하는 사업으로 꽤 재미를 봤고 내가 은퇴할 당시에는 국내 최초로 차량용 LED 전조등 생산하는 쪽으로 갈아탔는데 그것도 순풍에 돛 단 듯이, 서울에 빌딩도 있었으니까 그만하면 잘사는 집안이었지요.

장인이 자기 밑에서 사업 도우라고 부릅디다. 하나뿐인 사윈데 그 정도는 뒤를 봐줄 수 있다, 이거였죠. 근데 난 안 갔습니다. 그땐 무슨 똥배짱이었는지, 참. 그래 안 가고 버티니까, 처가에서는 운동하는 사위 처음부터 탐탁지도 않았는데 은퇴한 백수 주제에 뭘 믿고 저러나, 영 한심한 듯이 보더라고요.

근데 말이야 바른 말이지, 내가 거기 가서는 영 기를 못 펴겠는
거라. 배운 게 배구밖에 없는데 비즈니스 세계에서 나를 표현
할 엄두가 안 났던 거죠. 가서 빌빌거리는 거 보면 사람들이 뭐
라 하겠어요? 저 자식, 장인 빽으로 낙하산 타고 오더니, 배구
나 좀 했지 무식한 거는 어쩔 수 없네, 이러면서 손가락질할 거
아닙니까? 지금 생각하면 그런 걸 극복해야 인간이 되는 건데
그땐 그저 피하려고만 했으니 내가 비겁했던 거죠.

장인은 몇 번 나를 설득하다가 끝내 내가 말을 안 듣자 화를
내면서 네 맘대로 해라, 못난 놈, 이러면서 칼같이 잘라 버리데
요. 사실 한 번만 더 얘기하면 갈 마음도 있었는데 그 마음을
몰라주고, 하하하."

"굴러온 호박을 차 버렸구만, 쯧쯧."

"그냥 호박이 아니라 호박 덩굴인데 그래."

봉수와 고 사장이 거의 동시에 말했다. 그러고는 다들 입맛
을 쩍 다셨다. 아버지가 얘기를 계속했다.

"그러게 말입니다. 그래도 그땐 젊어서 그랬는지 마음은 홀
가분하더군요. 산 입에 거미줄 치겠나, 무슨 수가 생기겠지, 처
음엔 별로 걱정도 안 되더라고요."

"그럼요, 그럼요, 사나이가 그 정도 배짱은 있어야죠."

"뭐, 바란 건 아니지만, 처가에서는 제가 미워서 그랬는지
수능이 엄마한테도 땡전 한 푼 도와주는 게 없는 눈치였지요.

근데 참, 죽으란 법은 없다고, 그 무렵 상천중학교에서 배구

팀을 재창단한다고 감독으로 와 달라는 제의가 왔지 뭡니까. 찬밥 더운밥 가릴 처지도 아니었고, 또 내가 해 보고 싶었던 일이기도 하고, 그래서 바로 짐 싸서 상천으로 내려왔습니다. 그때 수능이가 젖먹이 때였어요.

배구 감독 처음 시작할 때 아이들한테 정말 기초부터 철저히 가르치자, 다짐했습니다. 당장의 성적에 연연해서 기본을 저버리면 애들 망치는 거 순식간이거든요. 학부모들도 제 방침에 동의했어요, 처음엔. 근데 사람 마음이 참 간사하잖아요. 중간에 말이 달라졌어요. 성적을 내라고 요구하는 거예요. 교장을 통해서 압력도 들어오고, 노골적으로 간섭도 하고. 말이 좀 옆으로 샙니다만, 우리나라 학교 스포츠 참 문제 많습니다. 다들 대회 성적에 미쳐서 근본을 잊고 있어요. 나는 이런 현실이야말로 유망주의 무덤이다, 이래 생각합니다."

"옳소! 수능이 아버님이 진정한 지도자네."

"어허, 그 왜 말을 끊고 그래?"

봉수와 고 사장이 티격태격했다.

"어쨌든 그때 내가 중심을 딱 잡고 밀어붙여야 했는데 그러질 못했어요. 사실 나 자신도 성적 욕심이 전혀 없었다면 그것도 거짓말이긴 해요. 한편으론 욕심이 나더라고요. 내가 누구냐, 난다 긴다 하는 선수들 틈에서 나름 실력으로 인정받은 김성기 아니냐, 나라고 못 할 것 없다, 내 비록 선수로는 국대가 못 됐지만 감독으로선 히딩크가 되자, 이렇게 마음을 돌려 버린 거죠."

"사나이가 그 정도 패기는 있어야죠."

봉수가 또 추임새를 넣었다.

"선생님, 그게 그렇지가 않더라고요. 싸나이 패기라고 생각했던 게 실은 나를 잃어버리는 거라는 걸 당시엔 몰랐다 뿐이죠."

봉수가 뻘쭘한 표정을 지었다. 촐싹거리더니 쌤통이다.

"마음 한구석엔 계속 이게 아닌데, 이게 아닌데 하는 생각이 떠나질 않는 판에 현실에선 성적을 내기 위해 편법을 썼으니 그런 엇박자 속에서 뭐가 제대로 될 리가 있겠습니까. 세상 이치가 다 그렇지만 리더가 그렇게 안으로 흔들리면 밑에 있는 사람들 귀신같이 알아채는 법 아닙니까. 내 딴에는 아무리 티를 안 낸다고 해도 그게 다 혼자의 착각이더라, 이거지요. 팀이 흔들리는 게 감이 확 오더라고요. 그게 감독 삼 년 차 때의 일입니다.

그러다가…… 수능이가 다섯 살 무렵에 아까 그 임종순이가 은퇴하고 제 자릴 치고 들어오더라고요. 학부모하고 학생들이 더 좋아하더만요. 인지도 면에서 차이가 난 거죠. 아무래도 내가 디그 전문 요원이다 보니 스타팅 멤버는 아니잖아요. 우리 팀이 서브 넣을 때 교체로 들어가서 뛰다가 서브권 넘어가면 다시 나오고 했는데, 뭐 이런 건 다 아실 테니 생략하고, 아무튼 임종순이 걔는 세터였으니까 주전으로 뛸 때가 많았고 일

반인들이 보기엔 나보다 실력이 좋아 그러나 보다 그렇게 인식이 됐겠지요. 그러니 같은 값이면 다홍치마라고 실력 좋은 선수 출신이 감독으로 오면 더 낫겠다 싶은 건 당연했겠죠. 안 그래도 팀이 흔들리는 판이라 감독 교체 명분도 있었고요."

"음, 일이 그렇게 된 거구만요. 근데 임종순 감독도 좋은 성적 별로 못 낸 것 같던데……?"

"그것까지는 나도 잘 모르겠습니다. 감독 그만두고는 배구와는 아주 담을 쌓았지요. 아예 관심을 끊어 버렸으니까요. 철저히 외면하고 살았습니다."

아버지가 감독에서 밀려난 이야기를 하자 분위기가 축 처지는 느낌이었다. 아버지의 얼굴에도 살짝 그늘이 졌다. 봉수가 분위기를 돌리기 위해 아버지를 칭찬하는 말을 늘어놓았다.

"그래도 진짜 배구 마니아들은 김성기 선수를 아직도 기억하잖아요. 야구로 치면, 그 있잖아요, 돌부처, 삼성에서 마무리 투수하다가 미국 메이저리그 가서도 날리는, 아, 왜 이름이 갑자기 생각이 안 나지……."

'칭찬을 하려면 제대로 하든가, 아이고 봉수야.'

나는 뒤에서 혀를 찼다. 고 사장이 나섰다.

"오승환이."

"그렇지, 오승환이! 세인트루이스 카디널스의 끝판왕. 김성기 선수가 딱 그랬지 않습니까. 우리나라 강심장, 돌부처의 원조가 바로 김성기 선수였다니까요. 그리고 서브도 좀 셌습니까. 아무리 마낙길이가 스파이크 때리면 뭐 해, 김성기가 다 받아 내는데! 블로킹 맞고 원터치 돼서 흘러나오는 공도 잡고, 블로킹 피해서 때려도 짠, 김성기 선수가 디그로 다 잡았지요! 야아, 그때 그 장면 지금도 눈에 선합니다."

"담임 선생님 입담이 참 좋으십니다."

이번에는 아버지가 넉살 좋은 봉수를 칭찬했다. 봉수가 나를 돌아보며 손가락으로 브이 자를 만들어 보였다. 어른 세 명은 얘기하는 내내 나를 투명인간 취급을 하는 줄 알았더니 그런 게 아닌 모양이었다. 그렇다면 뭐지? 그때 어떤 생각이 딱 떠올랐다. 아, 이건 어쩌면 나 들으라고 하는 얘기일지도 모른다! 아버지가 차마 맨정신으로는 나에게 털어놓기 어려운 이야기를 이런 식으로 풀어내는 것은 아닐까? 확신할 수는 없었다. 어른들은 술에 취하면 말이 많아지는 법이니까. 그리고 봉수가 그렇게 사려 깊은 사람일 리가 없으니까. 혹시 고 사장이면 몰라도.

"그럼 관광버스는 그 이후부터 하신 건가요?"

고 사장이 물었다.

"그런 셈이지요. 감독 그만두고 나니까 이젠 배구라면 넌더리가 나는 겁니다. 내 청춘을 다 바친 배구였지만…… 배구가 싫어졌던 거지요. 집에 있던 유니폼 다 태우고 사진도 다 없애고 트로피니 메달이니 그런 것도 싹 다 버렸습니다. 배구와는 철저히 담을 쌓은 거지요."

"아이고 참 나…… 김성기 선수 아까운 흔적이 다 사라졌네."

"그런 흔적 남으면 뭐 합니까, 결과가 실패였는데……. 아무튼 그길로 대형 운전면허 따고 관광버스 회사에 들어갔습니다. 당장 먹고 사는 것도 문제였지만 모든 걸 잊어야 했으니까…… 뭔가 한 군데 매여 있지 않고 막 돌아다니는 직업을 택하고 싶었거든요. 이기적이었어요. 집에는 애 엄마하고 수능이 할머니, 어린 것들만 남았지요. 남편이란 작자가 정신줄 놓고 밖으로만 나도니 가정인들 제대로 됐겠습니까, 다 내 업보지요."

"아, 그, 임종순인가 하는 친구는 왜 끼어들어서, 얍삽한 놈 같으니라고."

"임종순 욕할 거 없지요. 다 내 잘못인데요."

"그래도 그렇지, 그자만 아니었더라도 일이 그렇게 꼬이지는 않았을 거 아닙니까."

"난 그렇게 생각 안 합니다. 임종순도 다 제 살길 찾아 나선 건데, 사람은 누구나 다 마찬가집니다. 도긴개긴이지요."

"에이, 공자님 같은 말씀하시네."

봉수가 미웠다. 이제 막 나한테는 가장 궁금한 이야기가 나올 판인데 이렇게 억지를 부리다니. 본인이 아니라는데 왜 자꾸 우기느냐고!

"네, 뭐 그건 그렇다 치고, 하던 얘기니까 마저 할게요."

나는 입이 바짝바짝 마르는 것 같았다. 아버지와 엄마가 어떻게 헤어지게 됐는지, 누구도 말해 준 적 없었고 단 한번도 물은 적도 없었던 그 얘기, 하지만 가장 궁금했던 사연을 이제야 듣게 된다는 흥분 때문에 오줌이 다 마려울 지경이었다.

"애초에 수능이 엄마가 나 같은 놈을 만난 것부터가 잘못된 인연이 아니었나 싶어요. 부잣집 귀한 딸이 뭔 콩깍지가 씌어서 가진 거라곤 달랑 불알 두 쪽뿐인 나하고 눈이 맞았는지,"

"어디 사랑에 조건이 있나요. 이 친구도 서울법대 다니다 노동운동 현장에서 만난 여공이랑 눈이 맞아서 결혼한 걸요."

또 끼어든다, 또 끼어들어. 당장 레드카드를 줘서 봉수를 퇴장시켜 버리고 싶었다. 아버지가 좀 놀란 눈으로 고 사장을 쳐다봤다. 아버지도 서울법대와 소도시의 꾀죄죄한 통닭집이 잘 매치가 안 되는 모양이었다. 고 사장은 말 대신 왼손을 들어 올리며 얘기를 계속하라는 시늉을 했다. 역시 서울법대가 달랐다.

"그래도 내가 현역 뛸 때는 좀 주목도 받았고 신혼 때고 했으니까 문제가 없었습니다. 그런데 IMF로 팀이 해체되면서부터 일이 꼬이기 시작했는데, 참 나, 배구선수가 IMF 때문에 인생 조졌다 그러면 사람들이 안 믿습니다. 배구랑 IMF가 뭔 상관이냐는 거죠. 하지만 내가 이렇게 산증인인데 어쩝니까.

장인 회사에 들어오라는 걸 끝까지 고집부려서 가지도 않고 시골 학교 신생팀 감독한답시고 부득부득 내려가자고 하니 어느 여잔들 좋아하겠습니까. 애 엄마는 완전 서울 토박이라 시골이라면 무슨 석기시대에 사는 줄로 아는 여잔데, 그런 사람을 억지로 끌고 내려왔으니…… 아이고 참, 지금 생각하면 내가 너무했구나 후회가 되지요. 미안하기도 하고.

그때 살구나무 있는 저 집에서 살았는데, 집도 낡고 불편하지, 또 수능이 할머니가 엄청 드센 분이었습니다. 게다가 여기 와서 태어난 수능이 동생이 발달장애가 의심되는 바람에 수시로 소아청소년에 상담하러 다녀야 했어요. 시집살이 고부갈등에, 육아에, 그렇다고 남편이 자상하게 챙겨주길 하나, 아내는 지칠 대로 지친 거지요. 아내가 못 견뎌 한다는 걸 알면서도 나는 나대로 뭔가 꼬여가는 감독 일 때문에 신경이 곤두서 있었고…… 현실은 사랑을 갉아 먹더라고요."

숨 가쁘게 이어지던 얘기가 일단 거기서 멈췄다. 호흡을 고르는 것일까. 아버지는 말을 하면 할수록 술이 더 깨는 것처럼 보였고 나를 의식하고 작정한 듯 말을 쏟고 있는 것이 분명해 보였다. 나는 눈물이 날 것 같아 고개를 숙이고 발끝만 쳐다봤다. 마침내 발끝의 윤곽이 어룽어룽 뭉개지면서 눈물이 뚝 떨어질 때까지 침묵은 계속되었다.

"우리 부부 사이가 삐걱거린다는 소문이 나기 시작했어요. 수능이 엄마가…… 홈쇼핑 중독에 걸려 카드빚을 잔뜩 지워놨고…… 저러다가 사람 이상해지는 것 아닌가 겁이 덜컥 났고…… 보냈죠……. 위자료 줄 처지도 못 됐지만 그나마 친정이 잘사니 조금 안심이 됐습니다. 결국 나는 모두에게 상처만 주고 말았던 거지요. 그랬고…… 어, 여기 술이 없네. 수능아, 맥주!"

아버지의 얘기는 거기서 끝이 났다. 아버지는 엄마란 여자가 다른 남자를 만나 떠났다는 말은 하지 않았다. 그것은 아버지 최후의 자존심일지도 모른다. 또 아버지는 자신에게 온 것들을 모두 상처 입게 했다고 말했지만 난 동의할 수 없었다. 엄마란 여자가 남은 우리 가족에게 날린 강스파이크는 말하지 않았기 때문에. 말하지 않음으로써 한때 아내였던 그 여자를 지켜주고 싶었던 것일까. 지켜서 생명을 불어넣는, 아버지 인생의 마지막 디그였을까.

십 년 동안 나를 발목 잡고, 우울하게 만들고, 죽고 싶게 했던 사연이 그렇게 끝이 났다. 한 시간도 채 걸리지 않는 이야기에 갇혀서 그동안 그렇게 허우적거리며 살았다니. 아버지와 엄마가 갈라선 이야기는 대단히 거창할 줄 알았는데. 시원섭섭하다는 게 이런 것일까. 나는 슬그머니 가게를 빠져나와 옆골목 어둠 속에서 담배 한 대를 힘차게 빨았다. 미처 재가 되지 못한 담뱃불이 벌겋게 타들어 갔다.

나의 등불

상천 북서쪽에 독수리가 두 날개를 펼치고 오른발을 길게 뻗으며 땅으로 내려앉는 모양을 닮은 영축산이 있다. 연주암은 그 산 동쪽 발치에 앉아 있었다. 상천 시내에서 15킬로미터 정도 떨어진 거리였다. 상천에서 거기까지 하루 네 번 버스가 다녔다. '부처님오신날'이라 연주암 찾아가는 노파들이 버스를 가득 메웠다. 그 할머니들 틈에 내가 끼어 있었다. 스스로 생각해도 괴랄한 일이 아닐 수 없었다. 얼마 전까지만 해도 연주가 "수능이 넌 암자 같은 데 가 본 적 없지?"라고 물었을 때 겉으론 "어. 시간 내서 함 가 볼게"라고 대답하면서도 속으론 "그런 델 왜 가냐. 그 시간에 피시방이나 가겠다"고 외쳤던 내가 아닌가. 그런데도 가고 있다. 괴랄할 수밖에.

이십 분 정도 가니 연주암 이정표가 나타났고 버스가 멈췄다. 할머니들이 우르르 내렸다. 나도 따라 내렸다. 오솔길에 들어섰다. 할머니들이 자꾸 말을 걸었다.

"학생도 절에 가는 모양이네? 젊은 애가 기특다."

"보래, 니는 어데서 왔노?"

건성으로 대답하고 걸음을 빨리했다. 할머니들은 금방 뒤처졌다. 살짝 숨이 차고 땀이 날 즈음에 연주암의 법당과 요사채가 눈에 들어왔다. 작은 암자였다. 그래도 암자 입구엔 연못이 있었고 그 가운데로 작은 다리까지 놓여 있었다. 그 다리에 올랐다. 다리 옆으로 실한 연잎이 가득했다. 다리 위에 서서 연주암 주변을 둘러보니 온통 꽃 천지였다. 색색의 붉고 노란 꽃들이 무리 지어 피어 있었다. 나무는 나무대로, 가지에 매달린 잎사귀가 연둣빛으로 반짝였다.

저만치, 법당 앞마당에서 승복을 입은 채 사다리에 올라 등에다 명찰을 다는 연주 모습이 보였다. 연주가 하는 양을 말없이 지켜보았다. 멀리서 바라보든 가까이서 보든 뒤에서 보든 앞에서 보든 연주는 미운 구석이 없었다. 연주를 좀 더 가까이에서 보려고 법당 쪽으로 다가갔다. 연주는 아직 나를 못 본 모양이다. 뒤쪽에서 사다리에 오른 연주를 올려다보았다. 여전히 미운 구석이 없었다. 지상에서 가장 예쁜 등불이었다.

좀 더 다가갔다. 인기척을 느낀 연주가 돌아보았다. 나를 발견한 연주가 활짝 웃었다. 마치 꽃이 피어나는 걸 슬로비디오로 보는 듯했다. 교실에서 본 연주 웃음은 입을 많이 벌리지 않아서 우아했다. 활짝 웃는 지금은 화려했다. 마음 깊은 곳에서 진심이 우러나는 웃음이었다. 웃어 주는 것이 아니라 진짜로 웃는다고나 할까.

"수능이 너 진짜로 왔네."

"온다고 했잖아."

"그래, 잘 왔어. 진심이야."

"바쁜가 보네?"

"아냐, 몇 개 안 남았어. 저기서 잠시만 기다려. 금방 끝내고 내려갈게."

여기서 기다리면 안 돼? 라고 묻고 싶었지만, 순순히 저기로 갔다.

이윽고 연주가 사다리에서 내려왔다. 나는 '저기서' 기다리다가 얼른 연주에게 다가갔다.

"다 했냐? 등이 많네."

"응, 이제 끝났어. 예쁘지?"

연주는 자기가 단 연등을 그윽이 바라보더니 나에게 불쑥 물었다.

"수능아, 넌 세상에서 가장 아름다운 게 뭐라고 생각해?"

'연주 너' 하고 대답하고 싶었다.

"이 연등 안에 작은 촛불을 밝히면…… 너 그런 거 본 적 있니?"

"TV에선 봤지만 직접 본 적은 없어. 왜, 그 연등불이 가장 아름답다고 말하려는 거야?"

"응. 등은 혼자 있으면 외롭지만 가슴속에 작은 불을 켜고, 똑같이 작은 불을 품은 다른 등을 만나면 얼마나 예쁜지 몰라. 그런 작은 불빛들이 모여 함께 세상을 밝혀. 세상엔 자기 혼자서 세상을 다 밝힌다고 생각하는 것들이 엄청 많은데……."

좀 오글거리는 느낌이 들었지만 근사한 말이었다. 나는 그렇게 말을 할 줄 아는 연주가 부러웠고 또 그런 말을 하는 연주의 모습을 보고 있으면 기분이 좋아졌다. 하지만 그런 속마음을 드러내는 건 정말 쪽팔리는 일이다.

"넌 그런 말 어디서 배웠냐? 그냥 막 나와?"

내 말에 대꾸도 없이 연주가 봉수처럼 앞뒤 이야기의 맥락을 툭 자르고 들어왔다.

"네 엄마가 연락했다며?"

봉수가 또 연주에게 내 비밀을 이야기한 모양이다. 봉수는 남 심각한 줄도 모르고 나와 관련된 것들을 거르지도 않고 마구 퍼뜨린다. 망할 봉수.

"네가 연락 한번 해 보지 그러니?"

"자식 버리고 간 사람한테 뭣하러 그런 짓을 해."

내 대답이 사뭇 거칠게 튀어나오자 연주가 주춤했다. 그렇다고 그만둘 연주가 아니다.

"네 엄마잖아! 널 버리고 갔는지, 피치 못할 사정이 있었는지 네가 확인한 것도 아니고."

"아냐. 그 여잔, 날 버렸어."

"네가 어릴 때라 몰랐을 수도 있잖아, 엄마한테도 말 못할 사정이 있었는지. 무조건 그럴 거라고 믿는 건 좀 그래. 그리고 다 지나간 과건데 굳이 품고 살아야 할 이유가 없을 것 같은데? 중요한 건 지금이야. 네 엄마는 과거야 어떻든 지금 널 만나고 싶어 하는데 넌 왜 한사코 피하려고만 해? 그냥 만나. 내가 대신 연락해 줄까?"

"싫어! 잘 알지도 못하면서 자꾸 강요하지 마."

"스님이 그러시더라. 다 인연이라고. 억지로 맺을 필요도 없고 굳이 다가오는 인연을 피하지도 말라고. 고집 피우지 말고 한번 만나 봐."

"아…… 진짜!"

"미안, 미안. 그래도 나는 네가 엄마를 한번 만나는 게 좋을 거 같아서 그랬어. 진심이야."

"……"

사실 연주의 말을 들을수록 마음속 독기가 다소 흩어지는 기분이 들었다. 시무룩해 있는 나한테 연주가 애교 띤 목소리로 물었다.

"화났어?"

"화는 무슨. 화 안 났어. 근데 넌 애가 무슨 시에미같이 그러냐?"

"칫! 거기서 시에미가 왜 나와? 시집도 안 간 사람한테. 글고 이게 다 너를 위해서 하는 말이야. 눈치 없기는."

"히히히."

나도 모르게 웃음이 새 나왔다. 연주의 애교 띤 목소리와 '다 너를 위해서'라는 말에 전혀 예상치 못한 반응이 나오고 말았다. 연주는 그런 내 반응을 보더니 이젠 아예 대놓고 설교를 늘어놓기 시작했다.

"수능이 너 지난번에 배구하러 왔을 때 내가 그랬지? 현실에선 아무 규칙도 없이 엉뚱한 방향에서도 스파이크가 날아온다고. 그런데 지금 넌 날아오는 공은 볼 생각도 않고 등 돌리고 달아나려는 거잖아. 그런 공에 맞서서 자기를 고무벽처럼 만들어야 한다고 강봉수 선생님이 말씀하던 거 기억 안 나? 수능아, 너에게 날아오는 것들한테 등불을 밝히고 기다리고, 다가가는 거야."

"그러는 연주 넌 언제나 등불을 밝히고 있어?"

"그럼! 난 매일 밝히고 있지. 스님에게도, 수능이 너에게도, 강봉수 선생님이나 동규에게도 등불을 밝혀 두고 기다려."

봉수까진 참을 수 있었는데, 동규 이름이 나오자 실망이 엄습했다.

'난 매일 너만을 향해 등불을 밝히고 기다리고 있단 말이야!'

목구멍 밖으로 밀려 나오려는 말을 겨우 참았다. 그냥 연주도 나처럼 '난 너를 향한 등불만 밝히고 있어!'라고 말했다면 얼마나 좋았을까.

"무슨 생각하고 있어?"

"아냐, 아무 생각도 안 해."

"그런 게 어디 있어? 뭐든 생각하겠지. 그리고 나, 네가 무슨 생각하는지 안다?"

들켰나? 에라, 들키면 들키라지. 아니다. 들켰으면 좋겠다. 제발 들켜라. 내 마음이 혼자 팥죽 끓듯 하든 말든 연주는 또 화제를 돌렸다.

"나도 가끔 우리 부모님 생각할 때가 있어. 핏덩이인 나를 그렇게 연주암 앞에 놓아두고 가 버린 분들, 가끔 화가 날 때도 있고 그리울 때도 있고……. 어떤 사람들이었을까, 무슨 사정이 있었던 걸까, 지금은 어디서 어떻게 살고 계실까……. 뭐 그렇다고 그 생각에만 매달리는 건 아냐. 난 어떤 생각도 머물지 않고 흘러가게 내버려 둬. 지금 이 자리에 없는 사람들을 붙든다고 그 사람들이 내 앞에 바로 나타나는 것도 아니니까. 난 그분들이 내 앞에 나타날 거라고 생각하지도 않지만, 또 만약에 그분들이 나타난다고 하면 난 그때 가서 생각할 거야. 지금은 등을 달고, 수능이 너를 만나고 있다는 사실이 중요해."

"이야, 연주 너도 봉수처럼 말 쉽게 한다."

"아니, 원래 쉬운 거야. 강봉수 선생님이 쉽게 말하고 쉽게 행동하는 건 사실이지만 그건 생각만 하고 실행하지 않으면 마음의 짐만 늘어난다는 걸 아시니까 그래. 그런 상태에서 움직이려면 더 힘들어져. 나중엔 잔뜩 무거워진 생각에 깔려 허둥거리기나 하지. 강봉수 선생님 배구 못하잖아? 그래도 배구 가르치고 아이들 데리고 시합도 가고, 그게 뭐 어때서? 자신의 한계를 가슴에 품지 않고 부족하더라도 몸으로 행하는 것, 그게 강봉수 선생님의 매력이라고 난 생각해. 하지만 넌 생각은 많은데 정작 구체적인 문제는 찾지도 못하지? 그것도 막연한 생각에 깔려 늘 버둥거리기나 하고."

　연주에게 가면 지지받을 줄 알았다. '아들 버리고 갈 땐 언제고, 왜 지금 나타나 널 힘들게 하는 거야?' 하고 달래줄 줄 알았다. 어벙이 동규 녀석이 체육관에서 날 놀릴 때 옆에서 땅벌같이 쏘아 붙이던 순간처럼 날 버린 여자에게 한 방 통쾌하게 먹여줄 줄 알았다. 그런데 잔소리에, 설교에…… 야속했다. 하지만 이상하게도 그런 잔소리나 설교가 싫지 않았다. 싫기는커녕 오히려 심장이 벌렁벌렁 뛰었다. 심장 뛰는 소리가 내 귀에까지 들릴 정도여서 연주도 들을까 봐 마음을 졸였다. 아버지가 그 여자, 아니 엄마를 만났을 때도 그랬을까.

　연주와 함께 있는 시간은 이상하리만큼 빨리 지나갔다. 어느새 알바 시간이 다가와 있었다. 알바를 쨰 버릴까도 생각해 보았지만 반항기 가득한 내 말을 들어 주고 내 행동을 이해하는 고 사장이 혼자 동동거리는 모습이 어른거렸다.

　"어, 벌써 알바 가야 할 시간이네. 우리 사장 혼자 일하는데 아무래도 가야겠는데…… 어쩌지?"

　"별소릴 다 하네. 가야지 그럼. 여기서 밤샐 작정이었어?"

기집애, 좀 더 있다 가라고 하면 누가 잡아먹나. 그래도 톡 쏘는 게 밉지 않았다. 연주는 암자의 공양간으로 가더니 법회 때 올린 떡과 과일을 봉지에 담아서 나왔다.

"가자. 버스 타는 데까지 바래다줄게."

앗싸, 득템! 나는 속으로 외치고 연주와 함께 오솔길을 걸어 내려왔다. 연주는 계속 종알거렸다.

"등은 혼자만 있으면 외로워. 네가 지닌 마음의 등에 불을 밝히고 둘러보면 너를 기다리는 작은 등이 의외로 많다는 걸 알게 될 거야. 내가 가진 등에 작은 불을 밝히고 다른 등을 만나 함께 세상을 밝히는 게 좋아. 알아들었어?"

"야, 잔소리 좀 고만해라. 등 등 등 등, 따라오면서까지 등 등거리네."

말은 그렇게 했지만 내 마음에도 등 하나 밝혀야겠다는 생각이 자리를 잡는 느낌이었다. 그게 어떻게 하는 것인지 잘 알지는 못했으나 이 시간에 나를 기다리는 등불이 고 사장이라고 친다면 무슨 의미인지 알 것도 같았다. 연주는 연주암 입구 버스정류장까지 와서 내가 버스에 오를 때 손을 흔들어 주었다. 나는 연주의 모습이 작은 점처럼 보일 때까지 눈길을 거두지 않았다.

통닭집으로 돌아오니 고 사장이 밀걸레로 홀 바닥을 닦고 있었다. 나는 얼른 밀걸레를 낚아채 바닥을 박박 닦았다. 고 사장이 이미 닦은 곳까지 모두 다시 닦았다. 그다음엔 손걸레를 깨끗이 빨아서 사인용 탁자 두 개와 의자 여덟 개도 꼼꼼히 닦았다. 더러워진 걸레들을 빨아 놓고 홀로 돌아왔을 때 웬일로 아버지가 와 있었다. 고 사장은 주방에서 닭을 손질하느라 바빴다.

"수능이 너 청소 잘하는데? 일머리도 제법 돌고."

"청소하는 거 보셨어요?"

"그래, 봤다. 네가 청소하는 거 첨 봐서 어쩌나 싶어 문밖에서 다 봤지."

고 사장이 주방에서 끼어들었다.

"김 형, 수능이 없으면 통닭집 안 돌아간다니까요."

"그런 말씀 마십쇼. 자꾸 그러면 애가 바람 들어요. 다 큰 녀석이 청소도 못 해서야."

"아이고, 요새 애들 제 입은 옷도 제대로 벗어 놓는 놈들이 없답디다. 거기 비하면 수능이는 장가보내도 되지요."

역시 고 사장은 나의 등불 맞았다. 등불을 켠다는 건 이런 거구나. 믿고 편들어 주는 것. 그래서 함께 있으면 더 밝아지는 것. 나도 등불을 켤 수 있을 것 같았다. 그건 그렇고······.

"근데 아빤 이 시간에 웬일이세요? 또 술 마시러 오신 거예요?"

"이놈아, 술은 무슨 술이야. 넌 아빠가 술꾼으로만 보이냐?"

"그런 건 아니지만······ 지난번에 보니 세 분 다 술 세시던데요."

"가끔 그럴 때도 있는 거지."

"술 많이 드시지 마세요."

"웬일이냐? 네가 아빠 걱정을 다 하고."

그 말을 들으니 조금 슬퍼졌다. 평소 아버지한테 좀 더 다정하게 굴걸. 아버지도 외로웠을 텐데. 하나뿐인 아들인데 너무했나, 후회도 되었다. 내가 말이 없자 아버지가 정색하고 다시말했다.

"아니다. 너라고 걱정 왜 안 했겠냐. 다 내 탓이지."

"……."

"그래, 말 나온 김에, 수능아, 아버지 이번 달에 버스 할부금다 갚았다. 이제 돈 때문에 무리하게 관광버스 장거리 운행 안해도 돼. 늘 집을 비우지 않아도 된다는 말이지. 내친김에 인근시골 초등학교랑 통학버스 운행 계약도 맺었어."

"그럼 집에서 출퇴근하시는 거예요?"

"그렇지. 아침에 한 탕, 오후에 한 탕, 애들 통학시켜 주면 되는 거지. 간혹 주말에 일 들어오면 나갈 수도 있고."

"아이구, 잘됐네요. 수능이 혼자 지내는 게 늘 안쓰러웠는데거, 잘하셨습니다."

주방에서 고 사장이 큰 소리로 말했다. 내 멋대로 지내던 생활이 방해받지 않을까 하는 생각이 잠깐 들었지만 그보다는아버지와 함께 지내는 게 훨씬 낫다고 여겨졌다. 차가운 방에서 혼자 먹을 라면을 끓이는 것에 비하면 아버지 몰래 숨어서 담배를 피워야 하는 불편함 정도는 얼마든지 견딜 수 있을 것 같았다. 이참에 아예 담배를 끊어 볼까?

"뭔 생각해? 아버지랑 있는 게 싫어? 계약 물릴까?"

"아, 아니에요."

"그럼 됐다. 달랑 두 식구뿐인데 사이좋게 살아야지. 그리고 네 담임 선생님, 좋은 분 같더라. 여기 사장님도 그렇고. 내가 그날 술이 좀 취하긴 했지만 그렇게 속 시원히 말하고 나니 마음이 한결 편해졌다."

"그럼요, 마음에 담아두기만 하면 그게 다 병이 되지요. 털 건 털고 담을 건 담고, 그렇게 살아야지요. 수능이 너도 앞으로는 아버지한테 고민도 털어놓고 그래. 알고 보면 아버지만큼 좋은 친구도 없는 법이야, 애들이 몰라서 그렇지."

고 사장이 주방에서 나오며 말하자 아버지가 받았다.

"고 형, 수능이 일도 그렇고, 여러 가지로 고맙습니다. 앞으로 가끔 한잔씩 하십시다."

"언제든 환영입니다. 저야 뭐 김성기 선수 팬 아닙니까. 상천에 와서 옛 친구도 다시 만나고 새 친구도 생기고, 아주 좋습니다."

"저도 그래요. 좋은 친구가 둘이나 생겨서."

오글거려서 더 들을 수가 없었다. 나는 슬그머니 가게 밖으로 나왔다. 서서히 어두워 가는 거리의 간판들에 하나둘씩 불이 켜지고 있었다. 저것들도 등불일까. 아버지와 함께 지내는 생활을 생각해 보았다. 함께 식사하고, 아버지 잘 주무세요, 그래 너도 잘 자라, 인사를 나누게 될까. 아침이면 아버지가 밥을 차려놓고 날 깨우는 장면도 떠올랐다. 괜히 눈물이 날 것 같았다. 그때 가게 안에서 아버지가 날 불렀다.

"수능이 너, 담임 선생님 다리 아픈 것 알고 있었냐?"

"예? 봉수, 아니 강봉수 샘, 다리 안 아픈데요?"

"아냐, 내가 보니 강 선생 무릎 나간 것 같더라. 너희한테 배구를 가르치느라 무리한 모양이야. 체중도 제법 나가는 몸으로 점프하고 착지하고, 그럼 당연히 무릎 나가지. 내가 겪어 봐서 알아. 그런데도 몸 안 아끼고 애들한테 그러는 거, 보통 사람은 못 해. 네 담임은 자기가 가치를 둔 일에 자신을 던지는 훌륭한 선생이란 말이야."

고 사장만 옆에 없었다면 아닌데요, 라고 말할 뻔했다.

"근데 그게 왜요?"

"배구하라고. 담임 선생님한테 배구 배우라고."

"예? 배구 말리려고 학교에 쳐들어오신다고 했잖아요."

"하하하, 수능아, 아버지가 정말 그랬어?"

고 사장이 웃으며 말하자 아버지가 눈을 흘기며 소릴 질렀다. 쪽팔린 눈치였다.

"아, 이놈이! 내가 언제 그랬어?"

"에이, 그랬잖아요."

"인마, 그건 네가 잘못 들은 거야. 그건 그렇고 너 배구 잘할 자신 있어?"

"해 봐야 알죠. 아빠 그런 적 있어요?"

"있었지. 배구 처음 배울 때 감독님이 그러시더라. 열심히 하는 것보다 잘하는 게 중요하다고. 난 실제로 잘하려고 노력했어. 기본자세 만들기 위해 미스코리아 대회 출전하는 여자보다 거울을 더 많이 봤을 거야. 거울 보며 혼자 연습하고 자세가 제대로 잡혔는지 확인했지. 그리고 감독님께 물어 가면서 자세를 다듬어 나갔지."

"봉수 샘하고 사장님이 아빠 진짜 배구 잘했다고 그러셨는데. 사장님, 맞죠?"

"그랬지. 너희 아빠 진짜 배구 잘했어. 디그요정이었다니까."

"이거 참, 그날 우리가 그런 얘기도 했어요?"

"에이, 아빠 너무 취해서 기억도 안 나는 거네."

아버지, 김성기 선수는 어색한 웃음을 띠었다. 한때 완전히 담을 쌓고 철저히 외면했던 배구가 이렇게 성큼 다시 다가온 것이 어색했던 것일까.

"고 형, 사실 요 며칠 내가 생각해 봤는데 너무 내 고집만 피웠던 게 아닌가 싶어요. 그날 강 선생과 고 형 덕분에 느낀 게 많습니다. 애 앞에서 좀 민망한 소리지만 이제야 좀 정신이 돌아온 것 같기도 하고, 이놈한테도 못 할 짓을 많이 했구나 싶기도 하고 그래요."

"그런 말씀 마십시오. 수능이도 다 이해할 겁니다."

분위기가 어쩨 또 슬슬 술판으로 가는 것 같았다. 어른들은 온갖 핑계로 술을 마시니까. 때마침 주문 전화가 울렸고 아버지도 자리에서 일어섰다. 고 사장이 배달 준비를 하는 사이 아버지가 가게를 나서며 한마디 툭 던졌다.

"수능아, 아빠 신경 쓰지 말고 엄마 만나고 싶으면 한번 다녀와."

내가 뭐라고 대답할 겨를도 없이 아버지는 집을 향해 휘적휘적 걸어가 버렸다. 아빠는 그 말을 하려고 일부러 가게를 찾아온 것일까.

아버지의 말을 생각하며 우두커니 앉아 있는데 어깨가 넓고 눈도 예리한 사람이 통닭집으로 쑥 들어섰다. 전에 집으로 찾아왔던 이동수 경장이었다. 약간 살집이 있는 박수근 경사도 뒤따라 들어왔다.

"수능이 학생 여기서 일한다는 말 듣고 왔는데 마침 있었네요."

이동수 경장은 이번에도 존댓말로 알은체를 했다.

"안녕하셨어요?"

나는 고개를 꾸벅 숙여 인사했다. 성인 남자 둘이 나를 찾아온 것을 보고 고 사장이 닭을 튀기다 말고 주방에서 나왔다.

"무슨 일인가요?"

고 사장의 말투가 퉁명스러웠다.

이동수 경장은 배 쪽으로 손을 모으더니 허리를 굽혀 공손히 인사했다.

"상천경찰서 뺑소니 전담반에서 근무하는 수사관 이동수 경장입니다."

고 사장은 경찰이라는 말에 나를 쏘아보며 걱정스레 물었다.

"수능이 너, 뭐 잘못한 것 있어?"

"아닙니다. 수능이한테 좋은 소식이 있어 왔습니다."

"그래요?"

"수능이 학생, 집에 아버님 계십니까? 계신다면 잠시 집으로 갔으면 좋겠는데."

"수능아, 무슨 일인지는 모르겠다만 일단 집으로 가 봐라."

고 사장이 고개를 끄덕이며 말했다.

"사장님 혼자 일하셔야 하는데요."

"괜찮아. 어서 가 봐라."

춥지도 덥지도 않은 봄밤이었다. 조그만 풋살구 열매들이 줄기에 매달려 그네를 타고 있었다. 어릴 적 할머니가 따 준 새콤달콤한 살구 열매를 수석이와 나눠 먹던 여름이 떠올랐다. 그 열매를 따주던 할머니도 없고, '하머니 띠다, 그래도 마띠 따' 하면서 과즙을 줄줄 흘리던 동생도 이제 없다.

국도 쪽으로 난 대문을 열고 집으로 들어섰다. 수석이가 뛰어나오며 '형아야' 하고 허리를 감쌀 것 같은 기분이 들었다. 아버지는 내 뒤를 따라온 낯선 남자의 방문에 당황한 표정을 지으며 거실에서 일어났다. 이동수 경장이 정중하게 인사하고 명함을 건네면서 용건을 말했다. 아버지는 명함을 앞뒤로 살피더니 사복이 미심쩍었는지 따지듯이 물었다.

"오늘 공휴일인데, 공휴일에도 근무합니까?"

"아, 그게, 오늘 자동차 동호회 사람들이 모임을 갖는다고 해서 휴일 반납하고 거기 가서 사람들 만나고 오는 길입니다."

박수근 경사가 거들고 나섰다. 아버지는 휴일까지 반납하고 사건을 조사하러 다닌다는 말에 믿음이 생겼는지 자리를 권하고 나에게는 냉장고에서 음료수를 꺼내 오라고 채근했다. 이동수 경장은 음료수로 목을 축인 다음 밝은 표정으로 설명하기 시작했다.

"지난번에 증거 동영상을 국과수에 보내 분석을 의뢰했는데 긍정적인 결과를 얻었습니다. 요즘엔 영상 분석 기술이 좋아져서 차종을 확인할 수 있게 된 거죠. 성신자동차의 2005년 식 RV 차종이었습니다. 차 문을 크롬으로 몰딩 처리한 걸 단서로 확인한 거랍니다."

"그것만 갖고 어떻게 범인을 잡습니까?"

아버지가 여전히 미심쩍은 듯 물었다.

"그 차 동호회 카페를 찾았습니다."

"카페를 찾는 거랑 범인을 잡는 거랑 무슨 관계가 있나요?"

이동수 경장은 아버지의 의심을 십분 이해한다는 듯이 침착함을 잃지 않고 다음 말을 이었다.

"그 동호회 회장을 만나서 도움을 많이 받았습니다. 그 사람들한테 영상을 보여줬더니 바로 가스 차란 걸 알더군요. 어떻게 알았냐니까 후미등에 불빛이 들어오는 것을 보고 알았다지 뭡니까. 요새 덕후들은 전문가 뺨치는 사람들이 많다는 게 실감이 났었죠."

"예? 뭐라구요? 덕……?"

"아빠, 덕후. 한 가지만 디립다 파는 사람들을 말해요."

내가 끼어들자 이동수 경장이 싱긋 웃었다.

"수능이 학생이 설명 잘했네요. 취미로 한 가지 분야에 몰입하는 사람들을 뜻하는데 일본 '오타쿠'에서 온 말을 비틀어서 그렇게들 부르나 봅니다. 아무튼. 물론 제조사도 찾아가 후미등에 불빛이 들어오는 것이 가스 차 맞는지 확인도 했죠. 그러면 조사 대상 범위가 확 좁혀집니다. 2005년도에 성신자동차에서 생산한 RV차 중에서 검은색 가스 차는 몇 대 되지 않는다고 했습니다. 일단 상천 일대와 울산, 부산까지를 수사 대상 범위로 압축하고 탐문 수사를 진행하고 있습니다."

이동수 경장의 설명은 범인을 잡을 수 있다는 확신에 차 있었다. 하지만 아버지의 반응은 여전히 미적지근했다.

"그러니까 아직 범인을 잡은 것은 아니네요. 사건 났을 때 경찰에서 일 처리하는 것이 시원찮아서…… 두 분 고생한 건 알겠는데 그렇다고 과연 범인이 잡힐지. 그리고 지금 와서 범인 잡는다고 죽은 아들이 살아오는 것도 아니고…… 마음만

어지럽군요."

아버지와 달리 나는 이동수 경장이란 사람이 믿음직했다.

"아빠, 이 아저씬 다른 경찰과 다른 거 같아요."

"김 선생님, 수능 학생 말이 맞습니다. 이 경장은 늘 공부하고 연구하는 모범 경찰입니다."

옆에서 박수근 경사가 거들었다. 오버하는 게 어른들의 특징인가? 걸핏하면 칭찬을 날리고 말이지.

"에이, 어른들이 무슨 공부를 해요."

"그건 네가 잘 몰라서 그래. 어른일수록 공부를 더 해야 해. 이 경장이 공부를 많이 하니까 미제 사건도 이렇게 거의 해결할 단계에 이른 거 아냐. 공부 안 했어 봐, 이렇게 되나."

박 경사 말이 맞는 것 같았다. 깨갱. 연주가 '네 생각을 말로 표현하기 위해 공부하는 거야' 하던 말은 이래서였나?

두 경찰과 아버지는 사건에 대한 이런저런 얘기를 더 나누었다. 그들이 돌아갈 때쯤 아버지는 완전히 이동수 경장을 믿게 된 눈치였다. 시큰둥한 표정은 사라지고 뭔가 기대에 찬 표정이 뚜렷했다. 아버지는 대문까지 따라 나가 이 경장의 손을 굳게 잡으며 배웅했다. 그것도 모자라 그들이 탄 차가 멀어져 가는 것을 한참이나 바라보며 서 있었다.

첫 비행

　수요일, 배구 연습이 있는 날이었다. 나는 누구보다 먼저 체육관으로 달려갔다. 아버지의 허락이 큰 힘이 됐다. 조금 있으니 체육복으로 갈아입은 봉수가 나타났다. 봉수는 교실에서와 달리 체육관에만 오면 진지해졌다. 목소리도 굵어지고 은근히 카리스마도 생겨났다.

　"자, 오늘은 서브 연습이다. 우리 학교는 서브가 약하단 말이야. 아마추어 고등부 경기는 서브, 리시브만 잘하면 이길 수 있어. 절대로 무식하게 달려들지 마라. 서브에선 어깨 힘을 빼는 게 관건이야. 부드럽게, 정확한 폼으로, 알아들었어? 전에도 이야기했지? 배구는 어깨 힘 빼는 데만 삼 년 걸린다고. 자, '어깨 힘 뺀다' 세 번 복창!"

　"어깨 힘 뺀다! 어깨 힘 뺀다! 어깨 힘 뺀다!"

　우리는 입을 맞춰 목청껏 소리를 질렀다.

"잘했다. 항상 머릿속에 기억하도록. 자, 절반씩 각 엔드라인 근처에 서고, 동규부터 서브 넣어 봐."

동규는 왼손잡이였다. 왼손으로 공을 마룻바닥에 통통 튕기는 폼이 제법 익숙해 보였다. 동규가 오른손으로 공을 잡았다. 손이 커서 한손에 배구공이 다 들어갔다. 팔을 얼굴 앞쪽으로 비스듬히 곧게 편 후 손가락을 이용해 회전을 주면서 공을 띄워 올렸다. 그런데 공은 동규 몸보다 훨씬 앞으로 날아갔다. 동규가 그 공을 쫓아가며 때리려다 보니 상체가 기울어졌고 너무 급하게 왼팔을 휘두르고 말았다. 기울어진 몸 때문에 타점이 낮아진 공은 보기 좋게 네트에 걸리고 말았다.

"저거 봐라, 저거 봐. 동규, 요즘 집안 형편이 어려워? 산에서 나무해다 밥해 먹냐? 공이 장작이야? 왜 생각 없이 패는 거야?"

봉수가 큰 목소리로 마구 내질렀다.

"집합!"

봉수가 다시 우리를 집합시켰다. 우리는 한쪽 코트 엔드라인으로 모였다.

"배구는 집중력이다. 배구는 머리와 다리로 하는 거야. 힘으로 하는 게 아니란 말이야. 동작 하나하나에 집중하고 생각 좀 하면서 하자. 아까 동규가 넣은 서브 네트에 걸린 거 봤지? 왜 그런 거 같아?"

"공을 너무 앞으로 띄웠어요."

"타이밍이 안 맞았어요."

"동규 머리가 돌빡이어서 그래요."

내 대답에 애들이 웃음을 터뜨렸다. 봉수도 웃었다. 동규가 나를 향해 주먹을 쳐들어 보였다.

"그 말이 정답이네. 동규 서브는 어느 하나가 잘못돼서 그린 게 아니야. 전체가 다 틀렸어. 자, 잘 들어라. 우리가 주로 넣는 플로터 서브는 우선 토스가 안정적이어야 해. 공을 제대로 띄워 올려야 한다는 거지. 토스한 공이 엉망이면 타점을 제대로 잡을 수 있겠어? 어렵지. 토스하면서 회전을 주는 이유도 공기 저항을 막아서 공이 흔들리지 않게 하기 위해서란 말이야. 제대로 토스한 다음에 팔꿈치 살리고 정확하게 타점을 잡아야 해. 자, 우선 이렇게 왼발 한 걸음을 내밀고 상대 코트를 정면으로 바라봐. 몸의 방향은 약간 비스듬하게. 왼손으로 공 잡고 팔 쭉 뻗어 가볍게 들어 올리는 기분으로. 그다음에 공 살짝 비트는 기분으로 토스. 어때, 할 수 있겠어? 각자 공 들고 이 동작까지 연습, 실시!"

아이들은 진지하게 한 동작 한 동작에 정성을 다했다. 봉수는 돌아다니며 아이들의 동작을 잡아주고 잘못된 점을 지적해 주었다.

"자, 다시 주목! 토스는 감 잡았지? 그다음엔 다리를 안정시킨 상태에서 공에 집중하면서 최대한 높은 지점에서 때릴 수 있는 타이밍을 재고, 팔을 귀에 스치듯이 휘두르며 타격!"

봉수가 시범을 보였다. 봉수는 뚱뚱한 몸으로도 정확하게 서브를 넣었다. 짜악, 하는 소리와 함께 공은 사뿐히 네트를 넘어 건너편 코트에 내리꽂혔다.

"올~"

아이들이 길게 탄성을 질렀다.

"공은 어깨 힘으로 치는 게 아니야. 정확한 폼으로 물 흐르듯이 체중을 실어서, 세게 친다고 강서브가 되는 게 아니란 거 명심하라고. 그렇게 공 날린 다음엔 어떻게 한다? 그래, 지가 친 공이 어디로 가나 멍청하게 쳐다보며 서 있지 말고 바로 리시브 자세로 전환, 알았어? 명심하라고. 자, 지금부터 너희들이 각자 원하는 곳으로 서브 보내는 연습을 하는데 제발 생각 좀 하면서, 응?"

봉수 이마에도, 우리 이마에도 땀방울이 송골송골 맺혔다. 5월 말이었지만 더웠다. 다음 주 토요일에 도교육감배 상천시 예선전이 열린다. 봉수가 신경을 쓸 만했다. 오늘, 이번 주 토요일, 다음 주 수요일, 세 번 정도 연습할 기회가 남았다. 봉수는 예선은 가볍게 통과하고 본가가 있는 창원에서 열릴 본선 시합을 기대하는 눈치였다. 자기 부인에게 응원하러 나오라고 졸라댈 것이다. 부인 앞에서 감독하는 모습을 보여주고 가오를 세우고 싶을 테니까. 하지만 오늘따라 봉수 눈에 다크서클도 생기고 피곤한 기색이 뚜렷했다. 다리를 살짝 저는 것도 눈에 띄었다. 그런데도 참는 건지, 못 느끼는 건지 아이들에게 더 크게 파이팅을 외치고 몸도 더 썼다. 봉수가 우리 서브 연습하는 것이 마음에 안 들었는지 고함을 꽥 질렀다.

"작년 도 대회 때도 우리 팀이 스파이크, 리시브, 디그까지 다 좋았잖아? 그런데 촌놈들이 쫄아서 서브 실수하는 바람에 초반 탈락했다고! 집중해시, 정확하게!"

봉수의 고함도 별 효과 없이 아이들이 날린 서브는 번번이 네트에 걸리거나 엔드라인을 한참 벗어나 체육관 벽까지 날아갔다. 보다가 속이 탔는지 봉수가 코트 중앙으로 나갔다.

"집합! 이리 모여 봐. 그리고 수능이는 카트 다 비워."

내가 카트에 담겨 있는 공을 다 꺼내자 봉수는 그걸 반대편 코트 중간쯤에 가져다 놓으라고 했다. 그러더니 지갑에서 만 원짜리 한 장을 꺼내 들었다.

"자, 지금부터 한 명씩 서브를 넣는데 저 카트에 서브로 공 집어넣는 사람에겐 만 원 준다."

아이들은 봉수가 만 원을 꺼내 흔들자 카트에 공을 넣으려고 어깨에 힘을 빼고 집중해서 서브를 넣기 시작했다. 한 명당 기회는 열 번이었다. 처음엔 다들 불가능하다고 여기는 눈치였는데 주장을 맡은 강진이가 넣은 서브가 카트 다리에 맞자 다들 '아하' 안타까운 탄성을 지르며 더욱 진지하게 서브를 넣기 시작했다. 연주는 그런 아이들을 흐뭇하게 바라봤다. 오늘 따라 콧날이 더욱 오뚝해 보였다. 갈색빛 눈동자도 더 초롱초롱 빛나는 것 같았다. 피부는 원래 하얗고 치아도 가지런했다.

거기다 마음은 더 예쁜 연주가 보고 있었다. 드디어 내 차례가 왔다. 봉수가 다가와 다시 한번 자세를 설명해 주었다.

"수능아, 왼발을 앞으로 내보내고 몸을 비스듬히 세우고 오른손 엄지손가락을 검지와 겹쳐 봐. 그다음에 오른팔을 어깨 위로 올리고 팔꿈치를 머리 뒤로 보내면서 팔을 뻗어. 그 상태에서 왼손을 곧게 펴고 가운뎃손가락으로 공에 회전을 주면서 토스해. 오른손은 팔꿈치가 오른쪽 귀를 스치듯이 팔을 회전시키면서, 손목은 꺾으면 안 돼. 그대로 오른손 바닥 아랫부분으로 공의 중앙을 찍어."

연주를 슬쩍 쳐다봤다. 연주에게 잘 보이고 싶었다. 왼손가락으로 공에 회전을 주면서 토스했다. 그때까지 공에서 시선을 떼지 않았다. 오른쪽 팔꿈치가 귀를 스쳤다. 팡, 소리와 함께 공이 날았다. 하지만 공은 네트에 걸리고 말았다.

"야, 손목, 손목에 왜 힘을 주는 거야!"

토스와 팔꿈치에 집중하다 손목을 놓쳤던 것이다. 이번엔 손목에 집중하다 토스에 실패했다. 다시 토스에 집중하다 팔꿈치 상태가 엉망이 되었다. 연주가 안타까운 눈빛으로 나를 쳐다봤다. 마침내 토스, 팔꿈치, 손목 삼박자가 들어맞았다. 하지만 아뿔싸, 공은 날아서 네트 위를 지나 멀리 엔드라인을 벗어났다.

"힘 조절, 힘 조절!"

내 서브가 실패로 끝나는 것을 봉수가 보더니 소리쳤다. 토스, 팔꿈치, 손목 그리고 힘 조절까지 네 박자가 맞아야 했다. 아홉 번째 공을 띄우고 팔을 휘둘렀다. 제대로 맞은 듯했다. 공은 카트의 테두리를 정확히 맞히고 튕겨 나왔다.

"아까비~!"

아이들이 탄성을 질렀다. 연주가 손뼉을 치다가 나와 눈이 마주치자 화들짝 멈췄다. 봉수가 우리 둘을 번갈아 쳐다봤다. 봉수는 나를 따로 불러내 이번에는 언더핸드 서브 동작을 설명하고 내가 폼 잡는 것을 도와주었다. 여전히 어려웠다.

"연주야, 수능이는 아직 첨이니까 네가 옆에서 좀 도와줘라. 조금만 집중하면 될 것 같은데, 애가 머리가 나쁜 건지."

봉수는 그렇게 말하고는 다른 아이들의 서브를 봐주러 가 버렸다. 연주만 아니었더라면 봉수 뒤에다 주먹감자를 먹였을 것이다.

"수능아, 선생님 설명 떠올리면서 천천히 해 봐."

나는 봉수 설명대로 천천히 동작을 시도해 보았다. 왼발을 앞으로 내밀고 오른손은 뒤로 뻗는 것과 동시에 중심도 뒤로 옮긴다. 그다음 중심을 앞으로 이동시키는 것과 동시에 팔을 뻗은 상태에서 시계추처럼 공을 툭 쳐 올린다. 연주가 뒤에서 내 팔의 위치를 고쳐 주거나 자세를 바로잡아 주었다. 그러는 사이 연주의 부드러운 몸이 내 몸에 스치고 닿았다. 봉수의 고함만 아니었다면 나는 정신을 잃었을지도 모른다.

"야, 동규, 제법인데? 그래, 그렇게 하란 말이야. 힘 빼고, 집중!"

동규는 서브가 차츰 나아지는 것에 재미를 들였는지 실수를 반복하면서도 땀을 흘리며 열심이었다.

"동규 너 배구 안 했으면 어쩔 뻔했냐. 보나 마나 이 시간에 신도시에서 양소년들하고 모여서 동전 노래방이나 기웃거리고, 오토바이 타고 폭주나 하고 수틀리면 쌈박질, 여학생들 오토바이에 태우고 폼 잡고, 안 봐도 비디오다. 그러다 더러 오토바이 사고라도 나면 네 부모님은 고기 판 돈 다 꼬라박을 거고. 그런데 배구할 때만큼은 그런 일 안 할 거 아냐, 그렇지?"

"예."

동규가 순순히 시인했다. 녀석, 그러고 보니 눈빛도 제법 순해졌다. 그때 신나게 떠들던 봉수가 갑자기 허리를 움켜잡고 주저앉았다. 우린 봉수가 장난하는 줄 알았다. 늘 장난기 가득한 봉수였기에 대수롭지 않게 생각했다. 그런데 그게 아니었다. 평소와 분위기가 달랐다. 봉수의 표정이 일그러지면서 으흐흐…… 신음과 함께 체육관 바닥에 웅크렸다. 얼굴이 하얘지면서 식은땀까지 흘리기 시작했다. 그러더니 아예 데굴데굴 구르기 시작했다. 애들이 우르르 몰려들었다. 주장 강진이가 봉수에게 다가가 등을 두드렸다. 동규가 큰 소리로 물었다.

"샘, 쥐 나신 거 아니에요?"

봉수는 오만상을 찡그리고 답도 하지 못했다.

"샘, 왼쪽, 오른쪽? 어느 쪽이에요?"

봉수는 눈을 꼭 감고 고통스러운 신음만 토해냈다. 동규가 봉수의 왼쪽다리를 우악스럽게 움켜쥐고 구십 도 각도로 들어 올린 다음 발목을 앞으로 힘껏 젖혔다. 국대 축구선수들이 그라운드에서 하는 모습 그대로였다. 역시 엘리트 체육을 경험한 동규가 달랐다. 동규가 힘을 줄수록 봉수의 비명도 높아졌다.

"아아아아악~!"

강진이가 동규의 엉덩이를 걷어차며 소릴 질렀다.

"야, 인마! 샘, 쥐 난 거 아냐! 이 새낀 쥐밖에 몰라!"

엘리트 체육의 현주소였다. 동규가 뻘쭘하게 뒤로 물러섰다.

"아아, 아…… 내 다리, 으아아악, 여, 연주야, 아이고 죽겠네, 빨리 119, 119 좀 불러라. 어서…….”

봉수는 비명을 지르며 옆구리를 움켜쥐고 체육관 바닥을 데굴데굴 굴렀다. 봉수는 고통을 참느라 이마를 바닥에 찧다가 다시 송장처럼 천장을 보고 누웠다. 하지만 이내 뒹굴고 발을 떨었다. 나는 겁이 덜컥 났다. 이러다 봉수 죽겠다. 내 눈앞에서 봉수 죽겠다. 이제 막 정이 들기 시작한 봉수 죽으면 안 된다. 봉수를 살려야 한다. 하지만 어떻게? 나는 이러지도 저러지도 못하고 주위를 둘러보았다. 연주가 전화기를 붙들고 소리를 지르고 있었다.

"응급환자예요, 응급환자! 상천고 체육관이요! 아니요, 다친 건 아닙니다. 급해요, 빨리 좀 와 주세요!"

연주는 통화를 끝내고 쪼그리고 앉아서 울음을 터뜨렸다.

봉수의 호흡이 거칠어졌다. 생각과 달리 119구조대는 빨리 오지 않았다. 우리는 봉수에게 해 줄 것이 없었다. 한 아이가 교무실에 알렸는지 선생님 한 분이 달려왔다.

"강 선생, 왜 이래요? 어떻게 된 거요? 야, 너희들 119 연락했어?"

봉수는 기진맥진 웅크리고 있다가 119가 빨리 안 온다고 욕까지 해댔다. 고통스럽긴 고통스러운 모양이다. 안 그래도 못생긴 봉수 얼굴이 더 못난 얼굴이 되었다. 그때 교문쪽에서 119 사이렌 소리가 들렸다. 그 소리에 봉수가 엉금엉금 기기 시작했다. 한 발이라도 빨리 가려는 눈물겨운 노력이었다. 이삼 미터쯤 갔을 때 119 대원들이 들것을 갖고 도착했다. 봉수는 끙끙거리며 들것으로 기어 올라가 널브러졌다. 강진이가 상황을 설명했다.

"배구 지도하시다가 갑자기, 진짜로 갑자기 쓰러졌습니다."

봉수가 손을 내저으며 쥐어짜는 소리로 말했다.

"어서 갑시다. 요로결석 같아요. 야, 너희들은 마저 연습이나 해. 별것 아닐 거야."

우리를 남겨두고 봉수를 실은 119구급차는 삐뽀삐뽀 소리를 내면서 사라졌다. 아이들은 다들 혼이 나간 표정이었다. 누군가가 말했다.

"근데 요로결석이 뭐지?"

"빨리 검색해 봐."

애들이 모두 핸드폰을 꺼내 들고 검색하기 시작했다. 잠시 후 애들은 제각기 검색한 내용을 중구난방으로 떠들기 시작했다. 연주가 나서서 내용을 종합해 정리한 내용을 주르륵 읊었다.

"요로결석이란 몸 안에서 형성된 결석이 오줌관을 막으면서 극심한 통증을 유발하는 병이래. 레이저를 쏘아서 결석을 깨뜨려 몸 밖으로 배출시키면 금방 낫고. 근데 워낙 통증이 심해서 남자가 출산의 고통을 간접 체험해 볼 기회가 되기도 한대. 피로가 누적된 상태에서 체내에 수분이 고갈되면서 갑자기 나타나기 때문에 옆에서 보는 사람들은 꾀병처럼 볼 수도 있다, 이상."

"죽을병은 아니란 거지?"

동규가 묻자 연주가 대답했다.

"그렇긴 한데 가끔 후유증으로 왼쪽 발목에 금이 가는 현상이 나타날 수도 있다는데?"

다음날 나는 통닭집 고 사장한테 얘기하고 알바를 빠졌고 연주는 야자를 쨌다. 연주가 봉수 병문안을 가자고 제안했기 때문이었다. 중요한 것은 연주가 나에게만 그렇게 했다는 사실이다. 나는 기분이 날아갈 것 같았다. 봉수가 좋아하는 박카스 한 박스를 샀다. 박카스값은 내가 치렀다.

"야, 돈 버는 사람이 내야지."

내가 그렇게 말하자 연주는 피식 웃으며 순순히 양보해 주었다. 박카스값이 전혀 아깝지 않았다.

봉수가 입원한 보람병원은 우리 학교 학생들의 건강검진 지정 의료기관이라 익숙한 곳이었다. 2층 6인실 203호 앞에 걸린 팻말에 강봉수 이름이 보였다.

우리가 병실로 들어갔을 때 봉수는 왼팔에 링거 주사 바늘을 꽂고 누워 있다가 몸을 일으키며 흐흐 웃었다. 어제 금방이라도 숨넘어갈 듯 체육관 바닥을 엉금엉금 기면서 죽겠다고 바둥거렸던 게 조금 민망한 모양이었다. 이제는 살 만한지 장난기가 여전했다.

"이것들이 쌍으로 오네? 둘이 사귀는 거야? 조옿~겠다. 난 학창시절 연애 한번 못 해 보고 중매결혼을 했는데 너희는 벌써 연애를 다 하고."

"선생님, 아니에요~."

연주가 어색한 웃음을 지으며 말꼬리를 길게 뺐다.

"김수능, 연주가 아니라는데?"

"맞는데요."

연주가 내 팔을 세게 쳤다. 전혀 아프지 않았다.

"야, 그 박카스 여기 환자분들한테 한 병씩 드리고 니들도 마셔. 제법이야, 이런 것도 사 올 줄 알고."

내가 박카스를 한 병씩 돌리는데 맞은편 침상에 있던 아저씨가 나를 향해 눈을 찡긋해 보였다.

"선생님, 하루 새 살이 많이 빠졌어요. 눈도 쑥 들어간 것 같고……."

연주가 말했다. 아닌 게 아니라 눈에 쌍꺼풀이 생겨 있었다.

"야, 죽다 살았다. 허리 끊어지는 줄 알았다니까."

"에이, 금방 낫는다던데요, 뭘. 검색 다 해 봤어요."

"이 자식이. 얌마, 너 오늘은 알비 안 가냐?"

"사장님이 가 보라고 했어요."

"고 사장, 거, 물러 터져서. 알바를 뺑뺑이를 돌려도 시원찮을 판에."

"선생님, 살 빠지니까 미남이세요."

"그래, 연주 너밖에 없다. 원래 미남이었지만."

미남은 개뿔, 머리카락이 될 털이 수염으로만 가는지 정수리는 훤하고 하루만 면도를 안 해도 턱과 볼이 시커멓게 변해 버리는데. 봉수는 환자복을 입고서도 연방 웃고 떠들었다. 스트레스란 걸 모르는 사람 같았다. 봉수와 엄숙함은 전혀 어울리지 않았다. 교실, 교무실, 체육관, 통닭집, 마침내 병실에서까지 농담을 쏟아 냈다. 봉수를 보고 있으면 말은 10미터 정도 앞서 가고 몸은 5미터 정도에서 따라가고 그 뒤로 생각이 허겁지겁 뒤따라가는 것처럼 느껴졌다. 그리고 어떤 땐 나보다 더 철부지처럼 보이기도 했다.

"샘, 근데 다리는 괜찮으세요?"

"아, 참, 내 왼발. 수능이 너 어떻게 알았냐? 이게 왜 아프지?"

"기억 안 나세요? 어제 동규가 샘 쥐 났다고 왼발 꺾었잖아요."

"그랬어? 난 기억 안 나는데."

"선생님, 진짜 어제 많이 아프셨나 보네요. 그것도 기억이 안 나고……."

"야, 수능아, 너 내일 학교 가거든 동규한테 전해라. 앞으로 가방은 다 쌌다고. 아따, 그 자식 힘이 장사네. 남의 멀쩡한 다리를."

그때 똑똑 노크 소리와 함께 문이 빼꼼 열렸다. 문틈으로 어떤 아주머니의 얼굴이 보였다.

"여보 나야, 나 여기 있어."

봉수가 소릴 질렀다. 눈매가 시원한 미인상의 사모님이 병실 안으로 들어섰다. 들어오면서 다른 환자와 보호자 그리고 봉수가 앉아 있는 모양새까지 스캔하듯 쭈욱 훑었다. 보조 베드에 앉아 있는 연주와 나까지.

"학생들 앞에서 떠드는 거 보니 살 만한 모양이네요, 강봉수 씨!"

첫마디가 마치 남동생에게 하는 것처럼 거침이 없었다. 봉수가 어리광을 부리듯이 아내를 쳐다봤다. 외모로 본다면 봉수가 아버지라고 해도 믿겠는데. 사모님은 우리가 자리를 권해도 앉지 않고 허리에 양손을 척 올리더니 다른 환자와 보호자는 안중에 두지 않고 봉수를 향해 소리부터 질렀다. 그 집 가훈이

'큰 소리로 말하자'인가?

"내가 배구 접으라 그랬지! 그깟 놈의 배구가 뭐라고 이 난리야, 난리가! 창원에서도 배구 때문에 교장하고 다투고 상천까지 밀려와 놓고서, 당신 마음 누가 알아준다고 이러냔 말이야. 만약 원룸에서 이렇게 아팠다면 누가 119에 신고해 줬겠어. 내가 당신 상천 간다고 했을 때도 제발 배구는 그만두라고 그렇게 신신당부했는데! 아이들보고는 유연하게 살라고 노래를 부르더니 당신은 왜 이리 고집불통이냐고!"

봉수가 풀이 팍 죽었다. 부부싸움의 냉기가 병상 주변을 뒤덮어 버렸다. 내가 연주에게 자리를 뜨자고 눈짓했다. 연주는 아무렇지도 않은 듯 호기심이 잔뜩 실린 표정으로 생글거렸다.

"여보, 이제 이야기 끝났어?"

"아직 시작도 안 했어!"

봉수가 다시 움찔했다.

"학생들 미안해. 내가 너무 흥분했네. 선생님이 워낙 말을 안 들어서 그래."

처음 보는 우리에게 바로 반말을 할 만큼 사모님의 카리스마가 장난이 아니었다. 그리고 그게 더 자연스러워 보였다.

"뭐가 미안하다고, 얘들은 다 이해할 거야."

"또, 또. 당신 멋대로 판단하고 결론 내리지 마세요, 강봉수 씨."

봉수는 영락없이 학생이었다. 사모님은 학생을 야단치는 경옥이처럼 보였다.

"아, 이 애들이 119에 신고해서 병원에 오게 됐단 말이야."

사모님은 그 정도에서 감정을 가라앉히고 우리에게 부드럽게 말을 건넸다.

"학생들 고마워. 선생님 잘못 만나서 고생이 많지?"

"아니에요. 선생님이 얼마나 잘해 주시는데요."

연주가 답했다. 나는 속으로 울부짖었다.

'니나 글치!'

"학생 참 미인이네. 이목구비도 뚜렷하고 살결도 곱고, 인기 많겠는데?"

사모님은 나에게는 아무 말도 하지 않았다. 그럴 것이다. 사람들이 명작을 보면 누구나 절로 감탄한다. 아름다운 경치를 보면 누가 시키지 않아도 절로 탄성을 지른다. 연주는 예뻤다. 그러니 당연하다. 하지만 나는…… 아, 더 말하지 말자. 봉수가 냉큼 끼어들었다.

"여보, 수능이도 은근 매력 있어. 넓은 이마, 삼각 턱 그리고 웃으면 잇몸도 드러나는 게 은근 매력 있다고."

"호호, 듣고 보니 그러네."

듣고 보니, 듣고 보니…… 차라리 아무 말을 마시지. 이게 다 봉수 탓이다!

"의사는 뭐래? 언제쯤 퇴원할 수 있대?"

사모님의 말투가 완전히 달라졌다. 다정한 아내의 걱정스러운 목소리였다. 꼬리 내린 유기견 같았던 봉수가 어리광이 철철 넘치는 목소리로 대꾸했다.

"아마 몇 달 못 살 거라는데? 시한부라는 거야. 그러니 퇴원이고 뭐고 나 하고 싶은 대로 하고 술도 맘껏 마시고, 버킷리스트를 하나라도 더 지우라고 하더라고."

"이 사람이 정말!"

"유일한 치료법이 있긴 한데, 그게…… 아, 19금이라 말을 못 하겠네."

사모님이 봉수의 팔을 꼬집었다. 봉수가 아야야, 과장되게 엄살을 부렸다. 어른 남녀가 이렇게 서로 다정하게 구는 걸 나는 한 번도 보지 못했다. 아버지도 엄마와 함께 살 때는 이랬을까, 궁금해졌다. 나도 나중에 장가를 가게 되면 이럴 수 있을까?

"그리고 아까 당신이 한 창원 얘기, 그거 당신이 잘못 알고 있는 거야. 내가 모함을 당해 교장이 오해한 거라고. 내가 잘못한 건 없어."

"됐네요. 그 얘기 열 번도 더 들었어."

"당신은 들었지만 얘들은 안 들었잖아. 당신 말만 듣고 아, 우리 담임이 창원에서 교장한테 찍혀서 쫓겨 왔구나, 이렇게 생각하면 내 체면이 뭐가 되고, 교사의 권위가 서겠어?"

"기어이 하겠단 거지? 고집도 이런 고집이 없네. 좋아, 그 대신 축약본으로 해요."

봉수는 아내의 허락이 떨어지자 신이 났다. 그게 축약본인
지 정본인지 알 수는 없었지만 봉수의 이야기는 장장 삼십 분
이나 계속되었다. 봉수의 이야기를 정리하면 이렇다.

창원에서 근무할 때 배구클럽에 가입만 해 놓고 그걸 핑계
로 야자를 합법적으로 째고 다른 데서 놀다 가는 학생이 있었
다. 그 애의 엄마는 어머니회 회장이었다. 아들을 향한 기대는
컸지만 아들 능력은 거기에 한참 못 미쳤다. 엄마는 영악한 아
들의 비행을 감추기 위해 봉수가 승진을 위해 아이들에게 배
구를 심하게 시킨다는 소설을 썼다. 아이의 잘못은 철저히 감
춰지고 승진욕에 사로잡힌 교사만이 부각된 소설의 가장 열렬
한 독자가 하필이면 교장이었다. 교장이 봉수를 질책했고 다
혈질 봉수는 의협심에 사로잡혀 교장에게 성질을 부렸고 속
좁은 교장은 배구클럽 활동 금지를 명하기에 이르렀다. 봉수
는 더 뻗댔다. 교장이 좋아할 리 없었다. 교장은 마침내 봉수를
상천으로 유배시킨 후에야 두 다리를 뻗고 잠을 잘 수 있었다
는 이야기였다. 그리하여 주말부부가 된 사모님은 배구 안티
팬이 되고 말았단다.

"그 뒤로 난 배구 배 자도 싫어서 맛있는 배도 안 먹는단다.
119에 실려 간 남편이 뭐가 좋겠어."

사모님이 말했다. 밉다고 퉁을 주어도 그게 정말 미워서가 아
니란 걸 알 수 있었다. 남편에 대한 신뢰가 가득한 표정이 그걸
웅변하고 있었다. 여러 번 들었을 얘기를 지겨운 표정 없이 다

시 잘 들어주는 것, 그것이 사랑이라고 생각했다. 그래서 봉수는 행복한 사람이다, 라고 결론을 내렸다.

결론을 내리고 나니 절로 아버지가 떠올랐다. 아버지의 이야기를 귀담아 들어줄 사람은 지금 없다. 외로울 것이다. 마음이 아팠다. 나는 아버지가 고려증권 팀에서 디그요정으로 활약할 땐 엄마도 사랑스럽게 아버지를 바라봤을 것이라고 믿기로 했다. 그런데 이상하게도 아픈 마음은 사라지지 않았다.

봉수의 말 토씨 하나라도 놓치지 않겠다는 듯이 열중해서 듣던 연주가 물었다.

"선생님은 사모님이 그렇게 싫어하시는데도 배구 꼭 하셔야 해요? 배구가 그렇게 좋은가……?"

연주의 말꼬리는 스스로를 납득시키려는 안타까운 노력처럼 들렸다.

"연주 학생, 내 말이 그 말이야. 무슨 영화를 보겠다고 저렇게 매달리는지, 참."

"연주야, 강봉수 문하의 수제자인 너까지 왜 이래? 수능아, 넌 이해할 수 있지? 전에 통닭집에서 고 사장이랑 이 얘기 한 것 같은데? 그때 너도 들었잖아. 네가 대신 설명 좀 해 봐. 잘하면 수제자를 너로 바꿔줄게."

"모르겠는데요."

내 대답이 총알처럼 튀어나가자 사모님과 연주가 웃음을 터뜨렸다. 봉수는 웃지 않았다. 아이들에게 생각하는 힘을 길러

주기 위해 어쩌고 하던 얘기가 떠오르긴 했다. 하지만 그걸 조리 있게 설명할 자신이 없었다. 버벅거리느니 침묵하는 게 낫다. 더구나 연주 앞에서.

"기억력이 그래 갖고 수능이 수능 자알 보겠다. 그걸 내가 설명하려면 긴데……."

"선생님, 설명해 주세요, 네?"

연주가 봉수를 졸랐다. 눈치 없는 계집애. 봉수가 지금 얼마나 아내랑 둘만 있고 싶은지도 모르고, 아니 그것보다 내가 얼마나 자기랑 둘만 있고 싶은지도 모르고……. 봉수가 대하드라마를 풀어낼 표정으로 뜸을 들이는 걸 보니 가슴이 답답해졌다.

"수능이 너, 표정이 왜 똥 씹은 거 같냐?"

봉수가 눈치 하난 빠르다.

"왜 똥을 씹어요, 씹을 게 다른 것도 많은데요."

"좋아. 그럼 넌 껌 씹고 있어라. 우리 수제자 부탁인데 들어줘야지. 어디 보자, 이걸 어디서부터 얘길 해야 하나……. 여보, 어디서부터 하는 게 좋을까?"

"그걸 왜 나한테 물어? 내가 뭘 안다고. 나도 첨 듣는 얘기니까 어서 해 봐요."

봉수가 벌쭉 웃었다. 신이 난 모양이었다.

"난 원래 운동신경이 둔한 편이야. 군대에서 공 못 찬다고 선임들에게 늘 기합받고 그랬거든."

"아유, 여기서 군대에서 축구한 얘기가 왜 나와? 간단히 요점만 추려서 말해. 학생들 언제까지 잡아 두려고 그래. 그저 자기 자랑이라면 정신을 못 차리고……."

"이거 언론탄압이 심하구만. 그럼 그건 생략하고, 내가 초임 발령을 받고 나서 보니까 직장 체육 시간에 교사들이 배구를 하더란 말이야. 내가 잘할 수 있었겠어? 못한다고 늘 놀림을 당하니까 슬슬 열이 받더라고. 처녀 선생들도 많은데 말이지. 그래서 배구를 좀 배워 볼 요량으로 배구동호회에 가입하게 된 거라. 동호회 사람들이 친절해서 그럭저럭 재미도 붙고 실력도 좀 늘었지. 이젠 학교에서 배구를 해도 완전히 끓릴 정도는 아니게 된 거야. 신났지. 혼자 연습도 많이 했어. 모든 스포츠가 그렇지만 꾸준히 연습하면 늘게 돼 있거든. 아마추어들은 운동장에 나가는 횟수만큼 실력 는다는 말도 있으니까. 물론 그렇다고 타고난 사람처럼 잘하진 못해. 거저 창피하지 않을 정도로,"

"아녜요, 선생님. 선생님 배구 잘하세요. 그리고 선생님은 말로 표현을 잘하시잖아요. 가르치는 건 이론 설명만 잘해도 충분하죠, 뭐."

"역시, 연주란 말이야. 그래, 내가 창원 어느 공고에서 근무할 땐데, 어느 날 문득 나를 돌아보니까 수업시간에 늘 똑같은 말만 늘어놓고 있다는 생각이 갑자기 들더라고. 무슨 녹음기도 아닌데 재생 버튼만 누르면 똑같은 말만 줄줄 읊어대는 꼴대, 딱 그 모습으로. 애들이 얼마나 지겨웠겠어? 안 그래도 고등학교 영어가 어려운 판에. 선생이란 작자는 자기 수업을 반성하기는커녕 수업에 따라오지도 못하는 놈들이라고 속으로 애들 욕이나 하면서 아무런 열정도 없이 앵무새처럼 같은 말만 되풀이하고, 학생들은 들어도 모르는 수업, 에라 잠이나 자자, 다들 퍼져서…… 선생은 선생대로, 애들은 애들대로 서로 포기하고 있었던 거지. 거기다가 시험에 수행평가까지, 애들 입장에선 얼마나 고통이었겠어."

"고등학교 공부가 어렵긴 해요. 한번 시기 놓치면 따라가기도 힘들고. 전 '하면 된다'는 말, 거짓말이라고 생각해요. '하면 될 수도 있다'라면 모를까. 그것도 안 될 확률이 높지만요. 우리나라 청소년기는 정말 잔인한 거 같아요."

"그러니까 말이다."

"연주 학생 참 똑똑하네."

"여보, 어때? 내 수제자 잘 됐지?"

"아이구, 어련하겠어? 하던 얘기나 계속해 봐요."

사모님이 오히려 얘기를 재촉했다. 봉수가 평소 이 얘기 안 했을 리가 없을 텐데, 별일이었다.

"근데 그 학교 체육대회가 열렸어. 종목이 배구라 내가 우리 반 애들한테 배구를 좀 가르쳤지. 배구가 학생들한테 익숙하지 않다 보니 동호회에서 배운 걸 아주 조금만 가르쳐도 이게 바로 효과가 있는 거야. 우리 반이 승승장구하더니 드디어 결승까지 나가게 됐는데,"

"그랬을 거예요. 선생님이 배구 가르치는 거 귀에 쏙쏙 들어
오거든요."

연주가 아분지 진심인지 봉수 기분을 맞춰 주었다.

"결승전 앞둔 애들 눈빛을 보게 됐어. 그렇게 진지할 수 없
더라. 그때 내가 아, 이 애들도 이기고 싶구나, 승리하고 싶구
나 하는 걸 확 깨달았지. 지방에서 공고 왔다면 안 봐도 뻔한
스토리 아냐. 공부도 못해, 집도 가난해, 노상 이리저리 치이
기나 하고 제대로 이겨 본 적이 한 번도 없는 애들 눈에서 그
걸 본 순간, 승리하고 싶은 마음도 본능이라는 것을 느꼈단 말
이야. 경쟁도 나쁜 것만은 아니란 걸 알았지. 승부가 걸리는 건
다 경쟁이잖아? 공부를 포기해 버린 그 아이들도 자기가 원하
는 경쟁에선 이기길 간절히 원하더라고."

드디어 올 것이 오고야 말았다. 봉수의 말문이 확실히 트인
것이다. 나만 빼고 두 여자는 그의 말발에 완전히 빠져들고 말
았다. 병실의 다른 환자들도 봉수의 말에 귀를 기울일 정도였
으니. 불이 꺼질 만하면 기름을 붓는 격으로 연주가 넣는 추임
새도 한 몫을 단단히 했다. 언제 아팠나 싶게 한번 트인 말문은
닫힐 줄을 몰랐다.

"결승전에선 결국 졌어. 우는 녀석도 더러 있고. 체육대회
끝나고 나서 한 녀석이 오더니 배구를 가르쳐 달라는 거야. 내
가 선수 출신도 아니고 기껏 동호회 몇 번 나간 실력으로 배구

동아리를 지도한다면 누가 탐탁하게 생각했겠어? 그래도 했지. 동호회에서 배우고 학교에 와선 가르치고. 얼마 안 있어 전국 학교스포츠클럽 대회가 개최되더라고. 거기에 입상하면 지도교사는 표창장을 받고 승진 가산점을 받는다고 하니까 어떤 선생들은 내가 승진 욕심에 배구도 못하면서 아이들 이용한다고 쑥덕거리고……. 그래도 체육 선생님이 쿨한 분이셨어. 원래 학교스포츠클럽 취지가 그런 거라며 학교 체육관을 사용하라고 하더라고."

"그때부터 고생했잖아?"

봉수 부인이 통을 주었다. 봉수는 통마저도 기름으로 승화시키는 묘한 재주가 있었다.

"체육 선생님은 허락했지만 마지막에 교장한테 딱 막혀 버렸지. 공부도 안 하는 놈들이 무슨 배구를 하느냐고, 체육관 기물 파손하면 어떻게 할 거냐고. 내가 책임진다고 아무리 호소를 해도 안 통해. 하는 수 없이 운동장 구석에서 연습했는데 국·영·수 시간에 퍼져 자는 녀석들이 배구는 정말 진지하게 배우더라니까. 그때 난 그 애들도 좋은 환경을 만났더라면 공부하고 싶은 녀석은 공부하고, 미술 하고 싶은 녀석은 미술 하고, 음악 하고 싶은 녀석은 음악 했을 거라는 걸 확실히 알게 됐지. 내가 비록 알량한 실력으로 배구를 가르쳤지만 그걸 통해 그동안 지니고 있던 편견이나 얕은 상식을 완전히 깰 수 있었다. 나한테는 그 애들이 큰 스승이나 다름없었던 셈이지. 그

266

러니 내가 배구에 안 매달리게 됐냐?"

"그럼 그 학교에 계시다가 상천으로 오신 거예요?"

"그렇지. 그렇게 지내는 도중에 아까 얘기한 학부모 소설 사건이 터지는 바람에 결국 이리 오게 된 거야."

"당신이 상천으로 갈 때 다시는 배구 지도 안 한다고 나한테 약속한 거 생각나?"

역시 봉수 부인이 기름을 쳤다. 결국 연주와의 달콤한 만남은 성사되지 않을 것 같다.

"그렇게 약속이야 했지. 인문계 가면 다를 줄 알았거든. 하지만 웬걸, 여기서도 이런저런 사정으로 공부에서 굴러 버린 아이들은 퍼져 자는 거야. 낙오자는 어디에나 있더란 말이지. 그렇게 뒤처지고 소외된 아이들은 자신감보다는 패배감만 안은 채 삼 년을 꾸역꾸역, 졸업할 땐 막막한 상태로 절망감만 안고 고등학교 문을 나서는 거야. 그걸 보니까 가슴속에서 뭔가 확 치밀어 오르는 느낌이 들더라고. 그래서 내가 적극적으로 배구클럽을 하자고 달려들게 되었다, 대강 이런 스토리야."

"어휴, 별 내용도 없는 자서전이 길기도 하네."

사모님이 매듭을 지었다. 하지만 그러면 뭘 해. 연주 막차 시간이 다 됐는데. 우리는 서둘러 인사를 하고 병원 정문으로 달렸다. 연주 손을 잡아버렸다. 따뜻했다. 달리다 보니 땀이 나 촉촉해졌다. 내 땀과 연주 땀이 합치면서 두 손바닥이 붙었다. 이대로 암자까지 달려가고 싶었다. 하지만 아쉽게도 연주암

가는 버스가 연주를 태우고 문을 닫아 버렸다. 차 안에서 연주가 손을 흔들었다. 멀어지는 버스를 바라보며 멍하니 서 있는데 카톡이 울렸다. 나는 서둘러 폰을 확인했다.

잘 가. 토요일 배구연습 잊지 말고^^ 😤연주😊

토요일 아침, 일찍 일어났다. 배구연습이 있는 날이기 때문이었다. 평소 같았으면 금요일 밤늦게까지 컴퓨터 게임을 하고 그것도 지겨우면 스마트폰을 들여다보면서 밤을 보냈을 것이다. 하지만 이제는 달랐다. 목표가 있다는 것이 나를 절제하게 만든다는 낯선 느낌은 난생처음이었다. 뭔가 뿌듯하고 남이 알면 조금 부끄러울 듯하지만 그래도 알아주었으면 하는, 좀 골치 아픈 감정이었다. 난 복잡한 건 딱 질색인데.

체육관으로 출발하면서 연주에게 약속을 지켰다는 것을 알리기라도 하듯 카톡을 보냈다. 연주가 체육관 출입구에서 나를 반겨줄 것을 기대하는 마음도 있었다. 그런데 이상했다. 연주가 내 카톡을 씹었다. 혹시 배터리가 다 됐나? 다시 카톡을 보냈다. 역시 씹었다. 체육관 입구에도 연주는 없었고 체육관 안에도 연주의 모습은 보이지 않았다. 무슨 사정이 있어서 늦는 거겠지, 생각했지만 마음이 안정되지 않았다. 먼저 와서 떠들고 있던 녀석들이 나를 반겼다. 그 녀석들은 연주가 나타나지 않은 사실 따위는 관심 밖인 모양이었다. 하지만 어쨌거나 녀석들, 그래도 대견해 보였다. 나나 녀석들이나 도긴개긴, 수

268

업시간이면 책상에 머리를 처박고 자기 바빴고 무엇 하나 제대로 인정받는 게 없던 놈들이 배구가 뭐라고 놀토 오전에 학교에 나오다니 신기한 일이었다.

애들은 지난 수요일 봉수의 요로결석 사건을 화제로 와글거렸다. 나는 병문안 간 사실을 말하지 않았다. 연주와 같이 간 걸 알면 어떤 뒷담화가 빗발칠지 알기 때문이다. 시합은 일주일 앞으로 다가왔지만 망아지 같은 녀석들은 봉수 없다고 제멋대로였다. 아예 동규는 축구 실력을 자랑한답시고 배구공을 뻥뻥 차대고 한 녀석은 골키퍼 흉내를 냈다. 하기야 나도 염불보다 잿밥에 관심이 많긴 했다. 배구도 배구지만 연주 만나려는 게 더 큰 이유였으니까. 사실 난 배구클럽에 가입한 지 얼마 되지도 않아서 어차피 이번 시합에서 주전으로 뛸 수는 없었다. 배구 좀 배우고 연주도 만나고, 임도 보고 뽕도 따고, 그것이 전부였다.

주장이자 세터를 맡고 있는 강진이가 아이들을 불러 모았다.

"오늘은 샘 못 나오실 테니까 우리끼리 연습하자. 편 갈라 시합할래, 아니면 그냥 연습할까?"

"시합해, 시합. 각자 오천 원 빵으로, 짜장면 내기."

"야, 우리끼리 뭔 시합이 되냐? 심판 볼 사람도 없구만. 그냥 연습해."

"수능이 심판시키면 되잖아. 저놈은 아직 서브도 못 넣어."

축구공과 배구공도 구분 못하는 주제에, 동규였다. 우리가 와글거리고 있을 때 출입구 쪽에서 호루라기 소리가 들렸다. 소리 나는 쪽으로 일제히 고개가 돌아갔다. 몸에 착 달라붙은 검은색 아디다스 저지 상의와 레깅스를 입은 여자가 나타났다. 위클래스 최선희 선생님이었다. 아이들이 환호성을 질렀다.

"여러분, 안녕? 강봉수 선생님이 간곡히 부탁하시기에 내가 대신 나왔어요. 괜찮죠?"

네, 하는 우리의 대답이 어찌나 큰지 체육관 안이 쩌렁쩌렁 울렸다. 최 선생님이 환하게 웃었다. 연주만큼은 아니지만 예뻤다. 가까이서 보니 상의의 지퍼가 아스라이 가슴골 위에 걸려 있었다. 사과처럼 둥글고 탱탱한 엉덩이의 윤곽도 그대로 드러났다. 한 녀석이 불쑥 물었다.

"선생님, 배구할 줄 아세요?"

"당연히 그게 궁금하겠죠? 그래요, 난 고등학교 때까지 선수 생활을 했어요. 부모님 반대로 운동을 접었지만 배구는 내 삶의 일부라 할 수 있죠. 오늘 여러분들하고 같이 연습할 정도는 되니까 걱정 안 해도 됩니다."

우와 선수래, 봉수보다 나은데? 애들이 낮게 웅성거렸다. 최 선생님은 잡담이 가라앉길 기다렸다가 다시 말했다.

"여러분, 운동을 제일 잘하는 사람은 어떤 사람일까요?"

의외의 질문에 애들은 어리둥절, 아무도 대답을 못 했다.

"그건 바로 부상을 당하지 않는 사람이에요. 충분한 준비운동이 필요한 이유가 부상을 예방해 주기 때문입니다. 몸을 부드럽게 풀어주는 덴 달리기만 한 게 없죠? 자, 지금부터 체육관 다섯 바퀴 돌겠습니다."

"에이, 그냥 바로 연습해요."

"선생님 오시기 전에 준비운동 많이 해서 괜찮아요."

"연습, 연습."

애들이 일제히 반대했다. 하지만 최 선생님은 준비운동만큼은 양보하지 않았다. 결국 체육관을 다섯 바퀴 뛰었다. 최 선생님도 애들 옆에서 함께 뛰었다. 뛴 다음에는 빙 둘러서서 숨고르기와 맨손체조까지 했다. 체조 동작은 최 선생님의 몸매를 더욱 도드라지게 드러냈다. 그걸 훔쳐보느라 체조 동작이 제대로 되지 않았다. 애들은 서로 눈길이 마주칠 때마다 어색한 웃음을 실실 흘리거나 제풀에 놀라 눈길을 피하거나 둘 중 하나였다.

드디어 본격적인 연습에 들어갔다. 애들의 요구대로 1, 2학년을 섞어 반씩 나누어 시합을 했다. 나는 빠졌다. 그놈의 서브리시브가 문제였다. 약간 서운했지만 차라리 잘됐다는 생각도 들었다. 혹시라도 늦게 연주가 오면 함께 있을 수 있는 기회가 생길지도 모른다. 나는 2층 관중석으로 올라가 연주에게 다시 카톡을 보냈다.

수능 왜 안 와?

수능 지금 최선희 선생님이 와서 연습 중.

수능 난 서브 리시브 안 된다고 빠지라네. 빠큐.

수능 왜 씹냐? 뭔 일 있어?

하지만 내 말풍선 옆의 숫자 1은 도무지 지워지지 않았다. 답답했다. 걱정도 되었다. 전화를 걸면 신호음이 한참이나 울린 다음 낯선 여자 목소리만 들렸다.

"연결이 되지 않아 삐 소리 후 소리샘으로 연결되며 통화료가 부과됩니다."

코트에서 연습 경기를 하는 녀석들의 모습이 눈에 들어오지 않았다. 연주가 연락을 받지 않다니, 야무진 연주 성격에 무슨 사정이 생겼다면 반드시 먼저 연락을 할 텐데……. 나는 무릎에 팔꿈치를 괸 자세로 전화기만 만지작거렸다. 그때 누군가의 손길이 내 등에 살짝 얹혔다. 연주? 가슴이 뛰었다. 천천히 고개를 돌렸다. 연주가 아니었다. 웬일로 아버지가 거기 서 있었다.

"수능이 넌 배구 안 하고 왜 여기 앉아 있냐?"

"어, 아빠가 여기 웬일이세요?"

둘이 동시에 말했다. 아버지가 한 칸 내려와 내 곁에 앉으며 다시 물었다.

"배구하러 와서 관중석에 앉아 있으면 어떡해?"

"아직 배구한 지 얼마 안 돼서…… 아직 경기 뛸 수준은 아니잖아요. 아, 서브 리시브도 안 되는데 어떻게 시합을 해요오."

연주가 아니어서 낙담한 심정이 괜히 아버지를 향해 짜증으로 터져 나왔다. 아버지가 무심하게 대꾸했다.

"그래? 하긴 한 명이 완전 구멍이면 연습이 안 되지."

"근데 아빠 진짜 여기 웬일이세요?"

"네 담임이 오늘 연습한다고 알려 주더라. 한번 와 보라고."

"봉, 아니 담임쌤이 전화했어요?"

"아니, 카톡으로."

"예에? 쌤이랑 카톡도 해요?"

"그래. 네 담임, 고 사장, 나, 이렇게 세 명이 카톡방을 만들었거든. 거기서 입원한 것도 알고 어제 병문안도 갔다 왔지. 멀쩡하던데?"

"우와, 진도 빠르다…… 병문안도 다 가고. 세 분 진짜 친구 먹은 거 맞네."

"인마, 사람 좋아서 서로 친구 하기로 했으면 하는 거지, 별거 있냐?"

"그래도…… 어른들은 안 그러는 줄 알았어요."

"잘 안 그러긴 하지. 그래도 강 선생, 고 사장, 두 사람이 워낙 사람이 좋아서 그러기로 했다. 잘됐지, 뭐."

"네…… 잘됐네요. 근데 난 완전 '꼼짝 마라'네."

"그러니 딴짓할 생각 마. 집, 학교, 알바, 감시체계가 완벽하다."

"카톡방 좀 보여줘 봐요."

"얘가 기본 예의를 모르네. 왜 남의 카톡방을 보려고 그래."

"궁금하잖아요. 어른들은 어쩌는지."

"별거 없다. 신경 꺼."

아버지는 말은 그렇게 하면서도 슬그머니 카톡방을 열어서 건네주었다. 김성기오, 강봉수, 고영갑, 익숙한 이름들이었지만 카톡 화면을 통해서 보니 새삼스러웠다.

> **강봉수** 수능이 아버지, 내일 상천고 체육관으로 오세요.
> 배구 연습있슴다.
>
> **김성기오** 예, 가지요.
>
> **고영갑** 요로결석, 살 만해?
>
> **강봉수** 니도 걸려 봐라, 요로결석. 죽는 줄 알았다 씨앙
>
> **김성기오** 몇 신데요?
>
> **강봉수** 오전 10시부턴데용. 거기 가면 며느릿감 있음. 얼굴 이쁨.
> 키 큼, 모델처럼 생겼음. 수능이 애인 있음♥ ㅋㅋ
>
> **김성기오** ㅎㅎ 좋은 일이네요
>
> **강봉수** 수능이 아버지, 지난번에 말한 소개팅은 생각해 보셨는지요?
>
> **김성기오** 저에겐 좀 과분한 사람 같은데요……
>
> **강봉수** 고려증권 마지막 디그요정이 빼시긴
>
> **고영갑** 맞아요. 과감하게 부딪쳐 보세요. 혹시 압니까,
> 인연이 성사될지.

내가 거기까지 읽었을 때 아버지가 갑자기 폰을 낚아챘다. 뭔가 들키기라도 한 듯 겸연쩍은 표정이었다.

"우와, 완전 충격이다, 충격!"

"뭐가, 인마!"

"어른들이 완전 유치 짬뽕에 뒷담화에……."

"……."

"더 보여 줘요."

"마 됐고. 근데 네 여친은 어디 있나?"

"봉수가 뺑친 거예요."

"너 자꾸 담임 이름 부를래? 봉수가 뭐냐, 봉수가."

"뺑이나 치니까 그렇죠."

"정말 여친 없어? 강 선생이 같이 병문안도 왔다고 하던데?"

"입도 싸네……. 근데 걔 오늘 안 나왔어요."

'걔가 오늘 안 나와서 아버지 아들 수능이가 지금 답답해 죽
겠다고요.' 내가 속으로 울부짖었다.

"네 담임이 그러는데 네 여친 아주 예쁘다면서?"

남의 속도 모르고 아버지가 다시 말을 건넸다.

"아, 내가 언제 계집애 사귀었다고 자꾸 그래요. 괜히 봉수
가, 아니, 담임이 지어낸 거라니까요."

아버지는 그래 봤자 네 마음 훤히 보인다는 표정으로 빙글
거렸다. 그러더니 갑자기 목소리를 쫘악 깔며 물었다.

"근데 저기 저 여자분, 누구냐?"

오잉? 그렇다면…… 이건 모두 봉수가 깔아놓은 포석? 나는
짱구를 굴려 보았다. 소개팅, 최선희 선생님, 배구연습, 아버지,

연주…… 뭔가 그림이 그려지려는 찰나, 뒤에서 봉수의 목소리가 들렸다.

"배구장에 앉아 있는 아버지와 아들, 그림 조~옿습니다."

"어이쿠, 선생님 나오셨군요. 몸은 괜찮습니까? 언제 퇴원했어요?"

"조금 전에 퇴원하고 바로 이리로 오는 길입니다."

"좀 더 조리하시지 않고……."

"거뜬한데요, 뭘. 누워 있으려니 좀이 쑤셔서, 그리고 애들도 궁금하고 해서."

"연습 게임 하는 거 여기서 쭉 지켜봤는데, 저만하면 잘하는 편인데요?"

"그렇습니까? 전문가 눈에 그렇게 보였다면 보람이 있네요. 혹시나 해서 다른 선생님한테 부탁을 했지만, 애들 하자는 대로 따라 주라고 미리 말했어요. 녀석들이 내 없이 자기들끼리 좌충우돌해 봐야 경기장 안에서 갈등이 일어나도 해결할 방법을 찾거든요. 오늘이 소위 첫 비행입니다."

누가 배구 전문가인지 헷갈렸다. 아버지가 유명 배구선수 출신이라면 말로는 봉수가 국대급이었다.

"저기, 저 동규 녀석 좀 보세요. 자기에게 날아온 공은 어떻게든 처리하려고 노력하잖아요? 저런 게 책임감이거든요. 저 녀석은 제 속에 저런 책임감이 들어 있는 걸 모르고 있는 거지요. 하지만 코트에서 몸으로 부대끼면서 차차 깨닫게 될 거라

봅니다. 배구는 좋은 운동입니다."

봉수는 때와 장소, 그리고 사람을 가리지 않고 썰을 푸는 재주가 있었다. 봉수가 썰을 풀면 나만 빼고 다 빨려들어 간다. 아버지도 귀를 기울이고 있었다. 스타급 배구선수 출신이 동호회 출신 아마추어의 배구 이야기에.

"그건 그렇고, 저기 심판 보시는 여자분, 어때요, 멋있죠?"

"아, 네, 뭐…… 그런 얘기는 나중에 차차…….'

나쁜 짓을 하다 들킨 사람처럼 아버지가 눈에 띄게 허둥거렸다.

"천하의 강심장 디그요정 김성기 선수가 그럴 필요 있습니까? 인연 닿는 대로 사는 거지요. 떡 본 김에 제사 지낸다는 말도 있잖습니까. 좋으면 들이대는 겁니다."

아버지의 얼굴이 붉게 물들었다. 봉수는 내친김이라는 듯이 계속 말을 이어갔다.

"수능이 저 녀석, 정력이 셀 겁니다. 지난번에 미스 선생님 시간에 발기가 된 적이 있었지요."

으아악. 제발 그 얘기만은.

"그때 제가 말했지요. 창피한 게 아니라고. 단군 할아버지도 거시기에 힘이 실렸기 때문에 우리가 존재하는 거라고. 수능이, 내 말 기억나지? 아버지도 젊단 말이야. 네가 그 교훈을 잘 새기고 아버님 도와 드려라. 알았어?"

아버지는 화가 난 건지 부끄러운 건지 알 수 없는 표정을 짓고 봉수를 쳐다봤다. 봉수는 아버지의 그런 눈길을 슬쩍 외면하고는 자리에서 일어났다. 몇 계단 내려간 봉수는 난간 앞에 서서 아래다 대고 고함을 질렀다.

"자, 시합 그만하고 전원 무대 앞으로 집~하압!"

그러고는 서둘러 관중석을 내려가며 나에게 말했다.

"수능아, 너도 아버지 모시고 무대 앞으로 내려와."

병원에 입원했던 봉수가 무대 위에 나타나자 아이들이 환성과 함께 박수를 쳤다.

"야, 꽃다발도 없이 이게 뭐냐. 그리고 내 병문안 안 온 녀석들 모두 주전에서 뺄 거야. 나 뒤끝 오래간다는 거, 잘 알지?"

우우~ 애들이 야유를 보냈다.

"자, 자, 조용! 먼저 잠깐이라도 이렇게 수고해 주신 최 선생님께 모두 박수!"

박수와 환호 소리가 봉수 때보다 열 배는 컸다. 최선희 선생님이 조신하게 고개를 숙였다.

"그리고 오늘은 특별한 손님을 한 분 모시고 왔다. 수능이 아버지, 이리 올라오세요."

봉수가 이끄는 일방적인 분위기에 아버지는 어리둥절한 표정으로 무대 위로 올라갔다.

"주장, 먼저 인사부터 하자."

'차렷, 경례!' 하는 주장 강진이의 우렁찬 구령 소리와 '반갑습니다' 하는 아이들의 고함이 체육관을 울렸다. 다시 봉수가 나섰다.

"이분으로 말할 것 같으면…… 너희들 고려증권이라고 알지? 그 배구단 출신의 김성기 선수님이다."

애들 반응이 시큰둥했다. 자기들 젖먹이 시절에 해체된 배구팀을 알고 있는 애들이 얼마나 될 거라고, 당연하지. 봉수가 당황했다.

"너희들 고려증권 몰라? 고려증권도 모르면서 배구한다 소리 하면 안 되는데……. 그럼 지금 브이 리그 한성 치타스 임종순 감독은 알지? 그 감독이 여기 김성기 선수랑 같은 학교 출신인데 잽도 안 됐어."

"에이~"

"뻥 치지 마요."

"TV에서 한 번도 본 적 없어요."

애들이 떠들었다. 녀석들도 임종순 감독은 알았다. 아버진 본 적이 없었기에 봉수의 말을 믿으려고 하지 않았다. 봉수는 왜 아버지를 불러 올려서, 쯧쯧. 내 얼굴이 화끈거렸다. 봉수의 설명이 이어졌다.

"야, 임종순이는 키가 되니까 그런 거고, 여기 계신 김성기 선수는 은퇴했으니까 그렇지. 그래도 배구 좀 안다는 마니아들 사이에서는 영원한 디그요정으로 기억될 정도로 유명한 분이야."

애들은 여전히 반신반의한 표정이었다. 그때 아버지가 나섰다. 애들이 조용해졌다.

"여러분, 반갑습니다. 나는 고려증권 배구단 디그 전문요원, 김성기오라고 합니다. 저기, 김수능 학생 아버지이기도 하고요."

애들의 눈길이 일제히 나한테로 쏠렸다. 호기심과 놀라움이 섞인 표정들이었다.

"여러분이 잘 모르는 것도 당연할 겁니다. 오래전 일이니까요. 임종순 감독과 동기인 것도 맞고 내가 주 공격수 할 때 그 친구가 보조 공격수였던 것도 사실입니다. 하지만 그게 꼭 실력 차이라고 말할 순 없어요. 역할이 다른 거니까."

"실력을 봐야죠."

한 녀석이 비꼬는 투로 불쑥 말했다. 동시에 아버지가 말을 멈췄다. 잠깐 생각하는 표정이더니 아버지가 다시 말을 이었다.

"안 그래도 오늘 여러분한테 기본 기술 몇 가지 얘기할 참이었는데 잘 됐군요."

아버지가 약간 빡친 것 같았다. 아들 또래의 애들한테서 든 보잡 취급을 받았으니 그럴 만도 했다. 사실 나도 아버지가 배구하는 모습을 보고 싶었다.

"수능아, 의자 하나 갖고 와 봐."

아버지는 무대에서 내려와 코트 쪽으로 갔다. 아이들과 봉수, 최선희 선생님도 모두 코트 쪽으로 몰려갔다. 내가 무대 뒤에 있는 의자를 갖고 나오자 아버지가 지시했다.

"그 의자 반대쪽 코트 네트 앞에 가져다 놓고, 선생님, 의자에 올라가 볼 좀 때려 주시죠. 그리고 세터 넌 네트 가운데쯤에서 내가 올리는 볼 토스해. 네가 한 걸음도 움직이지 않아도 되게 정확하게 네 이마 위로 공 올려 줄게."

아버지가 본격적인 훈련 무대를 세팅하고 코트에 섰다. 봉수가 의자에 올라가 네트를 사이에 두고 아버지를 향해 볼을 때렸다. 아버진 연주가 말한 고무벽 그대로였다. 봉수가 때린 공에 실린 힘을 몸으로 흡수하고 정확하게 세터 강진의 이마 위로 올려 주었다. 아이들 입에서 탄성이 쏟아져 나왔다. 말로만 듣던 디그요정의 디그 장면을 눈앞에서 확인한 것이다. 언젠가 수업시간에 본 배구 동영상의 여오현 선수보다 아버지가 더 멋졌다.

봉수의 표정도 우스웠다. 자로 잰 듯이 정확하게 세터 이마 위로 공을 보내는 아버지를 보며 입을 다물 줄 몰랐다. 최선희 선생님도 아버지가 시범 보이는 것을 보면서 손뼉을 쳤다. 실제로 봉수와 최선희 선생님이 고려증권 그리고 아버지 팬이었던 것이 맞는 모양이었다. 이럴 때 연주하고 고 사장이 있었다면 얼마나 좋을까. 그 순간에도 난 연주 생각이 간절했다.

"세터, 너 언제부터 배구했어?"

아버지가 강진이에게 물었다.

"고등학교에서 처음 했는데요."

"토스 잘하는데? 소질이 충분해."

아버지가 강진이를 칭찬했다. 강진이는 칭찬을 받을 만했다. 배구 실력 말고도 클럽의 리더 역할도 잘했다. 봉수가 앞에서 이끌었다면 강진이는 주장으로서 뒤에서 학생들을 독려하는 역할을 했다. 때론 욕설도 마다하지 않을 정도로 강단도 있었다. 중학교까지 태권도 선수로 활동했다. 체고 진학이 좌절된 이후 우리 학교로 왔다. 승부욕이 강했다. 시합 때면 삭발을 하고 나갔다. 상천시에 있는 다른 학교 배구클럽 학생들 사이에서 강진이는 '상천고 빡빡이'로 통했다. 키 178센티미터에 몸무게도 70킬로그램, 아마추어로서는 괜찮은 체격이었다. 머리도 작아 점프에 유리했다. 아버지는 강진이가 키만 조금 더 컸더라면 지금 당장이라도 엘리트 선수 생활을 해도 괜찮을 정도라고 했다. 좀처럼 웃지 않는 강진이가 입이 귀에 걸렸다.

"동규하고 옆에 키 큰 너, 블로킹 가담해 봐!"

아버지가 이번에는 동규와 레프트를 맡고 있는 성찬이를 블로킹에 가담하게 하고 스파이크 시범을 보였다. 아버지가 먼저 오버 토스로 세터인 강진에게 공을 올렸다. 그 공을 강진이가 다시 예쁘게 받아 올리자 아버진 정확하게 세 걸음 정도 도움닫기를 하며 공중으로 사뿐히 솟아올랐다. 아버지의 몸이 정지화면처럼 공중에 잠깐 머물렀다. 활시위를 떠난 화살처럼 팔이 등 뒤에서 튕겨져 나와 공을 때렸다. 블로킹하던 동규와 성찬이가 몸을 움찔거렸다.

봉수는 아버지가 스파이크를 열 번 정도 하는 동안 스마트폰으로 그 모습을 동영상으로 찍었다. 봉수의 매서운 부분이었다. 자기가 원하고 필요로 하는 것이 있을 땐 장난기를 싹 거두고 진지하게 임했다. 봉수는 아버지의 발동작, 숨소리, 팔 동작 하나하나 놓치지 않고 모두 기억할 것이다. 다음에 우리에게 가르치기 위해서. 아버지는 롤링하면서 디그하는 방법, 스파이크 서브까지 시범을 보였다. 아버지가 몸으로 기억하고 있는 기술들을 모두 보여 주었다. 아이들의 탄성과 박수가 계속 이어졌다. 나의 아버지가 박수받고 즐거워하는 모습을, 나는 태어나 처음으로 보았다.

갈 사람은 가고, 올 사람은 오고

"야, 동규, 가아방 싸아라!"

봉수는 이번 주 내내, 월요일부터 금요일인 오늘까지, 종례 시간마다 그 소릴 했다. 기분이 좋았던 것이다. 지난 토요일 우리 학교는 신도시에서 열린 도교육감배 상천시 남고부 배구 예선전에서 3승으로 8월 말에 열리는 도교육감배 본선 진출을 확정 지었다. 우리 학교까지 총 네 팀이 나와 리그전으로 각 팀이 세 경기를 치렀는데 우리가 싹쓸이했다.

봉수는 가족이 사는 창원에서 본선 경기가 열린다는 사실에 흥분하고 있었다. 본선에서도 파죽의 3연승을 올릴 거라며 들떠 있었다. 상천에서 5년 동안 절치부심과 와신상담을 거듭하며 닦은 실력을 보여줄 거라고 큰소리를 쳤다. 그래서 상천에서의 5년 근무를 마치고 내년에 다시 창원으로 금의환향할 근거를 만들 거라며 뻥을 쳤다. 그리고 동규 실력이 부쩍 는 것이 전력에 큰 도움이 되었다며 칭찬을 아끼지 않았고 배구 연습에 열중하라고 야자를 모두 빼주었다. 동규는 이제 아예 가방을 싸 놓고 종례시간을 기다렸다. 동규 완전 계 탔다.

하지만 그럴수록 내 마음은 쪼그라들었다. 연주가 학교에 나오지 않은 날이 2주일째였다. 지난주 토요일 시합장에도 나타나지 않았다. 봉수는 사연을 알고 있는 눈치였지만 나한테는 아무런 말도 하지 않았다. 그런 봉수가 괘씸해서 물어볼 마음이 생기지 않았다. 병문안 갔을 땐 둘이 연애한다고 잘도 떠들어 대더니, 내가 이렇게 속이 타는 데도 생까고 입도 뻥긋 안 하는 게 야속했다.

내일은 토요일, 연주가 나타나지 않은 지 딱 2주가 되는 날이다. 학기 초, 아침에 일어나 계속 숨을 쉬고 있는 내 모습을 발견하고 실망하던 때하고는 전혀 다른 감정이 나를 사로잡았다. 연주가 보고 싶어 심장이 터질 것 같았다.

아버지는 요즘 들어 옷차림이 달라졌다. 머리도 미용실에서 손질하는 눈치였다. 과거 배구선수 시절 팬들의 사랑을 받던 시절에 저렇게 살지 않았을까, 하고 생각했다. 아마도 봉수가 말하던 소개팅이 잘돼 가고 있는 모양이었다. 봉수는 올해만 지나면 집이 있는 창원으로 전근 간다고 좋아하고, 아버지는 로맨스에 빠져 있는데 나만 연주 소식을 모르고 애를 태웠다.

며칠 전 지방자치단체장 선거 때문에 임시공휴일이던 날, 연주암으로 찾아가 볼까 생각도 했다. 하지만 접었다. 연주가 거기 있으면서 아무런 연락도 하지 없을 리 없기 때문이었다. 연주는 분명 무슨 사연으로 어딘가 다른 곳에 있다는 확신이 들었다. 우울한 기분으로 나오는 상관없는 선거의 개표방송을 멍청히 쳐다봤다. 김수능이는 곧 죽을 판인데 세상은 잘도 돌아가는구나……. 나는 비스듬히 누운 채 발가락으로 리모컨을 눌러 TV를 꺼 버렸다. 다음날 인터넷 뉴스판에는 상천시에서 당선된 야당 후보가 꽃다발을 목에 걸고 아내와 포옹하는 장면이 나왔다. 그렇게 유월이 흘러가고 있었다. 연주도 없는데 배구 연습은 개뿔, 지난 수요일엔 배구도 빠져 버렸다.

종례를 마치고 교무실 앞을 서성거렸다. 주말을 맞아 모처럼 가족이 있는 창원으로 간다고 발걸음도 가볍게 교무실을 나서는 봉수 앞을 가로막았다. 하지만 말이 잘 나오지 않았다.

"아, 수능이, 애인 걱정 돼서 그러지?"

봉수가 툭 질렀다. 내 마음을 알고 있었던 게 분명했다. 속에서 뭔가가 욱 치밀었다. 봉수가 동규였다면, 나중에 묵사발이 될 값에 한 대 갈겨 버리고 싶었다.

"아, 진짜! 연주 어디 있는지 왜 진작 말 안 해 줘요?"

"야, 이놈아, 네가 안 물었잖아? 네가 연주 보호자야? 내가 연주 사정을 너한테 일일이 따라다니며 보고 해야 해?"

봉수 말이 맞았다. 할 말 없었다. 내가 묻지 않았던 것이다.

"사내자식이 애인 소식 궁금하면 빨랑빨랑 물어보고 무슨 조치를 해야지, 혼자 끙끙 앓고 우거지상으로 한숨만 쉬면 다야?"

"먼저 말해 줄 수도 있잖아요."

"내가 왜? 목마른 놈이 우물 파야지."

"……"

내가 말이 없자 봉수가 좀 누그러진 어조로 말했다.

"걔, 아버지한테 간 이식해 줬다더라. 중환자실까지 전화기 들고 가는 환자가 어디 있어!"

"예에?"

"놀라기는. 간이식 수술이 뭐라고, 인마. 사는 거 별거 없어. 간단하게 생각해. 연주도 사람이란 말이야. 아버지 있고 엄마가 있어야 세상에 나온단 말이야. 걔 아버지가 간경화증으로 오래 고생하다 결국 연주를 찾았던 모양이야. 연주는 동의했고."

봉수는 대수로운 일 아니라는 듯 쉽게 쉽게 설명했다.

"연주가 아버지랑 ABO 혈액형이 일치하고, 부녀 사이라 수술은 잘됐다고 해."

"지금 연주 만날 순 없어요?"

"서둘지 마. 수술하고 회복하는 데 한 달은 걸린다더라. 연주, 여름방학 전까진 못 봐."

수술 자국이 남은 배를 움켜쥐고 몸을 움츠리고 걷고 있을 연주 얼굴이 떠올랐다.

"아직 중환자실에서 격리 치료 중이야. 수술 예후도 좋은 모양이고. 일주일쯤 더 있으면 일반병실로 옮길 거라던데, 워낙 건강하고 밝은 애잖아. 잘 견디고 있을 거야."

설명을 마친 봉수는 궁금한 거 더 있어? 하는 표정으로 나를 쳐다보다가 내가 말이 없자 차 시간 바쁘다며 휑 하니 가 버렸다. 나는 복도를 빠져나와 학교 뒤 후미진 곳으로 갔다. 연주는 내가 싫어서 전화를 받지 않은 것이 아니란 사실을 확인한 것이 무엇보다 좋았다. 연주 말이 맞았다. 나는 있지도 않은 사실을 부풀려 생각하다가 나중에는 그 밑에 깔려 버둥거리고 있었던 것이다.

마음이 좀 차분해졌다. 그러자 봉수의 얘기가 다시 생각나기 시작했다. 난데없이 연주 아버지가 나타나다니! 연주가 강보에 싸인 채 연주암 앞에 버려졌다는 사연을 봉수가 말했을 때 연주도 곁에 있었다. 하지만 연주는 그런 과거쯤은 이미 극복한 듯 태연했었다. 그리고 그간 자기 부모에 대한 이야기를 한 번도 하지 않았다. 하기야 나랑 연주랑 그런 얘기까지 나눌 정도로 자주 만나지도 않았고 사이가 가까워진 것도 아니었지만.

연주는 자기를 버리고 간 아버지가 난데없이 나타나 간을 떼어 달라고 했을 때 어떤 심정이었을까. 놀랐을까, 아버지가 나타난 사실이 반가웠을까, 미웠을까, 큰 수술이 두려웠을까, 고민했을까…… 연주가 아무리 야무지고 속이 찼다고 하더라도 그래 봤자 나랑 동갑인데 혼자서 그런 상황을 겪었을 것을 생각하니 불쌍한 생각이 가득 밀려왔다. 내가 곁에서 손이라도 잡아줬더라면 좀 나았을까. 연주가 전에 나에게 엄마한테 연락해 보라고 그렇게 권하더니, 자기가 먼저 아버지를 만나 간까지 이식해 주었다. 어쩌면 연주는 아버지에 대해 품고 있는 자기의 생각을 나의 엄마에 빗대어 말한 것은 아니었을까. 나는 엄마가 사는 곳과 연락처까지 알고 있었던 데 반해 연주는 부모의 생사조차, 흔적조차 알지 못하고 있지 않았나. 그래서 그리움도 더 진했던 것인지도 모른다. 그런 연주를 생각하니 불쌍해서 눈물이 날 것 같았다.

나는 전화기를 열어 카톡에 저장되어 있는 엄마를 검색했다. 이성희 현대무용연구소. 프사의 사진을 들여다보았다. 과거엔 김성기오 씨의 아내, 지금은 다른 남자의 아내, 그리고 나를 낳은 사람. 핏줄로는 엄연한 내 엄마. 연주는 까마득히 흔적조차 모르던 아버지에게 간을 나눠 줬다는데, 이렇게 가까이에 엄마가 있었네? 한참을 화면을 들여다보다가 나는 '에이, 씨!' 내뱉으며 통화 버튼을 그냥 확 눌러 버렸다.

"수능이구나?"

가늘게 떨리는 엄마의 목소리가 아득한 거리를 뛰어넘어 내 귀에 흘러들었다. 말이 나오지 않았다. 침묵이 이어졌다.

"수능아, 엄마야! 수능아, 듣고 있니?"

"어떻게 저인 줄 바로 알았어요?"

겨우 밀어낸 첫마디가 그랬다.

"담임 선생님이 번호 알려 줬을 때 바로 저장해 뒀어. 전화

오길 많이 기다렸는데…… 고맙다."

"네……. 그간 잘 지내셨어요?"

전화기 너머에서 흑, 울음을 깨무는 거친 숨소리가 건너왔다. 그리고 잠깐 침묵. 다시 엄마가 말했다.

"그래, 담임 선생님한테서 네 얘기 들었어. 잘 컸다며? 신체가 단단하다고 칭찬하시더라. 운동 많이 한 모양이지?"

잘 지내셨냐는 내 물음을 엄마는 건너뛰었다.

"운동 많이 안 했는데……."

"그래? 담임 선생님은 네가 수업시간에 단단한 몸 자랑하다가 처녀 선생님 놀라게 한 적도 있다고 하시던데? 알바도 알아서 할 정도로 생활력이 강하다고 칭찬을 많이 하셨어."

아, 봉수는 정말…… 십 년 만에 이루어진 통화인데…….

"이런 말 할 자격도 없지만…… 네가 얼마나 대견한지, 정말고맙다. 할머니 돌아가신 후 혼자 요리도 하고, 앞으로 유명한쉐프가 될 거라고도 하셨어. 성격도 강해서 마음에 들지 않으면 소신 있게 결석할 줄도 알고, 남자답게 잘 컸다고 칭찬 많이하시더라."

휴…… 봉수야, 아무리 해석하기 나름이라지만 찌질했던 나를 비범한 소년으로 만들어 놓다니. 이왕이면 내 신화까지 완성해 버릴 일이지.

하지만 묘하게도 봉수 이야기 덕분에 바짝 긴장해 있던 마음이 풀리면서 엄마와의 통화가 조금 편안해지는 느낌이었다.

봉수 말이 맞았다. 세상일 참 간단했다. 엄마하고 통화하면 되는 거였다. 혼자 고민하다 망설이기만 해서는 안 되는 거였다. 엄마가 나와 수석이를 버리고 갔다고 해도 그건 그때의 사정이었고 또 아빠의 책임도 있었다는 걸 이제는 알고 있다. 물론 그렇다고는 해도 마음 깊숙이 옹이진 아픔이 사라진 건 아니지만…….

"외할아버지가 많이 편찮으시다고 들었는데…….."

"그래, 널 많이 보고 싶어 하셔."

"잘 기억하시지도 못할 텐데……?"

"아니야, 그건 그렇지 않아. 넌 첫정이란 걸 잘 모르겠지만, 엄마가 장녀였잖아. 네가 첫손자였고……. 그 첫정이 무서운 거란다. 나도 네가 보고 싶고…….."

엄마의 말이 거기서 끊겼다. 애써 감추는데도 울음소리가 확연히 들려왔다. 엄마의 울음소리는 엄청난 힘으로 내 마음을 두드리기 시작했다. 드디어 나한테서도 비죽비죽 울음이 새 나오기 시작했다. 울음은 울음을 불러서 점점 커졌다.

'씨이, 보고 싶으면 KTX 타고 오지! 서울서 상천까지 얼마나 걸린다고! 두 시간이면 떡을 치는데 오면 되지, 왜 오지도 않고 보고 싶다고 울고 난리야! 할머니 돌아가시고 수석이도 가고, 내가 혼자서 얼마나……. 아빠도 없는 빈집에서 혼자 밥 먹는 거 생각해 봤냐고! 다른 애들은 장터 칼국수 집에서 엄마랑 잘도 사 먹는데 나는 그것도 못해 봤어! 그게 얼마나 먹고

싶었는지 아냐고! 다른 애 엄마가 입에 묻은 깍두기국물 닦아
주는 거 보면서 얼마나 부러웠는데! 그런 것도 안 해줬으면서
지금 와서 울면 뭐하냐고!'

나는 마음속에서 마구 터져 나오는 말을 꾸역꾸역 삼키며
울었다. 엄마도 울고 나도 울었다. 소리를 죽이며 울었다. 얼마
전엔 아버지 앞에서도 이렇게 울었는데.

"수능아, 미안해, 엄마가 미안해……."

엄마의 말을 들으면서 한참을 더 울었다. 학교 건물의 그림
자가 드리운 후미진 곳에서 울고 있는 나를 또 다른 내가 바라
보고 있는 듯한 느낌이 들면서 차츰 울음이 그쳤다. 신기한 일
이었다. 그렇게 울고 나니 이 후련한 가슴은 뭐다? 나는 대충
눈물을 닦고 코도 팽 풀었다. 드디어 뭔가 준비가 완료된 것 같
았다. 나는 배에다 힘을 주고 말을 밀어냈다.

"엄마, 갈게요. 내일 아침에 올라갈게요."

"그래, 수능아…… 고맙다. 정말 고맙다. 엄마가 용서를 바라
진 않을게……."

"할아버지 입원한 병원 이름 좀 찍어 주세요."

"아냐, 엄마가 서울역으로 나갈게. 표 끊고 도착 시간만 알
려 줘."

그렇게 통화가 끝났다. 안녕히 계세요, 라고 했는지, 내일 봬
요, 라고 했는지 기억이 잘 나지 않았다. 나는 천천히 걸어서
학교를 빠져나왔다.

집으로 돌아오는 길 내내 엄마를 생각했다. 존재를 인정하고 싶지도 않았고 엄마라고 부르기조차 싫었는데 신기하게도 그런 마음은 이제 희미하게 흔적만 남았다. 어쩌면 그렇게 엄마를 부정했던 것은 보고 싶은 마음을 눌러 버리기 위한 발버둥이었을지도 모른다. 아버지나 할머니가 싫어하실까 봐 눈치를 살피면서 보고 싶다는 말조차 하지 못하고 살았던 것은 아닐까. 거기서 오는 화를 풀 데가 마땅치 않아 어릴 적에는 나보다 약한 동네 아이들을 때리고 그 애들이 커버린 다음엔 학교나 빠지면서 비겁하게 살았는지도 모른다.

이산가족은 보고 싶어도 못 본다. 휴전선이 있어서, 갈 수가 없어서. 그런데 나와 엄마는 보고 싶으면 볼 수 있잖아. 이 간단한 사실을 모른 채, 혹은 모른 체하고 지낸 시간이 조금 억울했다.

토요일, 아침 일찍 서둘렀다. 상천에서 좌석버스로 울산역까지 가서 아홉 시에 떠나는 KTX를 탔다. 아버지는 내가 서울에 가는 것을 아는 눈치였으나 아무 말도 하지 않았다. 여러 가지 생각이 창밖으로 스쳐 가는 풍경처럼 머릿속에서 흘러갔다. 그러다가 깜박 잠이 들었다가 다시 깨고. 열한 시에 서울역에 내렸다. 대합실은 사람들로 북적였지만 나는 한눈에 엄마를 알아볼 수 있었다. 엄마 역시 나를 한눈에 알아보고 다가왔다. 엄마가 나를 불렀다.

"수능아!"

엄마와 나의 재회 장면은 의외로 담담했다. 나는 서먹한 분위기를 견디며 고개를 숙여 인사했다. TV에서 보던 눈물 바람이나 말을 잇지 못하고 바라보기만 하는 두 사람, 이런 장면은 연출되지 않았다. 엄마 옆에 말없이 서 있는 남자, 엄마의 현재 남편을 의식했기 때문인지도 모르겠다. 그 남자는 나를 스캔하듯 아래위로 훑었다. 엄마의 과거를 알고도 결혼했고 엄마와의 사이에서 남매를 둔 그가 전 남편과의 사이에서 태어난 나를 바라보는 심정은 어떨지, 짐작할 수 없었다. 그가 나를 향해 손을 내밀며 말했다.

"반갑다. 네가 수능이구나."

나는 말없이 고개를 숙이며 그의 손을 잡았다. 부드럽지만 차가운 손이었다. 어색한 인사가 끝나니 무슨 말을 해야 할지 막막하기만 했다. 결국 엄마에게 내가 할 수 있는 것은 거의 없었다.

"그럼 가 볼까."

남자가 앞장서서 걸음을 옮겼다. 주차장에 도착해 검은색 제네시스 앞으로 간 그가 말없이 운전석 문을 열고 차에 올랐다. 엄마가 뒷문을 열었다.

"수능아, 우린 뒤에 탈까?"

엄마도 남편이 의식되는지 간단하게 말했다. 차는 주차장을 빠져나와 복잡한 도로에 들어섰다. 상천 촌놈이 보는 서울은 너무 복잡했고 어디가 어딘지 분간도 안 됐다. 차 안엔 침묵만

이 흘렀다. 그런 시간이 계속되자 점점 더 그 침묵에 짓눌리는 느낌이 들었다. 갑갑했다. 시간이 엄청 느리게 흐르는 것 같았다. 이럴 때 엄마가 무슨 말이라도 붙여 주면 좋으련만 남편의 눈치를 보는지 아무런 말이 없었다. 무슨 말이든지 해야 하는데……

"병원은 어디에요?"

겨우 한마디 했다.

"응, 삼성병원이라고 여기서 좀 멀어. 한참 가야 한단다."

멀구나. 속으로 중얼거렸다. 다음 말이 떠오르지 않았다. 그러는 중에 어쩌다가 룸미러를 통해 운전석의 남자와 눈이 딱 마주쳤다. 나는 화들짝 놀라 눈길을 돌렸다. 이젠 정말 아무 생각도 나지 않았다. 이럴 때 만만한 게 스마트폰이다. 서울역에서 삼성병원 가는 길을 검색했다. 45분 정도 걸린다고 나왔다. 검색한 내용에 나오는 지명을 차창을 통해 확인해 보려고 했으나 어디가 어딘지 헷갈리기만 했다. 침묵이 버거워 끙끙 앓고 있는데 엄마가 말을 건넸다. 숨통이 조금 트이는 것 같았다.

"외할아버지가 돌아가시기 전에 널 꼭 보고 싶으시대."

"많이 아프신가 봐요."

"응. 연세도 있으시고…… 오래 사시진 못할 것 같아."

그러고는 또 침묵. 차는 가다 서기를 반복하며 도심을 헤쳐 나가고 있었다. 나는 차라리 눈을 감아 버렸다.

"여보, 다 왔어. 당신은 수능이 데리고 먼저 올라가요. 난 주차하고 갈게."

차에서 내렸다. 남자가 주차장을 향해 차를 몰고 가는 것을
확인한 엄마가 내 손을 잡았다. 나는 손을 살며시 빼려고 했다.
엄마가 손아귀에 힘을 꽉 주었다. 엄마 손은 부드럽고 따뜻했
다. 십 년 만에 잡아본 엄마의 손이었다. 손에 땀이 났다. 엄마
는 내 모습을 하나라도 더 확인하려는 듯이 안타깝고 서두르
는 눈길로 이리저리 나를 더듬으며 말했다.

"담임 선생님이 몸이 단단하다고 해서 몸짱인 줄 알았는데,
생각보다 말랐네……."

"선생님이 괜히 그런 거예요. 쓸데없는 농담이나 하고 뻥도
잘 치고."

"그래? 그래도 담임 선생님 참 좋은 분 같더라. 네 걱정도 많
이 하시는 것 같고."

"딱히 걱정하는 건 아니고…… 여하튼 좀 그래요."

"너도 배구한다고 그러던데, 키도 좀 작은 것 같고……."

"아버지처럼 전문적으로 하는 건 아니에요. 그냥 학교 스포
츠클럽에서, 그것도 시작한 지 얼마 되지도 않았어요."

"그렇구나. 아빠 닮았으면 배구는 잘할 거야."

병원 현관에서 승강기까지 가는 동안 한 이야기가 겨우 그
정도였다. 십 년 만에 만난 엄마와 많은 이야기를 나눌 줄 알았
다. 하지만 마음은 말이 되지 못하고 속에서만 맴돌았다. 아버
지가 엄마와 있었던 이야기를 고작 삼십 분 만에 끝낸 것이 이

런 거랑 비슷했을까. 엄마가 다시 내 손을 잡았다. 나도 비로소 손에 힘을 주었다. 이젠 엄마의 새 남편이 오더라도 놓지 않을 작정이었다.

승강기가 8층에서 멈췄다. 복도를 따라 조금 가니 812호 병실이 나왔다. 환자명 이동관. 병실 앞에서 엄마가 바로 문을 열지 않고 잠시 멈췄다.

"수능아, 엄마가 한번 안아 봐도 되겠니?"

엄마의 눈에 물기가 어려 있었다. 엄마가 나를 껴안았다. 엄마의 떨림이 온몸으로 전해졌다. 나는 나도 모르게 엄마의 등에 두른 팔에 힘을 주어 꼭 마주 안았다. 한참 만에 포옹을 푼 엄마는 핸드백을 열어 조그마한 거울을 꺼내 얼굴을 비춰 보고 눈가를 정리한 다음 이윽고 병실 문을 열었다. 들어서는 나를 보고 외할머니가 달려와 와락 껴안았다.

"우리 수능이가 이렇게 컸구나……."

외할머니는 내 볼을 쓰다듬으며 울었다. 이산가족 상봉장에서 노인들이 우는 것처럼 마음 놓고 울었다. 엄마도 옆에서 연방 눈물을 훔쳤다. 병상에 누운 외할아버지의 눈에서도 눈물이 흘렀다. 외할아버지가 흘린 눈물은 앙상한 관자놀이를 타고 흘러내려 베개를 적셨다.

할아버지가 힘겹게 손을 들어 나를 불렀다. 병상 가까이 다가가자 더 오라고 손짓을 했다. 고개를 숙였다. 이산가족 상봉장에서 사람들이 와락 끌어안는 장면이 떠올랐지만 팔이 움직여 주지를 않았다. 나는 그저 뻣뻣한 차렷 자세로 허리를 숙였을 뿐이었다. 할아버지가 앙상한 손가락으로 내 볼을 쓸었다. 그러고는 띄엄띄엄 한 음절씩 끊어 말했다.

"에-미 없-이 고-생-많-았-다. 애-미 원-망 많-이 했-지?"

할아버지의 손가락은 마른 나뭇가지처럼 여위고 차가웠다.

"너-를-보-고-싶-었-다. 미-안-했-단-말-하-고-싶-었-다."

외할아버지가 나에게 미안하다고 했다. 어른에게서 미안하다는 말을 듣는 것이 세 번째다. 얼마 전 아버지가 그랬고, 엄마가 그랬고, 방금 외할아버지가 그랬다. 친구들끼리 미안, 혹은 미안해, 아니면 아, 미안하다고! 사과인지 협박인지 모를 '미안'이란 단어를 흔히 쓰긴 하지만 어른들의 입을 통해 듣는 '미안하다'는 말은 내 마음을 뒤흔드는 무게감이 있었다. 세 번 모두. 아버지한테서 그 말을 듣고서는 아버지와의 화해가 비로소 시작된 것 같았다. 엄마에게서 그 말을 들었을 땐 그간 엄마의 존재조차 부정해 왔던 내 굳어진 마음에 균열이 생기는 것 같았다. 그리고 외할아버지의 미안하다는 말은 그 균열된 틈으로 스며드는 따스한 물줄기 같았다. 메마르고 거칠었던 삶이 이로써 변하게 되는 것일까, 내 눈에서도 이윽고 뜨거운 눈물이 흐르기 시작했다.

엄마가 다시 나를 서울역으로 데려다주었다. 엄마의 남편은 우리의 뒷모습을 백미러를 통해 힐끔거렸다.

"수능아, 이제 자주 연락할게. 너도 언제든 전화해. 그럴 수 있지?"

"네."

"그래, 고맙다. 엄마는 이렇게 잘 자란 널 보니까, 어휴, 또 눈물이 나려 하네. 이젠 안 울어야 할 텐데."

"그래요, 울지 마세요. 저도 맘 내키면 언제든 전화 드릴게요."

엄마가 처음으로 활짝 웃었다. 봉수 말처럼, 복잡할 건 없었다. 간단하게, 거침없이, 마음 가는 대로! 엄마가 내 손을 잡았다. 나도 마주 잡았다. 말없이, 서로의 눈길을 바라보며 한동안 서 있다가 우리는 헤어졌다.

일요일에는 이상하게 피곤했다. 그동안 나를 지탱하고 있던 분노가 한꺼번에 빠져나가 버리자 뭔가 중심을 잡을 수 없는 듯한 어지럼증이 밀려왔는지도 모를 일이었다. 잠깐 눈이 떠졌다가도 이내 또 잠이 밀려왔다. 거의 종일을 잔 것 같았다. 아버지는 아침, 점심, 밥때가 되어도 나를 깨우지 않았다. 내가 자리에서 일어났을 때는 오후 네 시가 다 되었을 무렵이었다. 아버지는 여전히 서울 다녀온 이야기에 대해서는 묻지 않았다. 대신 이렇게 말했다.

"온종일 잠만 자고, 배 안 고프냐?"

"깨우지 그랬어요. 아빤 식사 어떻게 하셨어요?"

"나야 먹었지. 식탁에 밥 차려 놨으니 밥 먹어라."

아닌 게 아니라 배가 몹시 고팠다. 나는 식탁으로 갔다. 그새 아버지의 요리 솜씨가 많이 늘었다. 전엔 행주를 뭉쳐 놓은 것 같았던 계란말이도 이젠 제법 모양이 잡혔다. 밥을 먹고 있는데 아버지가 안방에서 큰 소리로 말했다.

"나 좀 나갔다 와야겠는데, 너 오늘 알바 갈 거지?"

"네, 밥 먹고 가 봐야죠. 어제도 빠졌는데."

"그래, 고 사장 혼자서 힘들 거야. 오늘 좀 늦을지도 모르니까 그리 알고."

"어디 가시는데요?"

"거, 뭐……. 아, 그런 건 왜 물어."

"데이트하러 가세요?"

"그래, 인마."

식탁에서 기웃이 내다보니 아버지가 한껏 멋을 내고 안방에서 나왔다. 아버지는 내 눈길을 피해 주방 쪽으론 얼굴도 돌리지 않고 얼른 현관으로 나가 버렸다. 문단속 잘하고! 라는 목소리만 들려왔다.

고 사장 생각이 났다. 최근 들어 고 사장을 보면 마음이 편해졌다. 안 보면 보고 싶을 정도였다. 학교를 마치고 집으로 돌아오는 길에 맡는 닭 튀기는 냄새가 반갑기도 했다. 나는 서둘러 식사를 마치고 알바 갈 채비를 차렸다. 그래 봤자 세수 정도가 고작이었지만. 통닭집에 도착하니 고 사장이 반갑게 맞았다.

"어, 수능이 왔구나. 그래, 엄마는 잘 만났어? 좋디?"

"그냥…… 그래도 감정 정리는 어느 정도 한 것 같아요."

"감정 정리라……. 수능이가 점점 고차원이 돼 가네. 자세히 좀 설명해 봐."

"난 엄마가 우릴 버린 걸 용서할 수 없었거든요. 수석이가 저세상으로 갔을 땐 화가 나서 꼭지가 돌아 버릴 것 같았어요."

고 사장과 얘기하면 말이 술술 잘 나왔다. 등불이라서 그런가?

"그랬겠지. 그랬는데 이젠 좀 풀어졌다, 이 말인가?"

"뭐 그렇다고 완전히 아무렇지도 않게 된 건 아니고요, 그냥 지켜볼 정도는 된 거 같아요."

"우리 수능이 많이 컸구나. 그래, 네 말이 맞다. 그게 그렇게 쉽게 잊히기야 하겠냐. 차차 지켜보면서 정리를 해 나가야지. 서둘 일도 아니고. 아무튼 잘했다."

"예, 저도 서울 갔다 온 건 잘한 것 같아요."

"근데 너 갑자기 서울 가려고 맘먹은 건 어쩐 일이었어?"

"그게요…… 무슨 일 때문에 엄마 생각이 났는데, 그렇게 생각만 하고 있는 게 확 짜증이 나데요. 그래서 에이 씨, 하면서 걍 전화해 버린 거죠."

"하하, 그 심정 알 것도 같네. 엄마 생각이 목구멍 끝까지 차

올랐던 거였겠지. 그런 걸 임계치에 다다랐다고 하지. 하지만 거기서 한 발, 딱 한 발 내디디는 것도 용기가 필요한 일이야. 아무리 그러고 싶어도 용기가 없으면 못 하는 일도 있는 법이거든. 아무리 생각해도 이번엔 네가 많이 잘했다."

고 사장의 말이 큰 위로가 되었다. 마음이 한결 가벼워졌다. 이제 연주만 보면 되는데, 연주만 보면 동굴에서 완전히 벗어나게 되는데. 고 사장한테 상담을 해 볼까 망설이고 있을 때였다.

"그건 그렇고…… 수능이 알바 잘리게 생겼는데 어쩌냐?"

"에이, 어제 하루 빠졌다고 그러시는 거예요? 쪼잔하시네."

"이 녀석아, 통닭집 문 닫아야겠다는 소리야."

"예에? 갑자기 왜요? 장사도 잘되는데 왜 문을 닫아요?"

뭔 소린가 싶었다. 문을 연 지 얼마 되지는 않았지만 장사는 그럭저럭 잘되는 편인 통닭집이 갑자기 문을 닫다니.

"설명하려면 길어. 그래도 하나뿐인 직원인데 말은 해 줘야겠지? 음, 그러니까 여기가 이젠 재개발 위험에서 벗어났다는 소리야. 그러니 내가 그걸 막을 필요가 없어졌다는 거고."

점점 더 모를 말이었다. 내가 멍한 눈으로 쳐다보자 고 사장이 조그맣게 한숨을 내쉬었다.

"수능아, 아저씬 이제 여기를 떠나서 다른 재개발 지구로 가 봐야 할 것 같아서 그래. 아저씨는 평생 내 도움이 필요한 곳을 찾아다니며 살 팔자란 말이야."

"그럼 이리로 완전히 이사 오신 것 아니었어요?"

"죽은 아내 때문에 잠시 마음이 흔들렸다. 뭐 그렇다고 후회하는 건 아냐. 여기 와서 너랑 옛 친구도 만나고, 디그요정 네 아빠도 만나고 했으니까. 하지만 그건 그거고 내가 가야 할 길이 따로 있으니까 어쩔 수 없는 거지. 너 체 게바라라고 들어봤냐? 그 왜 있잖아, 턱수염 기르고, 베레모에다 시가 물고 있는 남자. 티셔츠도 있는데."

"최 씨 성은 알겠는데 이름이 왜 그래요? 개봐라가 별명이에요?"

고 사장이 배를 잡고 웃었다. 나의 등불이 갑자기 왜 이러지? 내가 뭘 잘못했나, 영문을 모르겠네.

"아이고, 배야. 그래, 아무튼 그런 남자가 있어. 내가 잘 아는 사람인데, 그 양반이 자꾸 나를 향해 손짓하는 것 같아서 말이지."

"그 사람이 왜 사장님을 불러요? 장사 잘하고 있는 사람을 왜 꼬시고 그래요?"

고 사장은 이제 완전히 넘어갈 듯이 웃었다. 그때 봉수가 나타났다. 금요일에 갔던 창원에서 돌아오는 길인 모양이었다.

"야, 분위기 좋네. 고 사장이 이렇게 웃는 거 처음 보겠네. 그래, 무슨 일이야?"

"어서 와. 아이고, 배꼽 잡겠네. 자네 평소 학생들한테 교양도 좀 심어주고 그래라. 어떻게 된 게, 영원한 혁명가를 한 방에 개장수로 만들어 버리나, 글쎄."

"수능이, 이 자식, 또 뭔 소리를 해서 선생님 얼굴에 먹칠했어?"

"별말 안 했어요! 사장님 아는 사람, 최 씨란 사람이 사장님 자꾸 꼬신다고 그랬단 말이에요!"

"대체 뭔 소리야?"

"맥주 한잔할래?"

"술집에 술 먹으러 왔지, 그럼."

고 사장이 냉장고에서 술을 꺼내는 동안 내가 재빨리 술잔을 챙겨 와 테이블에 올려놓았다.

"알바가 동작 하난 빨라서 쓸 만하네."

"교양이 좀 부족해서 그렇지, 다른 건 완벽해."

봉수가 어서 사연을 얘기해 보라고 고 사장을 재촉했다. 고 사장은 웃음기를 거두고 얘기를 시작했다.

"이번에 상천 시장으로 당선된 친구가 실은 내 대학 동기야. 그 친구도 운동권이었는데 일찌감치 정치의 길로 들어섰지. 상천은 알다시피 보수 일색이잖아. 그런데 그 친구는 진보 쪽이니까 늘 깨지기만 했는데 이번에 여기 토박이 하나가 무소속으로 나와서 보수 쪽 표를 많이 갈라 버렸지. 그 덕분에 내 친구가 어부지리로 당선이 됐단 말이야. 그 친구 공약이 재개발 반대인 건 자네도 알 거고. 그러니 내가 굳이 여기서 재개발 반대 운동하느라 뭉개고 있을 필요가 없어진 건데……."

"음, 일이 그렇게 되나……?"

"나는 늘 내 도움을 필요로 하는 곳에 머물자, 이런 신조로 살아왔으니까 슬슬 다른 곳으로 옮겨 볼까, 싶어진 거야. 그렇다고 당장 오늘내일 떠날 수야 있겠나. 새로 알아봐야 할 일들도 많고 가게도 넘겨야 하니까 빨라야 초겨울쯤? 물론 더 늦어질지도 모르고."

"정들자 이별이라더니……."

내 말이! 이제 겨우 정이 들었는데 나의 등불이 꺼져 버리다니!

"그건 그렇고, 아까 최 뭐 씨가 어쨌다고?"

"그게, 아, 이건 수능이 네가 직접 설명해."

봉수가 나를 바라봤다. 뭔가 일이 이상하게 돌아가는 것 같았지만 들은 대로 말했다.

"사장님이 잘 아는 사람이 있는데요, 최 개봐라라고, 별명이 좀 이상해요. 그 사람이 자꾸 어디로 오라고 손짓을 한다잖아요."

이번엔 봉수가 배를 잡았다. 고 사장도 다시 우스운지 따라 웃었다. 너무 웃어서 그랬나, 봉수가 눈을 비비며 말했다.

"아이고, 눈물이 앞을 가린다. 수능아, 내가 고전 해설을, 하필이면 그 사람을 빼먹었네. 체 게바라! 남미 아르헨티나 출신의 영원한 혁명가! 쿠바 혁명의 지도자, 그 사람은 너만 한 나이에…… 야, 이럴 게 아니라 내가 책을 빌려줄 테니 읽어 봐. 사람이 기본 교양이 있어야지, 낄낄."

내가 아는 아르헨티나 출신은 축구 영웅 리오넬 메시 밖에 없다. 동규 녀석은 메시가 스페인 바르셀로나 소속이라고 스페인 사람인 줄 알고 있다. 거기에 비하면 내 교양도 막장 수준은 아닌데, 좀 쪽팔린 건 사실이었다. 나의 쪽팔림과는 상관없이 두 사람의 대화가 이어졌다.

"이 동네 재개발 들어가 봐. 동규식육점이나 수능이네 집, 이 일대가 다 사라지는 거지. 좀 낡긴 했어도 이런 묵은 동네가 그래도 사람 사는 냄새가 나고 정겨운 데가 있잖아. 이걸 다 밀어 버리고 아파트 지어 봐야 이곳 사람들 거기 들어가 살지도 못 해. 보상비 몇 푼 받은 거로 분양가 감당이 되겠냐고. 결국 원주민들은 더 후진 데로 밀려나고 투기꾼들만 살판나는 거지. 이대로 사는 게 뭐가 나빠? 봄이면 살구꽃 피는 마을이 전국에 몇 개나 있겠어?"

"그렇지. 보상비엔 살구나무에 얽혀 있는 사람들의 소중한 추억은 포함되어 있지 않지. 그런 걸 너무 하찮게 생각하는 풍토는 참 문제라고 봐. 모든 걸 돈으로만 환산하려 드니까 눈에 보이지 않는 가치는 모두 쓰레기 취급당하고, 자기의 과거를 이렇게 일률적으로, 또 대규모로 신속하게 허물어 버리는 사회는 세계적으로도 유례가 없을 거야."

잘 알아들을 수는 없었지만 살구꽃에 얽힌 나의 추억도 모두 사라져 버리는 재개발이라면 뭔가 너무 아쉬울 것 같았다. 내가 고 사장에게 물었다.

"그럼 새로 시장 된 사람은 이 동네 그냥 둔대요?"

"걱정 마. 그 사람 임기 중엔 어떻게든 재개발은 막으려 하겠지. 만약 이번 선거에서 여당 후보가 됐다면 난 떠나지 않았을 거야. 일이 이렇게 됐으니 슬슬 움직여 볼까 싶은 거지."

"어디로 가시는데요?"

"갈 곳은 많아. 밀양 송전탑 공사장도 있고 서울의 다른 철거 예정 지구도 있고."

나는 고 사장의 결정을 모두는 이해할 수 없었지만 그간 고 사장이 보여준 모습으로 미루어 보아 그의 결정이 틀린 것은 아니라고 믿기로 했다.

"아, 낼 당장 떠나는 것도 아닌데 왜들 이래? 수능이 너, 너희 사장 간다니까 벌써 분위기 잡는 거야, 뭐야? 이 녀석은 내가 전근 간다고 했을 땐 눈도 깜짝 안 하더니."

"샘은 사모님 있는 곳으로 간다고 좋아하셨잖아요."

"인마, 그래도 가는 건 마찬가지잖아. 하여튼 이 녀석은 이상한 데서 알바를 하더니 영 버려놨어."

"강봉수 선생, 수능이 어제 서울 가서 엄마 만나고 왔대. 욕하지 말고 축하나 해 줘."

"뭐라고? 야, 김수능! 너 나한테는 그 얘기 하지도 않더니, 야…… 정말 배신감 느끼네. 인마, 내가 니 엄마 전화번호도 가르쳐 주고 그랬는데 그럴 수 있어?"

봉수는 정말 서운한지 마구 소릴 질렀다.

"갑자기 간 거란 말이에요. 금요일 밤에 갑자기 결정했다고 요. 일부러 말 안 한 게 아니고."

"그래? 좋아, 그건 그렇다 치고, 엄마 만나니까 좋았어?"

"감정 정리는 웬만큼 됐다고 그러네."

내가 선뜻 대답하지 않자 고 사장이 대신 대답했다.

"감정 정리? 고상한 척하기는. 그냥 좋다고 하면 되지."

역시 봉수는 봉수다. 제멋대로, 나오는 대로. 엿이나 먹으쇼. 그러나 이젠 그런 봉수에게 완전 적응을 해서 밉지는 않았다. 아니 어쩌면 봉수야말로 제일 먼저 나의 침묵에 귀 기울여 준 사람이 아니었을까. 또한, 눈에 보이지 않게 흐르는 내 눈물을 가장 먼저 알아봐 준 사람일지도 모른다. 이제야 그 고마움을 조금 알 것도 같다. 그렇다고 대놓고 고맙다고 말하기엔 너무 쑥스럽다.

"엄마가 선생님이 참 고마운 분이라고 그러셨어요. 사장님 도요."

"그 봐라, 인마."

두 사람은 서로를 보며 빙그레 웃었다. 그때 카톡 신호음이 울렸다. 엄마의 짤막한 메시지가 도착해 있었다.

수능아, 조금 전에 외할아버지 돌아가셨다.

첫사랑의 눈물

그만그만한 날들이 흘러갔다. 아버지와 함께 지내는 생활도 어느덧 익숙해졌고 봉수의 탄압은 여전했으며 고 사장의 은근한 보살핌도 변함없었다. 예전의 그 칙칙한 어둠은 사라지고 눈부신 태양 아래서 손차양을 만들어 먼 곳을 바라보는 듯한 느낌은 새로운 발견이었다. 비록 짤막했지만 연주와 통화도 했다. 연주는 얼마 전에 퇴원해서 연주암으로 돌아왔다고 알려왔다. 그러는 사이에 방학식 날이 되었다. 봉수는 스피커를 통해 흘러나오는 교장 선생님의 말이 끝나자 서둘러 종례에 돌입했다.

"자, 내일부터 방학인데 공부할 미소는 공부하고, 놀고 싶은 놈은 놀고, 알바할 놈은 알바하고, 다들 알아서 잘하리라 믿고……."

미소는 방학식 날도 수학문제를 푸느라 봉수의 말에 반응이 없었다. 뻘쭘해진 봉수가 나를 쳐다봤다. 만만한 게 나였다.

"수능인 오늘 들고 온 가방 한 번도 열지 않고 개학식 날 그대로 들고 올 거지?"

"네!"

애들이 킥킥거렸다. 동규가 제일 크게 웃었다.

"동규야, 너라고 별반 다르겠냐? 넌 방학 동안 몇 초 공부하는지 시간 한번 재 봐라."

봉수가 창가 쪽, 비어 있는 연주의 자리를 힐끗 쳐다보고는 교실 중앙으로 고개를 돌리다 고개를 숙이고 앉아 있는 하영이에게도 말을 걸었다.

"하영이도 방학 때 하고 싶은 거 마음껏 즐겨."

하영인 고개를 들지 않음으로써 봉수의 말을 씹는다는 의사 표시를 분명히 했다. 봉수가 다시 고개를 돌려 준혁이를 쳐다보자 그때야 하영이는 입 모양만으로 '씨팔'이라고 말했다. 싹수없는 것으론 초지일관이었다.

"준혁이는 방학 때도 계속 감동적인 일 꾸미기 바란다."

이미 가방을 메고 교실 밖으로 달려나갈 준비를 끝낸 준혁이가 당근입니다, 하고 씩씩하게 대답했다. 우리 반 교실에선 공부 못하는 녀석들이 대답을 잘하는 게 특징이다.

"자, 마치자. 다시 한번 말하지만 방학 동안 다들 알아서 잘해라. 개학날 건강한 모습으로 다시 만나자. 동규, 수능인 교무실로 따라오고……."

봉수가 먼저 교실을 빠져나갔다. 나와 동규는 가방을 챙겨 메고 어슬렁거리며 교무실로 갔다. 이젠 교무실에 가는 것도 별로 긴장이 되지 않았다.

"수능이, 동규, 우리도 이젠 섬진강 건너고, 문경새재 넘어 봐야지?"

동규와 내가 포장마차용 플라스틱 의자에 엉덩이를 걸치기도 전에 봉수 말이 먼저 날아왔다.

"예? 그게 무슨 말씀이신데요?"

어벙이 동규가 물었다.

"우리 상천고 배구클럽이 이번 도교육감배 학교스포츠클럽 배구대회에서 일등 먹자는 소리다."

봉수는 어려운 이야기는 쉽게 정리해 전달하는 재주가 뛰어났지만 쉬운 이야기는 턱없이 어렵게 말하는 이상한 버릇이 있다.

"우리 학교 배구클럽이 상천시 대표는 연속으로 다섯 번이나 했잖아. 그런데 도 대회에서는 준결승전에서 번번이 지는 바람에 삼등만 세 번째야. 상천에서 도 대회 열리는 창원으로 가려면 낙동강을 건너야 하는데, 이젠 다른 강도 한번 건너 보자는 거야. 어디 낙동강만 강이냐? 우리 상천고가 경남 밖으로 나가려면 어떡해야 해? 지리 시간에 안 배웠어? 전국대회에 나가려면 경남을 벗어나야 하고 그러려면 섬진강을 건너든가, 아님 문경새재를 넘어야 할 것 아니냐고. 전국대회 나가자, 이 말이다. 경남이 배구클럽 실력으론 전국 최고야. 그래서 경남 일등이면 전국 일등은 자동이야"

"샘, 말 너무 어렵게 하시네요. 그냥 전국대회 가자, 이럼 될걸."

"넌 그래서 안 돼. 표현이 멋있어야 내용도 멋있는 거라고. 전국대회 진출하자, 이것보다 섬진강 건너고 문경새재 넘자, 이게 얼마나 멋있어! 이 개봐라 녀석아."

봉수는 걸핏하면 그걸로 날 놀렸다.

"수능 학생, 그건 강봉수 선생님 말씀이 맞는 것 같은데? 훨씬 시적이잖아?"

최선희 선생님이었다. 흰 셔츠를 입은 모습이 시원해 보였다.

"어, 최 선생, 어서 오세요. 요새 잘돼 가죠?"

"방학 잘 보내시라고 인사하러 왔는데 제자들이랑 바쁘시네요. 이번엔 진짜 전국대회 나가시는 거예요?"

"그러려고 이 띨빵한 녀석들 붙들고 이러는 거 아닙니까."

"수능이가 왜 띨빵해요. 동규도 그만하면 전국구 실력이던데요."

"뭘 모르시네. 애들은 전력에 전혀 도움이 안 돼요. 최 선생이 특별지도 좀 해 준다면 모를까."

그건 듣던 중 반가운 소리였다. 최선희 선생님과 함께 연습하는 장면을 상상하니 기분이 삼삼했다.

"수능이 이 녀석은 벌써부터 김칫국 마시네. 꿈 깨라, 이놈아."

"호호, 너무 그러지 마세요."

"야, 이거, 원. 벌써 이렇게 감싸고돌면 어떡하나, 글쎄."

"강 선생니~임! 자꾸 이러시면 화냅니다."

"아이고, 그건 최 선생이 알아서 하시고 그저 올가을엔 국수나 먹게 해 주쇼."

"터미널 옆에 새로 생긴 칼국숫집 괜찮던데, 사드릴까요? 그정돈 얼마든지."

농담인지, 진담인지 헷갈리는 얘기를 주고받다가 방학 동안 잘 지내시라는 인사를 남기고 최 선생님이 돌아섰다. 꽉 끼는 청바지 차림에 또각또각 구둣발 소리를 내며 걸어가는 뒷모습을 보며 멍해 있는데 봉수가 내 정강이를 툭 걸어찼다.

"수능이 너, 최 선생님 괜찮지? 나랑은 창원에서부터 학생부에서 같이 근무를 해서 잘 아는데 저만한 사람이 없어. 활달하고 품도 넓고, 너 같은 꼴통도 충분히 감싸 줄 만큼은 될 거야. 마흔이 넘었는데, 저런 여자 안 데려가고 뭐 하나 몰라. 남자들눈이 삐었지, 삐었어. 그래도 다행인 게 요새 청춘사업이 잘되는 모양이라."

"그 얘길 왜 저한테 하시는데요?"

봉수가 내 정강이를 또 걸어찼다. 이번엔 좀 아팠다.

"그러게, 나도 모르겠다, 인마. 머리가 나쁘면 눈치라도 빨라야지."

"아, 정말, 맨날 욕에다 폭행…… 전근 빨리 안 가세요?"

동규가 옆에서 키들거렸다.

"어쨌든 방학 때 배구연습 계속해야 하니까 그렇게들 알고 있어. 다음 주부터 시작할 거니까, 시간은 카톡방 확인하고."

"매일 해요?"

"동규야, 사람은 말이야, 뭐든 한꺼번에 많이 하면 질리게 돼 있어. 넌 매일 삼시 세끼 삼겹살만 먹으라면 좋겠냐?"

"전 좋은데요."

"식육점 아들답다. 일주일에 두세 번 할 거야. 그리 알고 이 제 가 봐."

동규와 나는 교무실을 나왔다. 복도를 걸으며 동규가 말했다.

"담탱이, 왜 저러냐?"

"뭐가?"

"너만 갈구잖아."

"넌 안 갈구고?"

"맞네. 다 갈구네. 야, 근데 우리 진짜로 본선 나갈 수 있을 까?"

"그거야 모르지."

"아, 함 나가봤으면 좋겠다."

동규 말에는 간절함이 배어 있었다. 이 녀석도 봉수 말처럼 이기고 싶은 걸까, 승리의 기쁨과 함께 주목받고 싶은 걸까. 동 규의 말을 들으니 나도 갑자기 본선에 나갈 수 있었으면 좋겠다는 마음이 밀물처럼 밀려들었다. 이런 느낌은 또 처음이었다.

신도심에서 친구들과 만나기로 했다는 동규와 교문 앞에서 헤어졌다. 그늘이라곤 없는 교문 밖 아스팔트 길은 햇살에 달구어져 펄펄 끓고 있었다. 할머니 몇 사람이 그 땡볕 아래서 기숙학원 광고용 노트를 나눠주고 있었다. 한 권 받았다. 문득 연주가 생각났다. 한 권 더 달라고 했다. 연주에게 주고 싶었다. 나는 사실 오늘 방학식 날에는 연주가 학교에 올 줄 알고 가슴이 설레었었다. 그러나 연주는 오늘도 학교에 오지 않았다. 지금 연주는 무얼 하고 있을까. 회복은 잘되고 있을까. 간 이식 수술이라면 대수술이었을 텐데 어떻게 견뎠을까. 찾아오는 사람 하나 없는 병실에서 연주는 얼마나 외로웠을까. 온통 연주 생각뿐이었다.

연주는 내가 자기를 그리워하는 것만큼 나를 생각하지는 않을 것이다. 그렇지만 난 연주를 떠올리기만 해도 심장이 뛰었다. 연주와 만난 시간은 얼마 되지 않았지만 내 마음 깊숙이 연주가 들어와 버렸다.

'네 생각을 말로 표현하고, 다른 사람들의 표현을 이해하기 위해 공부하는 거야' 라든가 '야, 박동규! 텐트 치는 게 뭐 어때서? 건강하다는 증거 아냐? 넌 텐트 친 적 없어? 아~ 없구나. 부러워서 그랬나 보네' 하던 연주의 말들이 생생히 떠올랐다. 자동으로 음성 지원도 되었다. 연주랑 마주 보고 이야기를 나누고 싶었고 연주암으로 바로 달려가고 싶었다. 칭찬은 고래도 춤추게 한다더니 사랑은 이 김수능이를 춤추게 하는 것일까. 참, 춤추는 사람 또 한 명 있지. 우리 아버지 김성기오 씨. 아버지는 요새 정말 눈에 띄게 달라졌다. 버스 기사들이 입는 와이셔츠를 벗고 젊은 사람들처럼 몸에 착 달라붙는 스포츠용 상의를 입고 다녔다. 미용실에 들러 커트하고 젤도 발라 머리카락에 힘을 주었다. 세수하고는 정성 들여 스킨을 바르고 손거울로 뒷모습까지 비추어 보면서 멋을 내고는 외출을 했다. 내가 연주의 카톡을 기다리는 것처럼 아버지도 카톡을 기다렸고 제법 능숙하게 스마트폰 자판을 두드렸다. 전화가 오면 나를 힐끔 쳐다보고는 마당으로 나가는 것도 모자라 아예 대문 밖까지 나가 오랫동안 통화를 하다가 들어오곤 했다. 그러고 나서는 괜히 내 눈치를 살폈다. 아직 젊은 아버지가 사랑을 하지 못하란 법은 없다. 그리고 더 젊은 내가 연주를 그리워하는 것은 너무나 당연하다. 생각이 거기에 미치자 내가 지금 뭘 하고 있나, 하는 생각이 문득 들었다. 가자, 까짓것. 가서 보면 되지. 엄마도 그렇게 보고 왔는데. 가방을 던져 놓고 통닭집으로 갔다.

"수능이, 이렇게 일찍 웬일이냐? 아직 장사 시작하려면 멀었는데."

"사장님, 저 오토바이 좀 빌려주세요."

"그건 왜? 뭐 하려고?"

"연주암 좀 갔다 오려고요. 알바 시간까지는 올게요."

"암자에 산다는 네 여자 친구 말이구나."

"네. 도저히 못 참겠어요."

"하하, 이 녀석아, 뭘 못 참아."

"자꾸 생각이 나는데, 제가 비겁하게 뭉개고만 있잖아요. 가면 되는데. 걔 수술하고 많이 아프단 말이에요."

"수능이가 단단히 사랑에 빠졌구나. 좋을 때다."

고 사장이 열쇠를 내밀었다. 운전 조심하라는 당부도 잊지 않았다. 내가 바로 오토바이에 올라앉자 고 사장이 소릴 질렀다.

"인마, 헬멧!"

가게로 뛰어들어 가 헬멧을 찾아 썼다. 고창석 머리통이 큰 줄은 알았지만 헬멧이 너무 커서 홀러덩거렸다. 끈을 끝까지 조여도 조금 덜렁거렸다. 이 정도쯤이야. 이십 분 정도 달렸다. 연주암 이정표가 나타났고 오른쪽으로 꺾어 들어가는 낯익은 오솔길이 보였다. 마음은 더욱 급해졌지만 속도를 조금 줄였다. 오솔길이 끝나는 곳에 연주가 있다, 조금만 더 가면 연주를 만날 수 있다! 나는 암자 앞 연못 근처에 오토바이를 세웠다. 지난봄에 왔을 땐 푸른 잎사귀만 가득하던 연못에 화사한 등불같이 연꽃이 가득했다. 다리 위엔 카메라를 든 사람 몇몇이 연꽃을 찍고 있었다.

나는 다리 위에서 잠깐 멈추어 섰다. 호흡을 고를 필요가 있었다. 난간에 기대 연못을 내려다보았다. 수면 위에 내 모습이 비쳤다. 나는 그 모습을 향해 웃어 보였다. 수면 위의 소년이 따라 웃었다. 그래, 웃는 거야. 나는 마음속으로 그 소년을 향해 말했다. 늘 우울했고 죽음을 바라던 소년과는 이제 완전히 작별해야 한다. 대신 밝고 당당한, 못난 것도 힘이 된다는 사실을 믿는 소년과 동무가 되어야 한다. 나는 수면 위의 소년에게 손을 내밀어 악수를 청하면서 조그맣게 말했다.

'우리 잘해 보자.'

법당을 건너뛰고 요사채로 직행했다. 학기 초 같았으면 고사장에게 오토바이를 빌려 달라고 떼를 쓰지도 못했을 것은 물론 연주암까지 달려올 엄두도 못 냈을 것이고 이렇게 요사채를 향해 씩씩거리며 가지도 못했을 텐데, 잘하고 있어, 김수능! 하지만, 에이 씨, 딱 거기까지였다. 요사채 입구 옆의 조그만 바위에 이르자 걸음이 멈춰버리고 말았다. 요사채에 버티고 있을 비구니 스님의 모습을 상상하니 더 이상 나갈 수가 없었다. 일단 바위에 걸터앉아 이마에 흐른 땀을 훔치며 생각해 보았다. 먼저 스님께 정중하게 인사를 드리고 연주를 만나러 왔다고 말을 해야 하나, 아니면 요사채 앞에서 그냥 큰 소리로 연주를 불러서 데리고 나와야 하나. 잘 결정할 수 없었다.

발을 드리운 요사채의 방들에서는 아무런 인기척이 없었다. 부르자, 까짓것. 여기까지 왔는데. 굳게 마음먹었다. 하나, 둘, 셋, 연······! 모깃소리만 하게 연, 까지 나오다 말았다. 다시. 하지만 숫자는 점점 늘어나 드디어 열까지 세고서 부르고야 말리라, 각오를 다지는데 정작 연주는 산책이라도 갔다 오는 길인지 뒤에서 나타났다.

"수능아."

뭐라도 들킨 것처럼 화들짝 놀라 돌아보니 저만치 연주가 서 있었다. 연주의 모습은 너무 달라져 있었다. 눈은 꺼멓게 꺼져 다크써클이 완연했고 하얀 얼굴엔 핏기가 가셔 창백해 보였다. 한마디로 연주는 물기가 말라가는 무말랭이를 연상케 했다. 연주가 주춤주춤 다가왔다.

"어…… 연주야."

연주가 희미하게 웃었다.

"잘 있었어?"

"나야 뭐…… 근데 너, 괜찮냐? 되게 안 좋아 보인다."

"아냐, 이젠 괜찮아. 햇빛을 못 봐서 그래. 부처님께 삼배는 드렸어?"

"아니, 그냥……."

"얘는. 친구 집에 놀러 갔을 때 어른 계시면 어떻게 해야 하니?"

"……."

"가자."

연주가 법당 쪽으로 돌아섰다. 발걸음에 영 힘이 없어 보였다. 방학 때 체육관에 나와 배구하기는 힘들 것 같았다. 법당에서 연주가 시키는 대로 향을 사르고 삼배를 올렸다. 부처님께 절을 하기는 처음이었다. 내가 격식도 모르고 그저 설날 세배

하듯이 꾸벅꾸벅 절하는 것을 물끄러미 바라보던 연주가 엷게 미소를 지었다.

"수능이 절 잘하네."

"이렇게 하면 되는 거야?"

"좀 틀리긴 했지만 뭐 어때. 마음이 중요하지."

"너, 어른티 내는 건 여전하다."

"까불래?"

우리는 법당을 나와 배롱나무 아래 놓여 있는 벤치로 가서 앉았다. 붉은 꽃들이 만발한 나무 밑 벤치에 앉으니 마치 꽃 우산을 쓴 것 같은 기분이 들었다. 분위기는 완전히 잡혔고, 뭔가 근사한 말만 하면 되는데 내 저렴한 단어 실력이 받쳐 주지를 않았다. 어색하고 근지러운 침묵이 흘렀다. 이윽고 연주가 먼저 입을 열었다.

"수능이 너, 엄마 만나고 왔다며? 엄마가 뭐래?"

"어떻게 알았냐? 봉수가 그래?"

"아니, 강봉수 선생님이 알려 주셨어."

"하여튼 입 싼 거 하난 알아줘야 해."

"얘기해 줘, 엄만 만난 얘기. 좋았겠지?"

"별 거 없어. 그냥 만나고, 외할아버지 병문안하고. 근데 내가 갔다 온 다음 날 외할아버지 돌아가셨다. 기분이 이상했어."

"어머나!"

"외할아버지가 나한테 미안하다고 그러시더라."

"할아버지가 너 만나서 그 얘기하려고 버티신 거구나……."

"나도 그런 생각했어. 좀 무섭고, 그래도 할아버지 뵌 게 다행이다 싶고."

"엄마랑은 딴 얘기 안 했니? 만나니까 어땠어?"

"앞으로 자주 연락하기로 했어. 만나면 막 여러 말 할 것 같았는데 막상 만나니 할 말이 안 떠올라서 갑갑해 뒈지는 줄 알았다. 새 남편 때문에 그랬나……?"

"그래도 엄마 만나니까 좋지?"

"솔직히 잘 모르겠어. 그래도 감정 정리는 좀 된 것 같아."

모처럼 근사한 단어를 써먹은 것 같아 으쓱했다.

"그 얘기도 좀 해 봐. 어떻게 정리가 됐는지."

"야, 너, 무슨 시험 보냐? 진짜 꼬치꼬치 묻는다."

"그게 아니고 정말 궁금해서 그래. 엄마를 다시 만나는 건 어떤 기분일까, 만일에 내가 엄마를 다시 만나게 된다면 어떤 기분이 들까……."

"어? 혹시 너도 엄마한테서 연락 왔어?"

"……."

"올~ 맞나 보네. 대박인데?"

"연락이 온 건 아냐. 하지만 이번에 엄마에 대해 좀 알게 됐을 뿐이야."

"그게 그거지 뭐. 축하한다."

"그런 거 아니라니까. 알게 되니 더 마음만 복잡하고…….
차라리 몰랐을 때가 더 나았던 거 같기도 하고……."

"나한텐 엄마 만나서 좋겠다고 난리를 치더니, 왜 그래?"

"너야 엄마를 언제든지 볼 수 있으니까, 좋든 싫든 만날 수
야 있잖아."

"그럼…… 너희 엄만 돌아가셨대?"

"그건 아니고……."

"뭐야? 살아계시는데 왜 못 봐? 너 접때 나한텐 막 그랬잖
아. 무조건 엄마 만나 보라고. 너도 그러면 되지."

"수능아, 우리 엄마 어디 있을 것 같아?"

연주는 금방이라도 울음이 터질 것 같은 표정으로 나를 쳐
다보았다. 나한테 엄마 만난 얘기를 보챘던 게 실은 자기 얘기
를 하고 싶어서였나?

"너 우크라이나 알지?"

들어 본 것도 같았다. 축구 좀 하는 나라일걸?

"우리 엄마, 그 나라 출신이래. 열여덟 살에 모델 한다고 한
국에까지 왔었고……."

"와, 모델! 겁나 예뻤겠다."

"근데 누구한테 속은 거겠지, 정식 모델은 되지도 못했고,"

"어쩌냐……."

"여기 상천시에 있던 나이트클럽에서 엉덩이까지 다 드러내
고 무대에서 춤췄다더라."

그랬구나……. 연주의 외모가 남달리 서구적이었던 게 다 이유가 있었던 거구나. 연주는 마치 넋 나간 사람이 읊조리듯이 얘기를 이어갔다.

"우리 아버지는 그 나이트클럽 지배인이었는데 깡패 비슷했나 봐."

"야, 깡패가 어딨냐. 요샌 그런 일도 다 사무직원이 한다던데."

"엄마가 아주 예뻤던 모양이야. 그래서 스토커가 있었는데……."

나는 연주가 걱정되었다. 이야기하는 모습이나 말소리가 마치 주문을 외는 것처럼 분위기가 이상했기 때문이었다. 내가 살며시 연주의 손을 더듬어 잡았다. 순간 연주도 내 손을 꽉 마주 잡았다. 연주의 손은 불에 달군 쇠처럼 뜨거웠다.

"연주야, 얘기 그만해. 다른 얘기하자."

하지만 연주는 내 말이 귀에 들어오지 않는 모양이었다.

"엄마는 관광비자로 왔다가 비자 기간이 만료됐는데도 여기서 댄서로 일했기 때문에 불법체류자 신세였대. 그래서 그 스토커가 숙소에 침입해도 신고도 못 했대. 아버지가 그런 사정을 알고 엄마를 보호해 줬는데 그러면서 서로 사랑하게 됐나 봐. 그래서 내가 생긴 거고……."

"영화 스토리 같다."

"스토커는 그런 사정을 알고 눈이 뒤집혀서 더 집요하게 엄

마를 못살게 굴었고 결국 아버지와 시비가 붙어서 싸우다가
사고가 일어났대. 스토커가 죽은 거야. 아버지는 잡혀가고……
엄마 혼자서 얼마나 무서웠을까. 아버지가 재판받고 하는 사
이에 엄마는 혼자 날 낳았겠지. 불법체류자가 여기서 혼자 애
낳고 제대로 키울 수가 없었겠지. 그래서 날 연주암에 데려다
놨던 거야.”

“……..”

“아버지가 감옥에 있을 때 엄마가 몇 번 면회를 왔었다고
해. 날 연주암에 갖다 놓고 나서도 면회를 왔는데 엄청 울면서
우크라이나로 돌아갈 거라고 말했대. 그게 두 사람이 마지막
으로 만난 거였다고.”

“이번에 아버지한테서 들은 거구나.”

“응. 내가 간을 나눠준 사람한테서.”

“근데 아버진 왜 진작 찾아오지 않았대? 올 수도 있었을 텐
데.”

“엄마와 마지막 면회를 하고 나서도 오랫동안 감옥에 있었
나 봐. 형기를 다 살고 나와서 연주암으로 찾아오기는 했다더
라. 그런데 도저히 나설 용기가 안 났대. 먼발치에서 나를 봤는
데 잘 자란 것 같아서 안심했다고…… 스님한테 고맙더라고.
자기도 살길이 막막한데 어린 나를 데려다가 잘 기를 자신이
없었다고. 나한텐 오히려 연주암이 더 나은 곳이라 생각했다
고…….”

"후…… 그건 맞네. 연주 넌 연주암하고 잘 맞잖아."

"그래, 나도 그렇게 생각해. 스님 덕분에 난 정말 잘 컸으니까. 스님은 나한테 엄마, 아빠 역할을 충분히 다 해 주셨어."

"그럼 됐지 뭐. 좋게 생각해라."

"응, 그러려고. 근데 지난번에 수능이 너 여기 왔을 때 내가 했던 말 기억나?"

"엄청 잔소리 늘어놓던 것만 기억나. 내용은 기억이 안 나지만."

"이번에 그 생각 많이 했어. 내가 그때 너한테 배구는 경기 중에만 스파이크가 날아오지만 삶에서는 시도 때도 없이, 알지 못하는 방향에서도 스파이크가 날아온다고 그랬을 거야. 그걸 피하기만 하고 맞서지 않는다고 널 나무라기도 했고. 또 나는 언제 어디서 스파이크가 날아와도 상관없다고, 강하면 달래고 죽어 가면 살릴 거라고 큰소리쳤는데…… 그게 아니었나 봐."

"넌 잘하고 있잖아, 뭘 그래."

"아니야. 이번에 아버지 만나고, 엄마 사연도 알고 나니까 강한 스파이크에 얼굴을 맞은 것처럼 생각이 뒤죽박죽돼 버렸어. 뭐가 뭔지 모르겠어. 그런 주제에 잘난 척 너에게 충고나 하고, 미안해."

"에이, 뭘 미안하기까지. 난 머리가 나빠서 그런 건 기억도 못 해. 신경 쓰지 마."

"사실 이번에 아빠가 찾아왔을 때 나 엄청 혼란스러웠어."

드디어 내가 궁금했던 얘기가 나올 모양이었다. 흔적조차 모르던 사람이 아버지라고 나타나 간을 이식해 달라고 했을 때 연주는 어떤 심정이었을까.

"나도 그 말 듣고 좀 그랬어. 뻔뻔한 거 아냐?"

"내가 물어봤다. 왜 이제 나타났냐고, 이렇게 찾아올 수 있는데 왜 전엔 한 번도 오지 않았냐고."

"그러니 뭐래?"

"미안하다고 하더라. 그러면서 사정을 얘기하는데, 나 많이 울었어."

"자기가 급하니까 막 지어낸 거 아냐?"

"그렇게 말하지 마. 진실인지 아닌지, 그 정돈 나도 알 수 있으니까."

"……."

"먼발치에서 나를 보고 간 다음 아버지는 어떻게든 살려고 마음먹었대. 빨리 작은 기반이라도 마련해서 날 데려가려고 굳게 마음먹고 닥치는 대로 이일 저일 했는데 전과자가 할 수 있는 일이 별로 없었나 봐. 배운 것도 별로 없고 젊은 시절엔 또 깡패처럼 살았으니까 더 그랬겠지. 결국, 사채업을 하는 후배 밑에 들어가서 일을 봐줬는데 그 일이 좀 그렇잖아. 어느 날 아버지가 그 후배랑 같이 어떤 채무자한테 돈을 받으러 갔는데 그 채무자가 목을 매 죽어 있더라는 거야. 도박 빚 때문에 무리하게 사채를 썼다가 사채업자가 하도 독촉하고 협박도 하고 그러니까 그랬던 건데, 그날 아버지는 너무 충격을 받았다고 그랬어. 미칠 것 같았다고."

"와, 생각만 해도, 진짜 후덜덜했겠다."

"응, 그랬나 봐. 그날 아버지는 후배랑 저녁을 먹으면서 자기는 그만두겠다고 말했대. 도저히 못 하겠다고, 자기랑 맞지 않는다고. 그러면서 아버지는 맥주잔에다 소주를 부어서 연달아 다섯 잔이나 마시고는 뻗어버렸다고 하더라. 그리곤 그 후배가 아빠를 차에 태우고 운전을 했는데 그만 사람을 치고 말았대. 어린 애였는데 사고가 난 곳도 여기 상천이었다더라."

응? 가만, 이게 무슨 소리야? 심장이 미친 듯이 벌렁거렸다. 연주는 자기 얘기에 집중해 있어서 그런 나의 반응을 알아차리지 못했다. 연주의 말이 이어졌다.

"아버진 후배가 다급하게 자길 깨우면서 뭐라 하는데 너무 취해서 뭐라고 하는지도 몰랐대. 그랬는데 다음날 깨어 보니까 후배란 사람은 사라지고 없고 차엔 사고 흔적으로 핏자국이 남아 있고, 간밤에 후배가 뭔가 소리 지르던 게 토막토막 기억도 나고…… 그래서 혹시 뺑소니가 아닐까 마음을 졸이면서 뉴스를 찾아 봤대. 모든 정황이 딱 아빠 차가 맞더라는 거야. 자수할까 생각했지만 자기가 낸 사고가 아니란 걸 증명할 길도 없는 것 같고, 또 감옥에 간다면 영영 나오지도 못할 것 같고, 고민하다가 그길로 상천을 떠났대. 후배를 찾아서 같이 자수하러 가자고 설득하려고 미친 듯이 전국을 헤맸지만 그게 어디 쉬웠겠니. 또 그 사람이 지금 와서 내가 그랬소, 하고 나서 줄 것도 아니고……. 아버진 점점 지치고 살길은 막막하고, 그래서 막살았나 봐. 나에 대한 양심의 가책에다 사고의 가책까지 더해져서 아버진 생을 포기하고 싶었대. 그러다가 마지막으로 날 만나서 모든 걸 얘기해 주고 떠나려고 왔다고 그러더라.”

나는 아무 말도 하지 못하고 숨죽여 연주의 다음 말을 기다렸다.

“그날, 지금도 기억나. 저녁때 어떤 남자가 날 찾아왔다는데 어찌나 황당하던지. 그래도 뭔가 심상찮아서 스님이랑 같이 얘기했는데…… 아버지였어. 초라한 행색에다 병색도 완연하고, 첨엔 믿기지도 않고, 아…….”

연주는 길게 한숨을 내뱉으며 고개를 들었다. 눈가엔 온통 눈물이 번져 있었다. 연주 말대로라면 수석이의 생명을 앗아간 사고의 당사자 중 한 명이 연주의 아버지란 소리였다. 그의 말을 그대로 믿는다면 술에 취해 조수석에서 자고 있는 사이에 다른 사람이 운전하다가 사고를 냈다는 얘긴데, 하지만 그의 말을 어떻게 믿지? 물론 연주는 그 사고가 내 동생 수석이가 당한 사고란 걸 까마득히 모른다. 아니 상상조차 하지 못한다. 머리가 터질 것 같았다. 나는 벤치에서 일어나 주변을 어슬렁거렸다. 가슴이 마구 뛰고 머리는 뒤죽박죽이 되어 버렸다.

지상에 왔다가 무구한 웃음만을 남긴 채 살다 간 내 동생 수석이, 그런 수석이의 생명을 앗아간 사람일지도 모를 사람의 피를 받은 연주, 그런 악연으로 연주를 외면하고 살아가야 한다는 것은 두려움 그 자체였다.

내 의지와 마음은 서로 정반대의 방향으로 달리기 시작했다. 의지는 이 자리를 박차고 나가라고 끊임없이 절규했다. 한편 마음은 연주를 향해 등불을 밝히라고 속삭였다. 연주의 말에 귀를 기울이고 받아들이라고 끊임없이 명령했다. 의지는 다리에 힘을 잃고 주저앉으려 했다. 내 마음은 사그라지는 연주의 등불을 향해 마주 불을 밝히라고 끊임없이 다그쳤다. 그 팽팽한 줄다리기가 어느 한쪽으로 치우치지 않고 계속 이어졌다.

연주가 벤치에서 일어나 다가와 등 뒤에서 나를 감싸 안았다. 연주는 얼굴을 내 등에 기대고 팔을 둘러 내 손을 잡고는 배 앞에 포갰다. 연주가 말했다.

"수능아, 고마워. 내 얘기 들어 줘서. 사실 간 이식 수술, 내가 먼저 제안했어. 난 아버지의 말이 진실이란 걸 알았기 때문이야. 신기하게도 그게 온몸으로 전해지더라. 어떻게 보면 아버지도 너무 불쌍한 사람이었어. 생각지도 못한 인연, 엄마를 보호하려다 일으킨 우발적인 사고, 그리고 또 자기가 낸 사고도 아닌데 평생 그 멍에를 지고 괴롭게 살다가 죽을병에 걸리고…… 난 아버지를 위해 할 수 있는 일이라면 다 해 주고 싶었어. 내 간을 잘라서 아버지를 살릴 수 있다는 게 너무 감사했어."

그 말을 듣는 순간, 내 안의 줄다리기가 한쪽으로 훅 쏠리는 느낌이었다. 마음이 의지를 이긴 것이다. 갑자기 봉수 생각이 간절했다. 이 상황에서 봉수는 무슨 말을 했을까? 혹시 이렇게 말하지 않았을까?

"수능이 이 자식, 머리 굴리지 마. 넌 머리가 나빠서 굴리면 굴릴수록 틀린단 말이야. 그냥 마음이 시키는 대로, 발기차게 살아, 인마. 아, 활기차겐가?"

연주와 헤어져 통닭집으로 왔지만 일손이 잘 잡히지 않았다. 고 사장은 덤벙대는 나를 무던하게 바라보다가 아홉 시쯤이 되자 말했다.

"수능아, 오늘은 일찍 들어가라. 주문도 많지 않은데 나 혼자 해도 되겠다. 녀석이 애인 만나고 오더니 영 정신을 못 차리네."

낮에 연주와 나눈 얘기를 고 사장에게 할까도 생각해 보았지만 아직은 아니라는 결론을 내린 터라 나는 순순히 그의 말을 따랐다. 고 사장이 고마웠다.

여름밤의 공기는 잔뜩 습기를 머금고 땅 가까이 내려앉아 있었다. 집으로 돌아온 나는 마루에 걸터앉아 낮의 일을 곱씹으며 생각에 잠겼다.

연주 잘못이 아니야. 연주 아빠의 말이 맞아.

교도소까지 다녀온 사람 말을 어떻게 믿냐고?

연주가 그랬잖아, 그의 진실이 온몸으로 전해졌다고.

봉수는 뭐라고 할까?

수석아 괜찮니?

형아아, 연주 누나 예쁘지?

그럼, 예쁘지.

수석아, 용서할 수 있지? 연주만 보면 난 좋은데.

형아, 용떠 해 줘라. 나도 연주 누나 좋아.

후배란 사람이 차를 운전했대. 연주 아빠가 그런 건 아니래.

샤워를 마치고 방에 누웠으나 잠이 오지 않았다. 이런저런 생각이 연이어 떠올랐다가 사라졌다. 지난봄의 암울함, 봉수의 고함, 고 사장과 살구꽃, 통닭집의 기름 냄새, 술을 마시던 세 사람, 디그요정, '수능아' 하고 부르던 엄마의 음성, 배구공을 처음 받았을 때 생겼던 팔뚝의 희미한 멍 자국, 그리고 연주, 마지막으로 나, 김수능. 불과 다섯 달 사이에 나는 어떤 시간의 터널을 거쳐 지금 여기까지 와 있는 것일까. 신기했다. 그리고 마음속에서 우러나와 나를 감싸는, 말로는 잘 표현이 안 되는, 대상이 막연한 고마움 같기도 하고 감동 같기도 하다는 것을 확연히 느낄 수 있었다. 나도 모르는 사이에 눈물 한줄기가 주르륵 흘러내렸다.

'아이, 씨, 쪽팔리게 우냐. 슬프지도 않은데 눈물은 왜 나오

고 지랄.'

중얼거리며 눈물을 닦고 있는데 삐걱거리며 대문 열리는 소리, 곧이어 아버지가 성큼 거실로 올라서며 하는 말소리가 들렸다.

"수능이 자냐? 안 자면 나와라, 족발 먹자."

거실로 나갔다. 아버지가 옷을 갈아입고 씻는 사이에 나는 소반 위에 아버지가 사 온 족발과 소주를 올려놓았다. 씻고 나온 아버지한테서 술 냄새가 났다. 이미 한잔한 모양이었다. 아버지가 소주병 마개를 따며 말했다.

"잔 하나 더 갖고 와. 오늘은 너랑 한잔하자."

아버지가 내 잔에 소주를 가득 따랐다. 나는 술병을 건네받아 두 손으로 공손히 아버지의 잔을 채웠다. 아버지가 내미는 소주잔에 내 잔을 부딪쳤다. 우리 부자간 최초의 술자리였다. 아버지가 목을 뒤로 젖히며 단숨에 술을 털어 넣었다. 나는 몸을 약간 비틀고 반만 마셨다. 족발 한 점을 새우젓에 찍어서 우물거리며 아버지가 말했다.

"미안하다. 아버지 생각만 하고 살았다. 나만 잘나면 된다고 믿고 살았어."

가만히 아버지를 쳐다봤다. 아버지 눈가에 잔주름이 자글자글했다. 아버지도 그 잔주름 사이로 눈물깨나 흘리지 않았을까. 사춘기 이후 아버지 얼굴을 가까이서 본 것도 처음이었다.

"남들은 내가 고려증권 배구선수 김성긴지, 김성기온지도 모르는데, 이혼을 했는지, 잘살고 있는지 관심도 없는데 어린 너와 수석일 놔두고 쪽팔린다고 상천 떠날 궁리만 하고……. 사람들이란 게 그냥 스쳐 가는 것을 붙들고 늘어지고 싶어 하는 존재란 것도 모르고 혼자서 생각하고 결론 내리는 짓을 하며 살았어. 그래, 네 아빠가 한때 배구 좀 했지. 그런다고 지금 잘하는 거 아니잖아. 모든 것이 변하는데 그것도 모르고 그때 그때를 놓치고 살았어."

연주도 봉수도 아버지도 요즘 난해한 말만 한다. 하지만 아버지가 내 앞에서 자신의 모습을 숨김없이 드러내며 변해 가고 성장해 가는 아버지가 되고 싶어 하는 것은 어렴풋이 알 것 같았다.

"수능아, 너는 앞으로 뭘 하고 싶어?"

"딱히 뭐……."

"너, 지금까지 18년을 살았잖아. 백 살까지 산다면, 82년은 어떻게 살 거야?"

어디서 들어 본 적 있는 말을 아버지가 했다.

"아버지, 우리 학교 상담 선생님도 그런 말 했어요."

아버지가 멈칫하더니 다시 질문했다.

"이 녀석아, 넌 어떻게 살 건데?"

"잘 살아야죠. 잘 살 거예요. 공부는 해야 할 것 같아요. 왜냐면 내 생각을 표현하고 다른 사람들의 표현을 이해하려고요. 또 이동수 경장처럼 남들이 안 된다고 하는 것들을 해내기 위해서도요. 마지막으로 아버지하고 내가 마음 놓고 볼 수 있는 것들을 지키기 위해서 공부는 해야 할 것 같아요."

"이 녀석아, 그런 뜬구름 잡는 소린 됐고, 대학은 어떡할 거냐?"

"전문대 가야죠, 뭐. 자동차과나 냉동공조과 이런 데로."

"갈 수는 있어?"

"가야죠. 생계도 중요하니까요."

"그럼 네가 스무 살부터 시작해서 잘할 수 있는 걸 찾자. 할 수 있겠지?"

"예, 노력할게요."

"아버지, 요즘 만나는 사람이 생겼다."

"축하해요. 아버지가 사람은 오래 지켜보는 거라고 하셨잖아요. 전에는요."

"현재까진 좋아 보여. 앞으로도 좋을 거 같고."

"아버지도 그분 만나면 심장이 뛰어요?"

"안 뛸 줄 알았는데, 뛰더라."

아버지 얼굴이 살짝 붉어지는 것을 봤다. 아버지도 외로웠을 것이다. 아무런 준비 없이 배구를 관두었고, 상천으로 내려와 엄마와 살면서 엇박자만 만들다 헤어졌다. 아버지 고통을 관찰하고 이해하자. 나도 이젠 제법 힘을 길렀잖아.

"뜸 들이지 말고 가을에 장가가시는 건 어때요?"

"이 자식이, 담임한테 결론 빨리 내리는 것만 배웠나?"

"아버지도 지금 만나시는 분을 그냥 보지 말고 아버지가 그 분 자체가 되어 보시는 거예요. 그리고 관찰하세요. 그분 고통을 관찰하고 이해하고, 그분 사랑에도 그렇게 다가가면 그분도 가을엔 아버지하고 결혼하자고 하실 것 같은데요."

"이야, 수능이 제법인데? 담임이 가르쳐 준 거야? 네 담임, 철부지 소년 같고 생긴 게 별로라 그렇지, 사람은 진국이더라."

"아닌데요. 여자 친구가 그러던데요."

그새 아버지와 난 소주 두 병을 비웠다. 아버지가 혀가 약간 꼬부라진 소리로 말했다.

"야, 한 병만 더."

편의점으로 가는 길에 동규식육점이 보였다. 새벽 한 시가 넘은 시간이었는데 동규도 자기 아버지와 가게 앞 파라솔 밑에 앉아 있었다. 여드름 가득한 동규 얼굴을 바라보는 동규 아버지 표정이 편안해 보였다. 동규가 부상으로 축구를 포기하고 좌절할 때도 저 표정은 변함이 없었다. 동규가 제 아버지와 나란히 앉아 있는 걸 보고 부러웠던 때가 있었다. 지금은 나도 방에서 아버지와 소주를 마시다 나왔다.

연주는 지금 무얼 하고 있을까. 그 누구와도 소박한 행복조차 나눌 수 없는 연주를 생각하니 가슴이 꽉 막히는 것 같았다. 연주 볼에 흐르던 눈물이 떠올랐다. 연주에겐 그 눈물을 훔쳐 줄 손수건 같은 누군가가 필요하다는 생각이 들었다. 그게 나라면, 나였으면, 나일 수 있으면.

편의점에서 나올 때 빗방울이 떨어졌다. 러닝만 입은 어깨에 차가운 빗방울이 닿았다. 흠뻑 젖고 싶었다.

대문을 열고 현관문에 이르자 아버지가 전화하는 소리가 달려 나왔다.

"최 선생님, 안 주무시고 계셨어요? 수능이가 빨리 장가가라는데요."

낙동강을 건너다

개학과 동시에 우리 배구클럽은 특별훈련에 돌입했다. 방학 동안의 훈련이 몸풀기였다면 지금부터는 강화훈련이었다. 봉수는 서브 연습에 공을 들였다. 아버지도 체육관에 나와 가르쳤다. 아버진 신명을 냈다. 최선희 선생님이 이틀에 한 번 꼴로 음료수를 사 들고 체육관을 찾았기 때문에 더 그랬다. 선수 시절 익힌 것들을 우리에게 하나라도 더 전해 주려고 안달을 했다. 가끔 자기 요구 수준에 따라오지 못하는 우리를 향해 실망한 표정을 감추지 못하기도 하면서.

개학 2주 차 목요일, 우리 배구팀 전원은 유니폼을 갖춰 입고 교장실에 출전 인사를 하러 갔다. 붉은 유니폼에 노란색 글씨로 앞엔 상천고, 등판엔 21번, 그 번호 위에 김수능, 세 글자가 뚜렷이 적혔다.

나는 아직 시합 뛸 만큼 실력이 는 것은 아니었다. 그런데도 흥분됐다. 엄마 사연으로 발목 묶였다고 여기며 옥상에 고인 물처럼 살았던 내가 학교를 대표하는 스무 명에 포함됐다는 사실이 좋았다. 지난봄 통닭집 옆 골목에서 내가 담배를 권했을 때 동규가 하던 말이 떠올랐다.

"얌마, 내가 지금 상천고 배구클럽 유니폼 입은 거 안 보여? 등판엔 내 이름도 적혀 있다고! 너나 피워. 내 이름을 달고 있을 땐 내가 나를 지켜야 한다고 봉수가 그랬어."

그러면서 동규가 등판을 내 쪽으로 돌렸었다. 유니폼에 박동규라고 선명하게 박혀 있던 이름이 그땐 왜 그렇게 낯설었을까. 그때 동규는 잔뜩 거드름을 피우면서 이런 말도 했었다.

"넌 절대 모를걸? 자기 이름을 달고 경기에 나서는 기분."

그때 참 존심 팍팍 상했지. 하지만 궁금한 것도 사실이어서 그 기분이 어떤지 물었을 때 동규가 하던 말,

"그게…… 말로는 그 느낌을 잘 표현하지 못해. 이건 직접 경기를 뛰어 봐야 해. 너도 함 해 봐. 그러면 분명히 막 살아 꿈틀거리는 기분도 들고…… 뭔가 뻐근한 걸 느낄 거야. 그런데 어쩌냐, 넌 키도 작고 배구클럽 소속도 아니라서. 그런 기분은 전혀 느껴 보지 못하겠네."

하지만 이젠 그런 동규의 기분을 속속들이 이해할 수 있었다. 바로 지금 내가 그런 기분에 젖어 있으니까.

대회 일정은 금요일부터 일요일까지였다. 우리 시합은 금요일 오전 아홉 시, 따라서 금요일 일곱 시에 출발하기로 했다.

상천에서 경기가 펼쳐지는 창원까진 한 시간 정도 걸린다. 봉수는 무엇보다 남은 한 시간 동안 준비운동을 하며 몸 상태를 끌어올리는 것이 경기에 영향을 미친다고 강조했다. 봉수가 마지막으로 당부했다.

"너희들, 집에 가서 바로 자라. 술 마시면 안 돼! 출발 시간 꼭 지키고."

금요일 아침 일찍 눈이 떠졌다. 아버진 밥상을 차려놓고 내가 일어나기를 기다리고 있었다. 김이 솔솔 나는 쌀밥이었다.

"시래깃국 끓여 놨다. 익힌 채소를 먹어야 배탈이 안 나. 아버진 시합 땐, 전날 입었던 팬티 그대로 입고 가면 꼭 이기더라."

밥을 먹고 아버지와 함께 집을 나섰다. 버스는 상천시 공설 운동장에 세워져 있었다. 아버지가 운전하는 차를 타고 교문에 이르니 산적 한 명이 기다리고 있다가 우리 버스를 보더니 손을 흔들었다. 봉수였다.

"네 담임은 시합 나갈 땐 씻지 않고 수염도 그대로 두는 모양이다."

아버지가 말했다. 봉수가 차에 오르자 쉰 옥수수에서 나는 냄새가 났다.

"난 소원이 생기면 씻지 않고 그대로 자는 버릇이 있어요."

아버지와 난 한바탕 신나게 웃었다. 난 봉수의 소원을 안다. 경남 일등. 작년 졸업생 선배 둘도 교문 앞에 나타났다. 배구클럽 활동을 한 대학생 선배들이었다. 재학생 선수 스무 명, 선배 둘, 봉수, 그리고 아버지, 총 스물네 명이 낙동강을 건널 예정이었다. 일곱 시가 되자 재학생 열여덟 명이 모였다. 레프트 공격수를 맡고 있는 성찬이와 레프트 보조 공격수 장호가 보이지 않았다. 주장을 맡은 세터 강진이의 얼굴이 일그러지기 시작했다. 강진이는 이번 시합에 다른 아이들보다 더 많은 의미를 두고 있었다. 우리 팀에서 가장 승리를 원하는 사람이 강진이었다. 강진이는 태권도 선수 생활을 한 터라 준비운동이 중요하다는 걸 누구보다 잘 알았다. 성찬이와 장호가 늦어지면 늦어진 만큼 준비운동을 할 시간이 부족해지고, 코트에 미리 들어가 공을 다루어 볼 시간이 줄어든다는 것을 알기 때문에 그러는 것이다. 강진이의 일그러진 표정을 본 봉수가 아버지에게 마이크를 달라고 하더니 우리를 다독였다.

"축구는 3부 리그 팀이 1부 리그 팀을 잡을 수 있어도 배구는 그런 이변이 좀처럼 드물다. 고등학교에 올라와 처음 배구공을 만진 너희들이 전문 선수 출신이 가르친 애들을 이기기는 어려워. 서부 경남 아이들은 초등학교, 중학교 때부터 배구공을 만졌다고. 그 애들은 그만큼 기본기가 탄탄하다는 말이지. 실력은 그들이 엄연히 한 수 위야. 그러나 너희들은 누구보다 더 열심히 승부를 준비했고, 이기고 싶은 마음만큼은 간절할 거야. 꼭 이기고 싶다, 이길 수 있다, 여기에만 집중해. 딴 건 다 버려."

일곱 시 삼십 분이 다 되어서야 성찬이와 장호가 슬리퍼를 질질 끌고 나타났다. 아버지는 출발 시간이 다 됐는데…… 하면서 말끝을 흐렸다. 경기 직전에 도착해 많은 것이 틀어지게 될 것을 걱정하는 눈치였다. 강진이가 버스에서 내려서서 흥분한 목소리로 고함을 질렀다.

"야, 안 뛰어? 이 새끼들이 죽으려고……."

봉수가 흥분한 강진이를 불렀다.

"강진아, 네가 세터잖아. 세터는 팀의 엄마야. 엄마가 흥분하면 자식들이 불안해한다. 자, 자, 가라앉히고."

강진이는 화를 주체하지 못하고 언성을 높였다.

"저 자식들, 밤새 술 마셨다고요. 둘이 팀 망치려고!"

"안다. 내가 배구클럽 한두 해 지도한 거 아니잖아. 그것도 안고 넘어가야 한다. 감정 다스리는 것도 경기다."

강진이의 싸늘한 시선에 기가 죽어서 성찬이와 장호는 비실비실 버스에 올랐다. 두 녀석의 집안 사정은 그다지 넉넉하지 않았다. 같은 고깃집에서 알바를 했는데 그곳에서 번 돈으로 계절마다 유명 메이커 아웃도어 옷을 사서 입고 다녔다. 학교는 잘 나오지 않으면서도 목요일 독수리 배구클럽 활동이 있는 날은 알바도 빠지고 나왔다. 걔들도 배구를 통해 뭔가 변하고 있는 것만큼은 분명했다. 하지만 그게 하루아침에 무 자르 듯이 될 리야.

결국 예정된 시간보다 삼십 분 늦게 버스는 출발했다. 아버진 다소 초조한 눈치였다. 봉수가 USB를 꺼내 아버지에게 틀어 달라고 부탁했다. 텔레비전에 USB를 연결하자 우리가 그동안 연습하던 장면을 촬영한 동영상이 재생됐다.

맨 처음에는 점심시간 40분, 저녁 자율학습 전 40분, 하루 80분을 확보해 학교 매점 뒤에 나일론 줄을 걸고 다섯 명씩 편을 갈라 미니경기를 하는 영상이 나왔다. 클럽의 초기 모습이었다. 나일론 줄을 낮게 치고 누구나 쉽게 스파이크를 구사하는 장면 중간중간에 가지런한 이를 드러내고 활짝 웃는 연주가 보였다. 그 영상에 나는 없었다. 그때부터 클럽에 가입했다면 오늘 경기도 뛸 수 있을 텐데.

인근 동호회를 찾아 연습 경기를 하고 난 후 간식을 먹는 모습, 성인동호회 팀을 상대로 위축되지 않고 대등한 경기력을 선보이는 장면, 이틀 전 체육관에서 연습하는 장면까지 나왔다. 아버지가 등장하는 영상도 있었다. 처음 시범을 보일 때의 모습이었다. 다시 봐도 감탄스러웠다. 고려증권 시절 디그요정이 체육관 바닥으로 몸을 날리며 공을 걷어 올리는 모습은 멋있었다. 아버지를 바라보는 최선희 선생님의 눈빛이 아름다웠다. 봉수가 언제 이런 걸 다 기록해 두었는지, 봉수가 달리 보였다. 영상이 끝나자 누가 먼저랄 것도 없이 모두 손뼉을 쳤다. 버스 안의 분위기가 숙연해졌다.

버스는 상천시를 벗어나 김해시와의 경계인 낙동강 다리를 지나고 있었다. 모두 각자의 마음속에 떠오르는 생각을 따라 어디론가 가고 있는 듯 말이 없었다. 창원으로 경기를 떠나는 나는 엘리트 배구 선수가 아니다. 겨우 아마추어팀, 그중에서도 후보에 불과하다. 하지만 누군가의 기억에 남기 위해 사는 것은 아니다. 나 자신을 위해 승리하는 데 간절히 동참하고 싶을 뿐이다.

김해를 지날 때 차창 앞 유리에 빗방울이 떨어지기 시작했다. 하지만 곧이어 양동이로 들이붓는 것 같은 장대비가 쏟아졌다. 봉수의 표정이 어두워졌다. 봉수가 다시 마이크를 잡았다.

"독수리는 날개가 젖으면 안 된다. 유니폼, 배구화, 양말 잘 챙겨서 배낭 깊숙이 넣어라. 다른 거 준비한다고 일기예보를 못 봤다. 내 불찰이다."

그 소리에 나도 약간 불안해졌다. 우리는 우산을 챙겨오지 못했던 것이다. 거기다가 폭우 때문에 차들이 조금씩 밀리기 시작했다.

경기장인 대방초등학교 교문에 도착했을 땐 경기 시작 불과 15분 전이었다. 경기에 늦으면 실격 처리된다. 우리는 버스에서 내리자마자 체육관을 향해 달렸다. 하지만 워낙 굵은 빗줄기는 우리를 흠뻑 적시고 말았다. 우리는 탈수기능 망가진 세탁기에서 갓 나온 움직이는 빨래와 똑같은 신세가 되었다.

빗물을 뚝뚝 흘리며 체육관에 들어섰다. 비에 젖은 우리의 사정을 경기진행 요원이 알 리 없었다. 다짜고짜 호통이 스피커로 흘러나왔다.

"지금 들어오는 학생들, 뭐 하는 거야. 당장 경기장 밖으로 나가세요."

그 소리를 들은 봉수는 "씨불놈, 어디서 고함질이야" 중얼거리더니 그것으로 성에 차지 않는 듯 맞받아 크게 소릴 질렀다.

"아, 밖에 비 오는 거 안 보여요! 비 오면 젖는 게 예사지 고함을 왜 질러! 상천에서 빗속을 뚫고 겨우 왔구만 환영은 못 해 줄망정 얻다 대고 고함질이야!"

배구는 점프를 한다. 땀 한 방울에도 선수의 안전이 오간다. 움직이는 빨래가 스물세 개라면 경기 요원이 제지하지 않을 수 없다. 그걸 모를 리 없는 봉수다. 하지만 봉수는 초조한 우리의 마음을 풀어 주려고 일부러 소릴 지른 것 같았다. 확실히 그것은 효과가 있었다. 급해지는 마음이 한결 느긋해지며 뭐 어쩌라고, 하는 배짱이 생겼다.

2층 관중석 옆에 차려진 임시 대기실에서 배낭 속에 넣어 둔 유니폼으로 급히 갈아입었다. 우리가 벗은 옷에서 나온 빗물이 관중석 계단으로 흐를 정도였다.

경기 시작 삼 분 전. 우린 몸도 풀지 못한 채 경기장으로 나가야 했다. 강진인 출발 시간에 늦게 온 성찬이와 장호가 새삼 원망스러운 듯 그들을 향해 눈살을 찌푸렸다. 봉수가 강진이의 어깨를 툭 쳤다. 상대팀은 서부 경남에 있는 학교 배구클럽이었다. 상대는 이미 코트에 들어와 몸을 풀고 서브, 리시브, 스파이크 연습까지 다 끝낸 후 우리를 기다리고 있었다. 선수들의 모습도 시커먼 얼굴에 우락부락하게 생겼고 키도 우리보다 머리 한 개는 더 있어 보였다.

난 아버지가 나타나길 기다렸다. 어젯밤 아버지는 경기 전에 미리 도착해 경기장 사정도 둘러보고 상대 팀 연습하는 것을 지켜보면서 실력을 파악하고 작전을 준비할 계획이라고 했다. 하지만 출발 시간도 늦었고 예상치 못한 비까지 만난 데다 주차할 곳을 찾느라고 시간을 다 보내 버렸다. 아버지가 경기장에 들어왔을 때는 주심의 호루라기가 막 울릴 즈음이었다. 하지만 우리는 아버지가 경기장에 있다는 것만으로도 안심이 됐다.

드디어 경기가 시작되었다. 우리 팀의 선공이었다. 첫 서브는 동규. 중학교 때 축구로 전국을 누빈 내공이 살아나기라도 한 듯 동규는 학교에서 연습할 때와 완전히 달라진 모습을 보여 주었다. 심판이 휘슬을 불고난 후 8초 동안이나 상대 코트를 노려보며 상대의 리시브 타이밍을 빼앗고 서브를 넣었다. 동규의 원팔 서브만으로 초반 5점을 쉽게 땄다. 우리는 기세가 올랐다.

하지만 우리 팀의 점수는 거기서 멈추었다. 5점 이후 더는 점수가 올라가지 않았다. 상대 팀은 몸조차 제대로 풀지 못하고 나온 우리 팀의 공격을 용납하지 않았다. 간밤에 술 마시느라 늦게 잔 성찬이가 때리는 공은 상대 팀 오른쪽 수비수의 손에 헌납하듯 빨려 들어갔다가 토스를 거쳐 우리 코트로 떨어졌다. 공격이 풀리지 않자 서브, 리시브도 무너졌다. 그럴수록 상대 레프트 공격수는 펄펄 날았다. 연속 실점. 우린 상대 공격수가 지나친 자신감 때문에 어깨에 잔뜩 힘을 주고 때린 공이 엔드라인을 벗어날 때만 겨우 점수를 얻었다. 우린 또 가끔 서브 실수도 저질러서 점수를 주기도 했다. 실수가 연발되자 봉수가 작전타임을 요청했다. 나와 후보들은 물병을 들고 우리 선수들에게 달려갔다. 봉수가 강진이의 어깨에 손을 올리고 애절하게 말했다.

"마음 푹 놓고, 자신 있게 실수해라. 생각이 많으면 안 돼. 저 팀 봐라. 그리고 동규야, 서브 손만 갖다 대면 되는데 자꾸 잘하려고 하니까 실수가 나오잖아. 꼭 세터 이마 위로 정확하게 리시브하려고도 하지 마. 세터도 발이 있으니 움직여 가며 받을 수 있다고. 잘하려고 하지 마라, 응? 그러면 서브 리시브 스파이크 다 힘이 들어간다고. 서로 믿으란 말이야."

그러고는 "섬진강 건너고" 선창했고 우리는 "문경새재 넘자"고 뒤를 이었다. 하지만 첫 세트는 결국 지고 말았다. 21대 13.

두 번째 세트가 시작됐다. 우리도 상대 서브를 제대로 받아 내기 시작했다. 세트 초반까지는 기 싸움에서도 물러서지 않았다. 하지만 레프트 주 공격수 성찬이의 스텝이 좀처럼 살아나지 않았다. 성찬이의 공격이 계속 상대 팀 라이트 블로커의 손에 잡히자 세터 강진이가 직접 페인트를 하면서 우리 팀이

한 점 달아났다. 우리가 서브를 넣으면 상대는 안정적으로 리시브하고 세터가 좌우 공격수에게 적절하게 토스했다. 상대가 달아나면 곧바로 우리가 따라잡아야 하는데 우린 실수로 쉽게 점수를 잃었다. 서브 실수, 리시브 실수, 스파이크 공격 실패. 상대 공격수 스파이크 성공. 10대 5.

상대의 스파이크 실수로 스코어가 10대 6이 된 상황에서 강진이가 서브를 넣었다. 이제 블로킹만 잘하면 된다. 리시브된 공은 상대 레프트 공격수에게 예쁘게 올라갔다. 레프트가 점프와 동시에 때렸다. 그때 동규가 솟아올랐다. 상대가 스파이크한 공은 동규 손에 그대로 막혀서 상대 코트로 떨어졌다. 동규의 블로킹 성공! 우리 팀은 모두 소리를 지르며 코트를 돌았다. 기세가 오른 동규가 워밍업 존에 대기하고 있던 나에게까지 와서 손을 내밀었다. 나도 동규 손을 힘껏 마주쳤다.

기쁨은 잠시였다. 심판의 득점 사인은 상대편 코트를 가리키고 있었다. 네트 터치라는 거였다. 동규가 아니라고 코트에서 펄쩍펄쩍 뛰었지만 스코어는 11대 6.

"야, 심판! 똑바로 안 봐?"

아버지가 감독석에서 벌떡 일어나 고함을 쳤다. 봉수는 다시 작전타임을 걸었다. 팔을 벌리고 손바닥을 코트를 향해 누르는 시늉을 하며 아이들을 다독거렸다. 아버지가 지른 고함의 효과였을까. 상대의 서브 실수, 11대 7. 하지만 상대는 또 달아나기 시작했고 우리는 기를 쓰고 쫓아갔다. 스코어는 18대

14. 점수 차는 크지 않았지만 세트 후반이라는 게 불리했다. 마지막 작전타임. 봉수 목소리가 커졌다.

"야, 바짝 따라잡아야 해. 자신 있게 실수하란 말이야. 다음 세트도 있잖아. 이번 세트 잡으면 우리가 이긴다."

아이들은 모두 고개를 크게 끄덕였다. 동규 서브 차례였다. 동규 손을 떠난 공은 힘차게 날았다. 엔드라인을 약간 벗어나고 말았다. 아까비! 19대 14. 상대가 승기를 잡은 결정적 한 점이었다. 이어서 상대 서브 실수, 19대 15.

성찬이가 서브 넣을 차례였다. 그때 봉수가 선수 교체 사인을 보냈다. 앞에서 계속 서브 실수를 한 성찬이를 불러들인 봉수가 나를 불렀다.

"수능이 들어가라. 너도 경남 배구대회 본선 무대에 서 봐야지."

봉수는 내 어깨를 툭 치고는 경기장 안으로 밀어 넣으며 주문했다.

"언더 서브, 알지? 팔 곧게 펴고 시계추가 뒤에서 오는 것처럼 팔을 뻗어 봐. 저 녀석들 못 받을 거야."

봉수는 나에게 무대를 마련해 주었다. 봉수의 배려가 고마우면서도 부담스러웠다. 경기에 따라온 학생 모두 경기장을 밟게 하려는 마음은 알겠는데, 막상 엔드라인에 서자 심하게 떨렸다. 아버지가 보고 있었다. 연주랑 서브 연습을 하던 순간을 기억했다. 연주가 내 손을 잡고 동작을 가르쳐 줄 때 촉감이 살아났다. 떨림이 멎었다. 경기 초반부터 리시브 실수가 잦던 상대 팀 선수를 노려보았다. 심판 휘슬이 울렸다. 마음속으로 하나, 둘, 리듬을 재며 배 앞에 둔 공을 향해 시계추처럼 팔을 휘둘렀다. '땅', 잘 맞았다. 내 손을 떠난 공은 사뿐히 네트를 넘어 그 선수를 향해 비행했다. 플로터 서브에 익숙해 있던 상대 팀 선수는 내가 넣은 언더핸드 서브에 손을 쓰지 못했다. 멍하니 눈을 뜨고 공이 코트에 닿는 것을 지켜보기만 했다. 앗싸, 성공! 19대 16. 두 번째 언더핸드 서브. 상대 센터에게 공이 날아갔다. 정확히 리시브된 공은 세터 이마 위 20센티미터 위치로 정확하게 배달되었고, 세터는 라이트에게 토스했고, 라이트는 스파이크를 때렸다. 성찬이가 손을 갖다 댔다. 손 모양이 불안했다. 공은 터치 아웃되고 말았다. 20대 16. 상대 서브. 공은 나를 향해 날아왔다. 팔을 내밀었다. 제대로 리시브가 되었다. 강진이가 그 공을 레프트 성찬이에게 토스했다. 성찬이가 팔을 크게 휘둘러 스파이크를 때렸다. 하지만 공은 상대 블로커의 손에 가로막혀 우리 코트로 그대로 떨어졌다.

21대 16.

졌다. 올해 우리들의 낙동강 도하 작전은 이렇게 끝이 났다.

강진이가 웃기 시작했다. 지각한 성찬이와 장호 때문에 시합 전에 잔뜩 화가 난 강진이였다. 경기에 지고 나면 둘에게 화낼 줄 알았던 강진이가 웃으며 성찬이와 장호의 엉덩이를 툭 찼다. 돌아보는 둘을 향해 강진이가 머리를 쓰다듬으며 말했다.

"이 철부지들 언제 철들지?"

적어도 3년 선배가 후배를 대하는 것 같았다. 우리는 상대 팀 지도교사에게 인사를 하고 벤치로 돌아와 짐을 챙기기 시작했다. 강진인 어쩌면 결과를 예상하고 있었는지도 모른다. 경기 도중 지나친 공격 성향을 노출하다 봉수에게 "넌 한 번씩 스타가 되고 싶어 한단 말이야. 페인트는 한 경기에 두 번 정도 하는 거야" 하는 핀잔을 들으면서도 자기 갈 길을 가던 강진이였다. 그런 강진이가 내일 낙동강을 다시 건너 올 수 없는 걸 알면서도 웃었다.

체육관을 빠져나오니 그새 하늘은 말끔히 개어 있었다. 하지만 교문을 나서는 우리들 어깨는 구름 잔뜩, 축 처져 있었다. 봉수가 우릴 불러 세웠다. '제11회 경남교육감배 학교스포츠클럽 배구대회' 현수막 앞에서 기념촬영을 하자고 했다. 봉수의 심정은 안다. 6개월 후에 상천고를 떠난다. 다른 학교로 가면 배구클럽 지도교사를 못할 수도 있다. 지난번 요로결석 때문에 입원했을 때, 창원에 가면 마누라 감시가 심해질 거라며 농담처럼 말했었다. 봉수의 복잡한 마음을 알기라도 하듯 강진이가 먼저 "섬진강 건너고" 악을 썼다. 우리도 목이 터져라 "문경새재 넘자" 소릴 질렀다. 그렇게 모든 게 끝났다.

"자, 이제 돌아간다. 상천에서 맛있는 점심 쏠 테니 기대해라."

우리는 버스에 올랐다. 버스 천장에 박힌 디지털시계에

10:30이란 숫자가 깜빡거렸다. 나는 아버지 뒷자리에 앉았다. 봉수는 아이들이 다 오른 것을 확인한 후 맨 마지막으로 버스에 올랐다. 버스 계단을 오르는 봉수가 다리를 심하게 저는 것이 눈에 확 들어왔다. 아까까지만 하더라도 멀쩡했는데! 아버지가 말했던 것이 기억났다.

"내가 보니 강 선생 무릎 나간 것 같더라. 너희들한테 배구를 가르치느라 무리한 모양이야. 체중도 제법 나가는 몸으로 점프하고 착지하고, 그럼 당연히 무릎이 나가지. 내가 겪어 봐서 알아. 그런데도 몸 안 아끼고 애들한테 그러는 거, 보통 사람은 못 해. 네 담임은 자기가 가치를 둔 일에 자신을 던지는 훌륭한 선생이란 말이야."

그러고 보니 기상관측 이래 가장 더웠다는 이번 여름방학 때도 봉수는 창원에 가지 않고 상천 원룸에 머물면서 우리와 배구 연습을 했던 것이다. 불룩한 배를 안고 우리와 함께 점프하고 공을 때렸다. 학기 중에도 봉수가 양복을 입고 출근하는 것은 보지 못했다. 점퍼를 걸치고 속에는 목이 축 늘어진 라운드 티를 입고 다녔다. 언제든 짬만 나면 코트에 들어가려고 그렇게 입고 다닌 것이다. 갑자기 봉수를 한번 안아 주고 싶었다.

차가 출발했다. 봉수가 마지막이라며 다시 마이크를 잡았다. 후우, 호흡을 가다듬은 봉수가 얘기를 시작했다.

"이 자식들, 왜들 다 우거지상이야! 얼굴 펴, 인마들아. 오늘 진짜 잘 싸웠다. 정신승리하라고. 야…… 근데 경기 졌을 때 난 강진이가 징징 울 줄 알았거든. 저 자식이 겉으론 센 척하지만 지고는 못 사는 녀석이잖아. 근데 웃더라고. 저 녀석 웃는 바람에 내가 울 뻔했다니까. 그리고 그동안 우릴 지도해 주신 영원한 디그요정 수능이 아버지께 박수 한번 드리자."

박수 소리는 컸지만 분위기가 숙연해졌다. 박수 소리가 멎길 기다려 봉수가 이야기를 이어갔다.

"난 너희한테 바라는 게 별거 없다. 너희가 아무리 찌질한 중생이지만 그래도 한 가지 가오는 갖고 살아야 되지 않겠어? 너희가 나중에 어른이 됐을 때, 장가가고 애도 낳을 거 아냐. 그때 애들한테 이 아부지가 그래도 한 가지 목표를 향해서 땀 흘려 본 경험이 있다는 말 정도는 해 줄 수 있어야지. 그리고 함께 땀 흘린 친구들, 잊지 마라. 배구는 혼자 하는 게 아니잖아. 팀 동료들이 한 치 오차도 없이 맞물려 돌아가야 되는 거라고. 아무튼 그동안 수고했다. 다들 피곤할 텐데 한숨 자라. 끝!"

아이들은 모두 의자 등받이에 머리를 기대고 눈을 감았다. 아버지는 잠에 방해가 될까 봐 음악도 꺼 버렸다. 버스 안이 정적에 휩싸였다. 깨어 있는 사람은 나, 봉수, 아버지 세 사람이었다. 봉수가 나와 자리를 바꾸자고 했다. 자기가 아버지 말동무가 될 테니 나는 한숨 자라고 했다.

뒷자리로 가서 앉았으나 잠은 오지 않았다. 나도 무언가를 간절히 원하는 게 생겼고 이기고 싶었다. 참으로 커다란 변화였다는 게 만져질 듯 실감이 났다. 이제껏 무언가를 꿈꾼 적이 없던 나였다. 아침에 일어나면 숨이 멎길 기도한 것은 결코 꿈일 수 없었다. 그것은 포기였다. 물론 오늘 이겼다고, 이기고 싶었던 꿈이 이루어졌다고 내 생활이 당장 표 나게 달라질 것은 없었다. 하지만 마냥 이기고 싶다는 꿈이 살아 있는 한 나는 바뀌게 되겠지. 비열한 수단을 써서 이기는 것이 아니라 친구들과 한 치 어긋남 없이 맞물려서 함께 일구어내는 승리라면 떳떳할 것 같았다. 봉수 말처럼 훗날 누구를 만나든 여럿이 하나의 목표를 향해 달리는 길에 동참해 땀과 눈물을 흘렸다고 말할 수 있는 어른이 되고 싶었다. 그렇게 된다면 강진이를 위해 대신 울 수도 있겠지. 아, 연주를 위해서라면 통곡이라도 사양하지 않겠다.

아버지 말동무가 되겠다던 봉수는 버스 앞자리에 앉아 묵언 수행하는 스님처럼 말이 없었다. 알 수 없는 곳에서 날아온 스파이크를 맞고 쓰러진 채 이만 갈고 살던 나에게 그 공이 날아온 방향을 똑바로 바라보게 해 준 사람, 봉수. 농담 섞인 진담으로 나의 분노를 달래 주고 마음의 근육을 고무벽처럼 키우게 하고 운동화 끈을 매게 해 준 봉수였다. 나는 마음속으로 중얼거렸다.

"강봉수 샘, 그동안 봉수라고 불러서 미안하고요, 좀 오글거리지만…… 선생님 감사합니다."

"수능이, 디그, 자알 했어. 야, 수능아, 서브 차례잖아, 인마!"

봉수가 버럭 소리를 질렀다. 놀라 일어서서 앞자리를 기웃이 넘겨다보니 봉수는 깊이 잠들어 있었다. 잠꼬대로 사람을 놀래키다니, 봉…… 아니 샘, 끝까지 너무하시네.

버스는 낙동강을 건너고 있었다.

작가의 말

  스스로 뒤처지고 싶은 아이는 한 명도 없습니다.

  그들은 모두 소설 속 주인공 수능이처럼 말 못할 사연을 안고 있습니다. 하지만 학교에서의 시간은 그들의 사연을 알아주지 않습니다. 순조롭게 배움의 길을 가는 아이들 위주로 야속하게 흘러만 갑니다.

  뒤처진 아이들은 학교에서 할 일이 없습니다.

  책상에 얼굴을 붙이고 자는 일에 익숙해집니다.

  방과 후에는 길거리를 배회합니다.

  그러면서 아이들은 자신에게 미안해합니다.

  부모님께 죄송해합니다.

  소리 없는 울음이라 주변에 들리지 않을 뿐입니다.

배움에 뒤처졌다고 남은 인생 다 뒤처진 것은 아니라고 말해 주고 싶었습니다.

배구를 통해 정직하게 땀 흘리는 기쁨, 승리의 기쁨을 조금이라도 맛보게 해 주고 싶었습니다. 그리고 옆에서 힘내라고 열심히 응원하는 어른도 있다고 알려 주고 싶었습니다.

출판을 결정해 주신 양철북출판사와 책이 출간되기까지 힘써 주신 모든 분께 감사의 마음을 전합니다.

영축산 아래에서
저자 김호준